光文社文庫

ポジ・スパイラル

服部真澄

光　文　社

ポジ・スパイラル

プロローグ

２００７年３月

米下院公聴会で三月十九日、衝撃的な新証言が行われた。

ブッシュ政権の政治的干渉により、地球温暖化とCO_2排出の相関を裏付ける科学的レポートが、三編にわたり計百八十一箇所改竄《かいざん》されていたことを、環境評議会首席補佐官のフィリップ・コーニー氏が認めた。

ブッシュ政権は温暖化対策に消極的。産業界寄りの共和党政策と整合させるため、ホワイトハウスの環境スタッフがレポートをまことに都合良く書き換えてきたことが明らかとなった。

（『ネット・ニュースコラム』２００７年３月19日）

２００７年４月

アメリカ合衆国連邦最高裁判所は2日、米政府環境保護局に対し、新車などの温室効果ガスの排出規制が環境保護局の権限下にあることを認める判決を下した。

判決は、CO_2などの温室効果ガスが大気汚染物質であることを認め、環境保護局に対し、事実上、現行の大気浄化法に基づく同ガス等の規制の実施を求めたものである。

（『ニューヨーク・タイムズ』２００７年４月３日）

＊

第一章

一

「くそっ、暑いな……」

すれ違った男が、苛々と舌打ちした。

暑い。暑い。毎日が暑くて凌《しの》ぎきれない。

夜気《やき》は生ぬるく、身体にまとわりついて離れない。首筋をぬぐい、シャツの胸元をしきりにはためかせてみても、みぞおちあたりに、じっとりと汗と体臭がたまる。

不快感が渦巻いている。これでも九月後半か。何日も続く猛暑日。記録を更新してゆく月平均気温。

重層感が息苦しいほどの汐留高層ビル群を、皆が憎々しげに仰いでゆく。

一連のビル群が東京湾からの海風をせき止め、都心部に入るはずの涼風が送られなくなった。内陸部の気温までが高くなったと、人々は口々にいう。たとえ実証されたとしても、造成が済んでしまったいまでは取り返しがつかぬことだけに、不満には諦《あきら》めがともない、よけいに気を塞《ふさ》がせる。

「あっちーい」

ビルの谷間、暗がりのなかで、誰かがしきりに扇子《せんす》を使っている。

「何でだろ」

「温暖化ってやつ」

「来年になりゃ、十月まで猛暑じゃねえの」

ジョークではない。今年は彼岸《ひがん》も猛暑日であった。ここのところ、毎年のように最も遅い猛暑日が更新されている。

「誰か、何とかしてくれよォ」

街頭のどこかで、酔いどれた声が振り絞られる。

「……ったって、できるわけねえじゃん。誰にだって不可能よ。国じゅうを、クール・ダウンさせるなんてさ」

〝環境省のせいだろ〟

——空耳だろうか。

思わず、下唇を固く嚙《か》む。そんなことが、聞こえる筈《はず》がないのだ。半ば無意識に、自らを責めているせいであろう。

かつて、とある海域の環境再生会議に臨《のぞ》んだ帰り際《ぎわ》、傍聴していた市民に詰め寄られたことがある。そのときの、きつい口調が蘇《よみがえ》って重なる。

〝何も発言なさらないのは、なぜなんですか。あなたがたは、いつも同じだ。会議場にいても、特等席からぼんやり眺め、ただ帰る。論議のあいだじゅう、臆面《おくめん》もなく居眠りし続けているだけの委員までいる。一言も話す気がないのなら、結局、ただのお飾りじゃないですか。無意味ですよ、あなたがた環境省委員の存在って〟

男は、耳の奥に響く幻の声と、追ってくる責務を振り捨てるように、タクシーに乗り込んだ。

名状しがたい心の疲労に、襲われた。額には、険《けわ》しい色が閃《ひらめ》く。

車は築地《つきじ》から晴海《はるみ》大橋を通り抜け、湾岸線に折れた。新木場《しんきば》あたりともなれば、人通りもひとしきり途絶えているが、梢《こずえ》を動かす風の気配は、やはりない。

マリーナのエントランスで、車を降りる。メンバーズカードを使い、桟橋《さんばし》ゲートから係《けい》留《りゅう》バースに進む。

繋《つな》がれているヨットやボートは、六百隻《せき》を超えている。船体の白い船と船との間に、細いながらも水光りが揺れるなかを、男は目当ての区画へ、進まない足を運んだ。

船の区画は、そのまま利用料の格差を反映している。

年間使用料、およそ四十万弱のボートやヨットがA区画。船のサイズが上がるごとに、係留料金は上がり、二百二十万円台まで、およそ七区画。

男は中級のクルーザーを目指した。二十四時間、船を出すことができるマリーナは、夜半といっても無人ではない。人は好んで黒く沈んだ海へ繰《く》り出す。

——海……！

俺を育て、俺を虜《とりこ》にした海、俺を苦しめる海。

——本当に、何とかしたかったんだ、俺は……！

無力感に苛《さいな》まれながら、桟橋を抜けてゆく。


同じ男が、数時間の後には、船端から海面《うなも》へと落ちていった。

——結局は、あそこに落ちてゆくのか。わかりきったところへ。もっとも醜い海に……？

夜は明けていた。

眼下には、白濁《はくだく》した安手《やすで》のエメラルド・ブルー。

天空的規模の視界一面を、衰亡の色が覆《おお》い尽くしている。生物を瀕死状態にする青みどろの色は、人間が、敬虔《けいけん》を欠いたその手で、海をいじり回してきた結果であった。

——生物の棲めないデッド・ゾーン……。

海底に現れ、世界的規模で広がりつつあるデッド・ゾーンの跋扈《ばっこ》は、東京湾でも例外ではない——、いや、デッド・ゾーンの存在は、さらなる深刻化を続けている。大都市につきまとう、過多な生活排水や産業排水が、植物プランクトンを大発生させる。すべてを魚介が食い尽くしてしまえば、何ということはないのだが、とても消化しきれず、余ったプランクトンの死骸が海底に積もり、腐る段階で海底の酸素を消費する。

酸素が欠乏した海底では、無酸素でも生きられる悪玉菌から硫化水素が発生する。魚介類は、ことごとく窒息死する……。

この〝貧酸素水塊《ひんさんそすいかい》〟とも呼ばれるデッド・ゾーンが、海底にとぐろを巻き、八、九月になると海面にわき上がり、青潮《あおしお》になる。クリームソーダ。翡翠《ひすい》。そんなふうに見えるのは一瞬の錯誤のせいで、よく見れば輝きのなさは下水を思わせ、どんよりした濁りが不気味さを増幅させる。

水面に落ちたかと思うと、男は青潮のなかにいた。海底に向かい、物憂《ものう》げに水を掻《か》いてゆく。

水深一メートル、二メートル。本来なら、海面を見上げれば日の光が射し、澄明《ちょうめい》なはずの視界が、いまは濃く溶いた浴用剤に浸かったように、十センチ先の自分の手さえ見えない。レギュレーターを咥《くわ》えていても、硫化水素の臭いが鼻をつく。

タンクを背負っている。混合ガスのかわりに、圧縮空気を入手していた。ウエイト・ベルトは、潜水作業にも十分な重さがある。

目の端を、魚の死骸がよぎった。間断的に、何尾も泛《うか》んでは消える。

――ハゼの亡骸《なきがら》だろうか。

ぼんやりと考える。

命を奪われるとは、どういうことなのかを。フィンを装着した足が震えた。こんなことは、なかった。

――ガスで膨《ふく》れた俺の亡骸は、いずれ海上保安庁に拾われるのだろうか。

官庁街では、ジョークまじりにいわれることがある。海を美しくしている官庁は、どこか。ゴミ拾いということなら、海上保安庁ではないのか……。通称〝海猿〟といわれる海上保安官には海を愛するメンツが多く、安全管理の名目さえ立てば、死体やなんかと一緒に、ゴミも拾ってくれる……。一生懸命で、漁師には喜ばれているらしいぜ。

そんな事でいいはずが、なかった。急務としてやらなくてはならない者たちが、ほかに、確実にいる……！

水深五メートルを超えたあたりで、男は水色の暗雲めいた塊から抜け出した。

にわかに、水の透明度が上がる。目で見る限りは、きわめてクリアな海である。が、生きて動いているものは、何一ついない。きわめてダークな水塊が通り過ぎたあとは、幽明《ゆうめい》の海であった。

――ゴースト・タウンのようだ。

さらに降下してゆきながら、男は呻《うめ》いた。貧酸素水塊は、海底から海面までわき上がるさなかに、巻き込まれた生物を死滅させてゆく。冴えざえと静まり返った海内《かいだい》は、無残であった。

青潮が運悪く浅瀬《あさせ》や干潟《ひがた》にぶつかれば、そこで命を営んでいる貝やカニも死に絶える。水質を浄化してくれるはずのアサリやハマグリ、ゴカイが死ねば、干潟の浄化機能は衰える。水質が悪化する。悪循環になる。崩れゆく、海のバランス。

——ネガティブ・スパイラル……！

激しい嫌悪感が、胸にこみ上げてくる。

どこまでも続く悪循環。現代の海が直面している目下最大の問題は、こう呼ばれている。ネガティブ・スパイラル。その最悪の環《わ》の、実景のさなかを、男は果てしなく、逆さに堕《お》ちてゆこうとしていた。

たとえタンクを背負っていたとしても、レクリエーション・ダイビングでは水深二十メートル前後までしか潜らない。彼は、すでに三十メートルの海中にいた。タンクのなかの空気が四気圧ぶん圧縮されてゆく。深度が上がるほど、空気の密度は濃くなってゆき、窒素が脳にいたずらをし始める。

——もっと、底へ。

自身に号令をかけた。

ダイバーのあいだでは、窒素酔いと呼ばれる麻酔作用が始まる深度を、すでに超えている。深く潜《もぐ》るにつれ、しだいにどこかが解き放たれてゆく。

やがて酩酊《めいてい》状態がはじまる。このまま分別《ふんべつ》がつかなくなってゆくことがあるのを、彼は経験から熟知していた。珍種の魚影を追い、水深五十メートルを超えたあたりで、生死の境を忘れかけたことがある。敏捷《びんしょう》で、瀟洒《しょうしゃ》な魚の姿態を、朦朧《もうろう》と追って。

これ以上海中にいたら、死ぬと分かっている。なのに、もうどうでもいいと思う瞬間がある。

いつか、こんななかで死ねたら楽だ、そう思ったこともあった。

――いったい、どこにいるのだろう、俺は……？

廃墟のような海、デッド・ゾーンの真下、空漠《くうばく》の世界にいるはずなのに、気分がハイになりつつある。遥か底にまで、ゆきたい。生物たちが悶《もだ》え死にをした、地獄のような海底《うなぞこ》までも。

マティーニの盃を立て続けに干してしまったように、意識は、しどろになっていった。

女の面影が、よぎった。

――ごめん……。

謝りたかった。いいのよ、と彼女は笑った。錯覚だろうか。

――俺、結局、何にもできなかった。それどころか。

女は口元に笑みを浮かべている。許されているのか。

いや、違う。

男はかぶりを振った。

——俺が許《こ》しを請わなくてはいけないのは女ではなく、この海だ。ここは、いい。地上の醜い権力の奪い合いや、くだらないモラル。そんなものも、この海の底にはない。いや、ある。いや、分からない……。

考えは、極端にぶれてゆく。窒素酔いに身をまかせれば、いくらでも楽天的になれる。抱えてきた苦しみが、幻想に変わる。海中にたゆたい、ただ水に身体をゆだねていればよい。

海底が見えてきた。こんな景色を見たかったんだ、と彼は呟《つぶや》いた。

底の砂地には、コチもヒラメもカレイも、身体を半分に埋もらせ、目だけを出して餌を待ち構えている。砂地を掘り起こすと、ほかにも七重《ななが》ね《さ》の魚が埋もれている。掘っても掘っても、宝石のようにきらめく魚体があらわれる。アミエビやミミイカ、フグの仔が海底を漂い流れてくると、どの魚も身を躍らせて飛びつく。命の宝庫であった。

——これは……夢か？

貧酸素のせいで海底にたまっているはずの硫化鉄の黒い粘りが消え、生命の寝床《ねどこ》のように清らかだ。

——そんなはずが、ないのに。

いま、海に潜っているのかどうかさえ、男には分からなくなっている。浮遊感だけがある。無数の魚を目で追った。

アナゴ、カワハギ、メバル、イワシの仔、ウミタナゴ、アイナメ。

——どうやら、ここは東京湾らしい……。

かと思うと、ひときわ鮮やかな魚体が、目の端を掠《かす》めた。琥珀《こはく》色の背を照り白ませて、しなやかな胴を誇示するように翻《ひるがえ》してゆく。反射的に、あとを追いかけた。魚の動きは敏速だが、男には、魚の描くであろう稲妻のような動線を予測し、先手を取ることができた。魚を超えた敏捷さで動き、抱えすくめてしまえるはずであった。川で鯉を抱き取る老爺《ろうや》の存在が実話であると知って以来、工夫を凝らし、いまでは習熟している。

が、魚はあざ笑うように逃げた。追おうとしたが、瞳孔《どうこう》が弛緩《しかん》して、先をゆく獲物の輪郭がぼやける。

瞼《まぶた》が重くなり、意識が危うくなる。

どこか遠くで、携帯電話が鳴っている。あるいは鎮魂歌《レクイエム》だろうか。

——それとも、これも夢か……？

二

「……で、あなたはどこ志望なの。かりに国家公務員になれるとしたなら」

住之江沙紀《すみのえさき》が投げかけた質問に対し、男はほんの少しだけ、眉間の皺《しわ》を深くした。

足を組んだまま考え込むポーズには、自意識の強さが感じられる。感受性の強い少年を思わせる、生意気な唇はそのままだが、三十代半ばを過ぎてから頬にうっすらと肉がつき、瞳には暗い空洞のようなものが出てきて、男盛りの魅力がいや増している。

「……環境省、かな」

久保倉《くぼくら》恭吾《きょうご》はいい、沙紀をちらと見る。答えに自信があるのかないのか。顔つきからは判然としない。ポーカーフェイスも身につきはじめていた。

「どうして、環境省なの」

「地球をきれいにしたいんですよ、コーチ。山や海やなんかを」

わざと、投げやりめいた調子でいう。ふざけているのだ。

「そんなんじゃ、大人は誰もついてこないわよ。とくに、目の肥えた人は」

「だって、本音をいったって、理解してもらえないでしょ、大衆ってのには」

「私にいってみて。それで判断するから」

沙紀が久保倉恭吾のレッスンを引き受けるようになってから、すでに三年あまりが経っている。恭吾は東京の名門私大を出ていたが、実社会とはほど遠い世界にいる。沙紀は彼のために、世間を眺める常識の手ほどきをしていた。

「じゃ、本音をいいますよ。いいですか。今年の春に読んだ新聞記事に、ぼくの心は動いた。アメリカでは、〝ブレザレン〟が、ついに環境保護局の権限を強める判決を下したわけでしよう。アメリカで起きたことは、やがて日本に波及する。これからは環境省の時代ですよ。だからです」

——なるほど。

沙紀は内心、唸《うな》った。恭吾はずいぶん進歩している。三年前には、役人や政治がどう動くか……どころか、社会の動静にも無頓着《むとんちゃく》だった。

いまでは、その恭吾の口から〝ブレザレン〟という言葉がすらりと出るまでになっている。〝ブレザレン〟は、世界の動向を決めゆく九人の男女をさしている。一般にはなじみがないが、法曹界や国際政治ウォッチャーのあいだでは耳慣れたキーワードであった。

わずか九人のメンバーにより、超大国アメリカの動き方が決まり、社会の流れが決定され、グローバルな動きに多大な影響を与える——、絵そらごとなどではなく、現実にすべてのキャスティング・ボートを握っているのは、米国連邦最高裁判事九名——ブレザレン(Brotheren)——なのである。

およそあらゆる重大問題を、九人の判事がさばいてゆく。下された評決には、絶対的な力がある。政府や議会の決定さえも、ブレザレンが下した憲法判断の前には無力なのだ。

世界を決める九人の男女。

一度その席を得たら、自ら辞めると切り出さない限り、いかなる権力をもってしても、交代させられることはない。大統領が何代替わろうとも、ブレザレンのメンバーは不動である。

それゆえ、アメリカ大統領は、常にこのブレザレンに、息のかかった判事を送り込もうとしている。ブレザレンの人事構成は、常に注目され、ヘッドライン・ニュースに取り上げられる。

「ブッシュ大統領は、去年、政権よりの判事を一人、ブレザレンにむりやり送り込んだわけでしょ？　でも、結局、この温暖化問題では、九人のうち五人が、CO^2は大気汚染物質だと認めた。ブッシュ陣営は、経済優先だから、排ガス規制を渋ってた自動車のメーカーサイドについてたんだけど、環境派に負けたわけですよ。ブレザレンのパワーって凄いじゃない？　彼らが決断したとなればさ、ものごとの流れは全世界に波及するんでしょ？　だったら、日本でも環境省がのして、だんだん環境がよくなっていくだろうと思って。といいますか、願望ですね。暑くなくなってほしいんですよ、いいかげんに。異常気象も勘弁って感じでしょう」

「目のつけどころは、悪くない。問題意識もいいと思うけど……、残念ながら、現実的には、そう甘くはないのよ」

東大大学院准教授、住之江沙紀は、どこからどこまでを久保倉恭吾に話すか、迷った。

久保倉を見ていると、沙紀は妙な錯覚にとらわれる。自分も、どこかのチャンネルのなかにいるのではないかと思えてくるのだ。

いまの世の中で、久保倉恭吾を知らない人間は、ごく少数であろう。

世の中に、見かけのいい男は掃《は》いて捨てるほどいる。見かけだけの男も。久保倉恭吾もそのうちの一人にすぎないと見られていた――はじめは。

いまも目を惹きつけられる。闘志の焔《ほのお》がいぶったような瞳が、笑うとたわいなくなる。肩、胸、腹輪《ふくりん》と、筋肉の締まり方は、ターコイズ・ブルーの薄手ニットがなぞる陰影の濃さが証明している。

特筆すべきなのは、女性ばかりでなく、男性陣にも〝この男を知りたい〟と思わせる雰囲気が備わっていることだ。粗野な感じがどこかにあった。天性だろう。

久保倉は、タレント兼俳優だ。

いつも先を見ているような目。ともに歩けば、時代の先を超えてゆけそうな匂い。そのくせ、どこかに漂う寂寥感《せきりょうかん》。そんなものを、視聴者は敏感にかぎつける。

その実、久保倉のいまの姿は、もとよりのものではない。さまになる男となるには、予想を遥かに超える金がかかっているはずである。

――事務所が、彼をここまで育て上げた……。

沙紀は、タレントのマネジメントをする芸能事務所が原石をかくも磨き上げるものかと、その力に舌を巻いている。久保倉を有名大学に通わせたのも、事務所であった。

久保倉が所属する『サンド』は、スカウトした瞬間から、徹底してその人間をたたき上げ、変貌させてゆくことで知られていた。

『サンド』のトップタレントは、事務所の方針によって、さまざまな芸事を仕込まれる。久保倉も、英会話や武道、馬術を学んでいるはずだ。立ち居振る舞いが端正で、ときに乱暴な言葉遣いになっても品の良さが失われないのは、かつて日舞をたたき込まれたのが功を奏しているのだろう。

その彼も、いまは目先の華々しさでは通用しない時期にさしかかっている。四十代を見据え、大人の俳優として、さらに抜きん出てゆかなくてはならない。ファン層の年齢も上がっている。確固たる存在へ、内面からの底上げが必要だと、事務所は判断していた。

住之江沙紀に依頼があり、教養面のレクチャーが始まっていったのは、久保倉がニュース・エンターテインメントの進行役を引き受け、世間を驚かせたのと、ほぼ同時期であった。

「……で、どういうことなんです。環境省じゃいけないってのは」

久保倉恭吾は、めきめきと力をつけてきた。週一回のニュース番組と併行して、社会派の映画を何本か撮ってから、年配の男性陣が彼を見る目も変わり始めている。

「ベースとして、日本での環境省が、どういう存在なのかを知っておかないと」

「……というと？」

「環境省はね、昔から、ほかの役所に比べれば力が弱いの。実力ある官庁と渡り合う力がないわけ。実行力も発言力も、からっきしない……、というのが業界の常識」

「え、そうなの」

「そもそも、比較的新しいセクションなのね、あそこは。環境問題がにわかに騒がれるようになったのは、いってみれば最近でしょ。きっかけは公害問題ね」

「俺らの生まれた頃のこと？　大気汚染とか」

久保倉は一九七〇年代生まれである。

「そういうこと。にわかに起こった環境問題を取り扱うセクションがなかったから、とり急ぎ、各省庁間の連絡をつけあう関係閣僚会議が置かれたわけ」

自動車や産業関係は当時の通産省が仕切り、一般ゴミは厚生省が、船舶や鉄道は運輸省が、国土整備は建設省が……という具合に、いずれも環境問題に無関係ではいられないセクションを、各省庁が握っていた。

公害が広がるにつれ、各官庁をまたがる問題の調整役が必要となり、閣僚会議のかわりに環境庁が設置された。いわばコーディネーター役として常設されたのがはじまりのようなものといえる。

「そういった成り立ちだから、各官庁がキャリア組のトップを出し合って、環境庁の幹部におさまったの」

「それ、寄せ集めってこと？」

久保倉が眉根《まゆね》を寄せる。計算ずくでない凄みが、額の上にあらわれる。神のみごとな造形だ。

「言葉は悪いけど。もっといってしまえば、結局、重要なポストは各省庁のキャリア出身者に占められてしまったし、各官庁の利権を代表して出向してきてる人間も多くて、戻ればもとの組織で出世を予定されてるわけだから、下手に動けないということなの」

「ひでえな……。俺ら、そんなことわかんないですもん。環境っていったら、イコール、環境省かなって思うでしょ、何かやってくれるのは。しがらみに足とられちゃって動けないなんて、何やってんだよ」

「一般の人々からの期待感に比べて、できることが限られすぎているのは確かね。お役人さんたちも、それじゃあ立ちゆかなくなってきていることは、承知しているの。だから、環境庁の権限強化を求める声が出て、環境省に昇格したわけね。それが、ようやく六年ばかり前のこと……」

「それで、省になったことで少しは巻き返しできてるんですか」

「そういいたいところだけど」沙紀は肩をすくめる。「環境省のような政策官庁《せいさくかんちょう》には、お金が――予算が――十分にわたらないから、やはり、マイナーを脱することはできていないわ」

「マイナーとメジャーか」

久保倉恭吾は呟く。

メジャーリーグのイベントにもゲストとして呼ばれたことのある久保倉には、わかりやすいたとえであったらしい。

「メジャーな官庁って、どこなの」

「公共事業を土木面で実際に手がけ、交通網も仕切ってる国土交通省とか、産業界を一手に管轄して、お金も握ってる経産省、薬剤や福祉に力を持つ厚労省とか、規模はそうでもないけど農林水産省……、とにかく、それらを称して〝事業官庁《じぎようかんちよう》〟っていってるわけ。なにかを直接手がけてるから、予算もつく」

「ハアぁ」

ため息が出た。

「ふうん、そういうことなの。じゃ、環境省って名ばかりなんだ」

「見かけ倒しという見方は否めないわね。音頭取りは勇ましいけど、かけ声どまり。納得がいった？」

久保倉は頷《うなず》いた。かと思うと、沙紀にひたりと真剣な目をあてて問い返す。

「政策官庁が、予算を先取りして事業官庁に再分配するわけにはいかねえのかな」

――切り返しで、そのくらいのことがいえれば、立派なものだわ。

沙紀はこっそり思う。久保倉は呑み込みが早い。レクチャーしがいがある生徒であった。

しだいに下地ができてきている。

少年の頃は、コント番組もこなしてい、いまも好んで道化役を買って出たりもする茶目《ちやめ》っけと才気もあった。ニュース・エンターテインメントでは、当初は臆《おく》していたものの、いまは時折り、気の利いたことも口にする。

政治家や文化人のゲストも招かれる件《くだん》の番組には、仕切り役のキャスターや実力のあるコメンテイターが揃い、久保倉は常にフォローされている。その意味では、辛口の評論やコメントを期待されてはいない。華のある画面、軽妙な進行。形ばかりの知的なムード。いまのところ、久保倉は番組を難なくこなしている。

「まあ、その程度が頭に入っていればいいんじゃない。あなたには、無難がいちばんですものね」

番組のテーマに合わせ、沙紀は予備知識を与えてゆく。次回からしばらくは、温暖化特集が組まれるということであった。温暖化解消のために、我が国の役人になれるとしたら、どこを選ぶか？——等々、台本に書き込まれている質問の数々は、放送作家やディレクターが会議で案出したものだろうが、むきになって答える必要は、恭吾にはない。

「もう、飽き飽きだな。知らないふりは疲れてきた」

「でも、イメージ先行でしょ、あなたがたの世界は。能ある鷹は爪を隠すっていうし」

「ですね」

事務所からは、ニュース番組への登板で堅い業界から恭吾へのCF《コマーシャル・フィルム》出演依頼が増えたと聞いている。経済新聞の全国紙、生保。久保倉恭吾に関する『サンド』の戦略は、いまのところ成功しているらしい。このまま進めば、渋めの高学歴俳優、かつ、とびきり優秀な名進行役への道は遠くないだろう。

「住之江先生、お疲れのようですね」

「わかる?」

「ケイジを呼びましょうか」

久保倉には専属メイクアップ・アーティスト、ケイジがついている。男性だが、かつては何人もの女優を受け持っており、年齢の語るものを無にしてくれるゴッド・ハンドの持ち主だ。

沙紀は久保倉恭吾の辣腕《らつわん》マネージャー、川上秋乃《かわかみあきの》の滑らかな頰を思い浮かべる。あの頰は、ケイジのような練達《れんたつ》のアーティストを、自在に動かせる彼女の実力を物語っているのだろう、と。

この世界では指折りのやり手、秋乃の要望で、沙紀は久保倉のコーチを引き受けた。久保倉と秋乃のコンビは彼が中学生の頃からで、秋乃の手によって、目下《もっか》の久保倉が作られたという者もいる。

タレントマネジメントに端を開いた大手事務所『サンド』は、メジャーなタレントを多数輩出し、番組制作にも携わり、メディアのなかの一大勢力と化している。久保倉はいつのまにか、そのなかで勝ち上がり、『サンド』を象徴する者になっていた。

――夢や願望が入り交じった放送メディアの高みに、久保倉恭吾はいる。そこからは何が見えるのだろう。

沙紀は、俗な興味からレクチャーを引き受けた。

三年を経て分かったことは、高みにいると、その気になれば、およそ何でも視野に入ってくるということ。そしてもうひとつ、久保倉は意識的に何かを見ようとしているということ。

そのぶん、面白くなって続けているが、沙紀はショー的なニュースの物足りなさに疲れてもいる。

誰かが真実を、早急につかみ出さなければいけないところなのに、問題のざっとした輪郭さえ描き出すことができず、レートやスポンサーのみを重んじ、センセーショナルな事象を繰り返し垂れ流す愚挙に。

「せっかくだけど、今日は結構。うわべだけ取り繕っても、その実態は、ひどいものだから」

沙紀は、ゴッド・ハンドによる化粧直しを断った。

三

焼香《しょうこう》が終わるとともに、黒服の参列者たちは、三々五々、葬儀場の外に散じてゆく。

「どういうことなの、彼が亡くなった経緯」

「誰も知らないのよ。説明だって、あってなきが如しでしょ。いくら官僚っていったって、口が堅すぎるんじゃない」

「ダイビング中の事故らしいけど」

「エリートさんたちは秘密主義なのよ」

「橋場《はしば》君も近づきがたい感じだったわよね。優秀すぎてさ。高校のとき、アメリカのどこかに留学しちゃったじゃない」

「ボストンだろ」

「それから東大。で、環境省でしょ。接点ないよねえ」

話しぶりからすれば、同窓の知人たちといったところか。

「庶民からすれば雲の上だな」

「奥さんも上品よね」

「あの人、弁護士なんでしょ。セレブ系の雑誌で見たことある」

「うわっ、別世界……」

なかには、事情通を買って出る男がいる。

「環境省の生え抜きって、まだそういないんだってさ。このままいけば、トップも夢じゃないって聞いたことある」

「前途洋々だったってわけ？　残念ね」

「でも、散り方が格好いいじゃない、海にダイブしたなんて」

「ね、自殺なんてことないの。エリートゆえの憂鬱《ゆううつ》とか」

誰かが声をひそめる。

「ない話じゃないかもね……」

黒いリムジンが、門扉を出てき、彼らの脇を辷《すべ》り抜けていった。皆、顔を見合わせる。葬儀にリムジンとは、さすがに庶民とはかけ離れた世界だ、と。


――馬鹿じゃないの。弱虫っ、男のくせに。弱虫。

車に乗り込むと、いままで抑えていたものが、いちどきに溢れた。サングラスのおかげで、腫《は》れた目元のだらしなさは覆《おお》えても、頬を伝う涙は隠せない。

胃がぎゅっと締め付けられる。吐くのだろうか。

運転手とのあいだは、スモークガラスで仕切られている。前を気遣う必要はない。車のシートもどうでもいい。

男の遺体は、すでになかった。見るに堪えないというわけだ。荼毘《だび》に付された遺骨が祭壇に祀《まつ》られていた。

――キーを貸すのじゃ、なかった。

男とともに、愛用のクルーザーを失った。操縦者を失った船は座礁《ざしょう》していたのだ。何度も後悔するが、彼が死出《しで》の旅に出なければならないのなら、どのみち、海を選んだだろうとも思う。

——でも、なぜなの。

理解しかねた。

住之江沙紀は、一瞬のうちに記憶をさぐった。橋場慎二《しんじ》の気落ちした顔が浮かぶ。

——あたしは、彼をやりこめてしまった……。

インターフォンが鳴った。

「沙紀様、どちらへ」

運転手に問われ、沙紀は迷った。どこだっていい。どこへも着きたくない。

「マンダリンに車を回して」

声の震えを隠し、手近なホテルの名を告げた。リムジンは自家用車である。

——私はもっと馬鹿みたい。いや、馬鹿だ……。

慎二と最後に交わした会話が思い返される。

「これで、少しは見通しが明るくなったんじゃないかな」

声を無理に弾ませ、慎二は沙紀の目をのぞき込んできた。

天王洲アイルの、キャナルサイド・テラス。ボートを乗り付けられるピアの向こうには、東京海洋大学の所有する、旧式の帆船《はんせん》が見えていた。

アジア太平洋経済協力会議（ＡＰＥＣ）が、地球温暖化対策として、各国の温室効果ガスの排出量削減目標の数値を盛り込むことを決めたと、外交筋が発表したときのことである。

「中国が、温暖化防止策に積極的になってきている。あそこが公式の場で数値目標を口に出すのは、初めてのことだ」

アメリカと中国は、CO^2排出量の一位、二位を占めながら、規制には消極的であった。その中国が、具体的な対策をテーブルに載せてきた。画期的なことである。

「確かにね。CO^2削減のかわりに、国を挙げて造林するのだとか。森林面積を増やすことで、二酸化炭素の吸収ぶんを稼ぐ……、悪くないプランだと思うけど」

日暮れの運河に、ボラが跳ねた。

「これで、こっちの削減策にも弾みがついてくれるといいが」

慎二がこっちというのは、日本のことである。こんな小さな島国が、ロシアに次ぐ世界第四位のCO^2排出国であることからは、誰もが目を背《そむ》けようとしているようだ。

「本当にそう思っているの」

沙紀は、簡単に応じたりはしない。慎二にしても、沙紀のいい分は十分わかっているはずだ。

新聞紙上では、温暖化防止策に関する国際間の取り組みが、華々しく喧伝《けんでん》されてゆく。あたかも、すぐにでも世界じゅうが足並みを揃え、環境が劇的に回復してゆくかのようである。ところが、内容をつぶさに見れば、これらが努力目標に過ぎないことがわかる。国内の状況だけを見ても、なされているのが亀のような歩みであることは明白であった。

「外務省の友人に聞いたわ」沙紀は切り出した。「国際会議で決まった数値目標は、環境省に落とされ、環境省主管《しゅかん》で取り仕切る。……といったって、例の如くよね。いつもの如く、あなた方には仕切りきれない。事業官庁に睨《にら》みが利かないんだもの、課題を振り分けることに難渋《なんじゅう》している。結局は、この件に関するリーダーシップを取れるのは総理だけ。内閣官房が率先してやるほか、環境問題は進まないのよ……」

慎二の職場をあげつらっているうち、沙紀は苛立《いらだ》っていた。

内閣官房には、CO_2削減問題のほかにも、この種の難問が、澱《おり》のように溜まり始めている。

いずれの場合も、所管官庁が多岐にわたりすぎて、舵《かじ》を取れる者がいないというケースであった。

「内閣官房にも、各種対策室がありすぎてアップアップだし。そのうえ、この政局では、担当大臣の入れ替わりが激しすぎて、なにか手がけるどころじゃないし」

与党の不祥事が続き、内閣の顔ぶれが始終入れ替わっている。何事もはかばかしく進むはずがなかった。

それに加えて、わが日本の温暖化に対する姿勢は「気候変動の緩和を目指す」という表明の、きわめて微妙な言い回しからも見当がつくごとく、後手後手《ごてごて》のものである。

——このあたりのことまでは、久保倉恭吾にはレクチャーしなかったけれど……。

沙紀は顔を曇らせる。

この国のネガティブ・スパイラルの根は、さらに深い。

「誰かが変えなきゃ、いけないわ」

「……そうはいっても、すべては予算あってのことだろう」

慎二はため息をついた。二人のあいだには、いつも、諦めに似たものが漂っていた。

——彼の仕事にまつわるしがらみを、あたし、取り除いてあげたかった。

瞼《まぶた》の裏に、ニューイングランドの隠れ家が浮《う》かぶ。アンティークのデスク、チークのブックシェルフ、革装丁の書物、年代物のタイプライター、ライ・ウィスキーとシャンパーニュ。ブーツで板張りの床を歩き回る音。窓から海を眺めた。

柔らかな極上のタオル。互いの身体の湿り気……。

慎二に初めて会ったのは、留学先である。住之江沙紀は、父に命じられ、学生時代は海洋環境工学を学んでいた。留学先のメリーランド大学に、環境省のカリキュラムで留学してきたのが、橋場慎二であった。

国家公務員となる若者のなかには、〝国をわが手で何とかしたい〟と、ひたむきな大志を抱いて各省に入省してゆく者が数限りなくいる。ところが、しだいに〝慣習〟や〝前例〟なるものにスポイルされてゆく。

プロパーで環境省に入省した慎二は、学生の頃の意気込みを失いかけ、荒れていた。そんな節の海外留学は、羽を伸ばすのに格好のものだ。学生時代に戻ったかのような、つかのまの自由。国のために先進の技術や論考を学んでいるのだという自負と楽しみ。

およそ学生らしからぬ、沙紀のコンドミニアムは、ワシントンD.C.郊外の小さな入り江にあり、庭先はプライヴェートな岸辺沿いで、杭《くい》にボートを繋いでいた。入り江はチェサピーク湾に続いているが、奥まった峡湾《きょうわん》は森閑《しんかん》としてい、景色は沙紀が独占しているといってよかった。

日は昇り、また海へと落ちていった。

うらうらと続いた日々のなか、二人とも、日本での現実を『ある程度、ないことに』することができていた。互いに逃げてきた結果であることも。

「こっちからあの国を眺めていると、幻のように思えるな。少しでも状況を変えるために、ぼくに何ができるんだろうと、いつも考えては腐る。手段がないわけじゃない。できることはたくさん、あるんだ。なのに、手出しできない。もどかしさが募る」

慎二はそういった。

「噂には聞いていたけど、事業官庁での利権のはりめぐらされ方がすごい。下請《したう》け企業が、公共的な開発の実働部隊になってるわけだけど、そこと役所は、抜き差しならない関係なんだよ」

各企業のトップに、省のOBが天下《あまくだ》りしてゆく。仕事は、決まってOBのもとに落ちてゆく。「各業種をバックアップするはずの外郭団体にも、人脈が周到に張り巡らされてて、省のいいぶんをフォローし、周辺の態勢ってやつを整備していく。〝何とか協会〟の会則、運用規則とかいって、緩いけどルールめいたものを作ってさ、がんじがらめに人間を絡《から》め取ってゆく。変えるということも、新しいプランもせき止められる。流れに逆らうことを許さないんだ」

省内で声を上げるどころか、少しでも差し出がましくしようものなら、即座に閑職に弾き飛ばされる。まさに〝出る杭は打たれ、浮かぶ瀬はない〟。

沙紀は新しいワインを開けた。両開きのワイン庫の右扉を十五度に、左扉は十一度に温度設定をし、赤と白とを別々に横たえている。庫内の湿度も冷蔵庫とは違い、八十パーセント以上を保てるタイプだ。コルク抜きは、五万はするだろう銀製のアンティーク。贅沢とは分かっているが、そうして味わう美酒は甘美だ。

「人間の弱さなのよね。利権のそもそもの原因は、こんな暮らしなのよ」

沙紀の呟きには、自嘲《じちょう》の響きが伴う。

清潔な麻のクロス類。新しい酒。心地よい寝床。雪解《ゆきど》け水をパッケージにしたミネラル・ウォーター。

利権のはじまりの底の底にあるのは、金の力によって人よりほんの少しでも良い暮らしがしたいという、個々の人間の切望であった。

官僚をはじめとした役人の天下りは、高度成長期に民間の給与がみるみる上がったことによって拍車がかかったといわれている。豊かな民間企業を横目で見ているうちに、役人は歯がみした。自分たちの報酬は、民間を超えるものでならなければならなかった。

彼らには、もともと豊かな才能がある。恵まれたその才を、自らの生涯報酬を充実させることに費やした。手の届くところに税収があり、それが国の人々を守る財源であることを、忘れた。

国家公務員の年収は、民間企業の一・四倍。地方公務員の年収は一・六倍といわれるまでになった。

退職時には、ふんだんな退職金を取り決め、退職後には、OBとして就職活動なしに横滑《よこすべ》りできる働く場を用意した。なければ官主導で設立する。仕事がなくても、仕事さえ作る。

我が身かわいさが、業界にぶら下がる組織を、こうして作ってきた。

ともかくも、金には不自由することがない。

……そのかわりに。

仕事からは生き甲斐が奪われた。やりたいことができない。つけがまわって、とくに若い世代は苦しんでいる。迷い、苦しみ、諦め。

「何かしたい者にとっては、すべてが悪夢のようなんだ」

金食い虫のような、能率の悪い下請けひとつさえ、交代させることができない。昨年までの上司がその下請けのトップとなり、いまの上司とトップダウンのプロジェクトを進めている。やがて自分も、そこに天下りするかもしれないのだ。

それればかりではなく、大手企業さえも、省庁にとっては下請け扱いになることがままあるから、始末に悪かった。

本来なら頼りにするべき協会のたぐいにも、理事長、理事をはじめとした役員にOBが送り込まれている。気持ちだけでことが動く世界ではない。

「わかるわ」

沙紀はいつでも、彼の頭ごと抱きかかえ、慰めた。

まだ学生であった沙紀が、聞いたふうなことを口にしたのは、慎二への同情からではない。沙紀は、すでにことの渦中《かちゅう》にいたのだ。

住之江沙紀は、学内では何不自由のないセレブリティで通っていた。国内でも、この留学先でも。

有閑階級の別荘なみのコンドミニアム。高級車、洗練された持ち物の数々……。

——でも、それは。

自分の恵まれた境遇に、やりきれないものを感じている。

庭先の杭に繋がるボートの船体が、水面に影を落としている。幼い頃から、沙紀は自家用のボートに慣れていた。

——海。

自分のありようを意識して見るとき、白い波頭《はとう》は不安な乱れに見える。とめどなく起こり、行方しれない不安に。

「お嬢さま」

慎二は、ふざけて沙紀をよくそう呼んだ。

「君は、すべてを手にしているみたいにみえる」

とも。

『洋々《ようよう》建設』。

企業名が、さほど知られているわけではない。その実、業界では知らぬ者がいない、指折りの企業。ゼネコンならぬマリコンという呼ばれ方を知ったのは、高校生の頃だったか。海洋に関わる土木建築業、マリーナ・ゼネラル・コンストラクションを略して〝マリコン〟。日本の海を造り変えてきた一大勢力である。

祖父の住之江国重《くにしげ》は、海運と海洋土木事業で功成《こうな》り名遂げた。彼の興した『洋々建設』は、かつての運輸大臣との深いかかわりをバネに、巨大な港湾の造成や海上空港整備、埋め立て事業開発、護岸などを星の数ほど手がけてきている。

「創業者一族のご令嬢と、俺。ベイ・クルージング。……いいご身分だよな」

住之江家は財を成し、父の為俊《ためとし》はいまの洋々建設を仕切る社長である。

家族の一員として、沙紀と弟は、家業に寄与することを期待されている。海洋環境工学を学ばされたのも、帝王学に類したことなのだ。

——実際は、そんなに甘いものじゃない。

大学に入ってからは、環境派NPOとの交流会で、あんたの家族は海を食い物にしている、そう詰《なじ》られたこともあった。

開発と環境保護とはうらはらのものだ。沙紀は、マリコンが海をいじり倒してきたつけが、いま回ってきていることに気づいている。陸上の開発は目立つが、海を舞台としたそれは見過ごされやすく、しかも根深い。

専門分野を学ぶにつれて、沙紀の気持ちは別の方向に開かれていた。

——生き物の棲む海へ。

環境再生。世界のトレンドは、確実にその方向へと進んでいる。

その一方で、社が海を仕切ってきた利得で、贅沢な暮らしを楽しむ自分もいる。公共事業によって利を得ている社と、その社員、家族たち、彼らの顔も知っている。何より、さらなる開発に荷担《かたん》するだろうレールの上を、沙紀は着々と歩んでいる。

現実は厳しい。逃げ出したかった。

矛盾する世界のなかで、似たものを視《み》ている共感が、慎二との仲を、急速に近づけたのだろう。

異国の湾のなかに、ただ身を潜《ひそ》めている限り、波はきわめて穏やかに見えた。ほかのことは、みなたちまち消えてしまった……。

――あの頃なら、逃げることもできた。けれど、あたし、逃げはしなかった。

沙紀の思いは、天王洲アイルでの、橋場慎二との応酬に戻ってゆく。

慎二は、温暖化対策にかける国家予算の少なさを嘆いた。

「予算というのは魔物だな。新規にことを進める費用が欲しくても、それだけではびた一文も出ない。かわりに、現状の予算のどこかを削らなくては折り合わない」

「削るといったって、簡単じゃないわ。どの省のどのセクションでも、予算の分捕《ぶんど》り合戦ですもの。相当根回《ねまわ》ししても、割り込むだけでやっとでしょう。出るのは雀《すずめ》の涙ばっかりで」

温暖化防止のためとはいっても、コストがよけいにかかるのを承知で、自前でやろうということはあり得ない。省庁はむろんのこと、民間でも、それは同じであった。ビジネスとして成り立たないのだ。

環境省が実働としてできたことは、ビジネスウエアからネクタイを外させるキャンペーンくらいしかない。旗振り役の外務省もしかりで、一人あたりのCO^2削減量を一日1キログラムとするキャンペーンを張ったが、いずれも、自前の予算は知れたものである。

事業官庁の動向はといえば、唯一はかばかしく進んでいるのは、開発事業の名目を、環境再生事業に振り替えることにすぎない。

「京都議定書にしたって、麗々《れいれい》しくいわれているけど、実効はどれほどのものだか。だいいち、目標数値が達成できなかったとしても、対処できなかった国が処罰されるわけでもないのだから」

数値が追いつかなければ、唯一、各国の間で面目《めんもく》が立たないだけである。

「国際間でもそんな調子じゃ、国内での対策に弾《はず》みがつくはずもないものね」

「すべては金なんだ。ものごとを動かす原動力になるのは。そのうえ、まずいことには」慎二は目を伏せ加減にした。「日本の温暖化対策は、手法的にも、もう限界といわれている。画期的に温室効果ガス排出を防止する、具体的な切り札がない……」

吐かれるのは、ネガティブな弱音ばかりになっていった。

「しっかりしてよ。傍観しているだけじゃなくて、手だてを案出しなくては」

「ぼくに何ができる？　予算さえない環境省で、孤軍奮闘のうえ討ち死にか」

「だったら、意見を何もいわない組でいるの？　あなたまで……？」

責め言葉が、口をついた。

「あなたたち、いかなる会議の場でも、揶揄《やゆ》されてるのよ。環境省はオブザーヴァーにすぎない、って。チャックで口を閉じられてる、いえ、口を縫い合わされてる、とまでいわれてる」

いい過ぎたかもしれない、と思った。そのことが、いまは自責の材料になっている。

――あたし、彼にはっぱをかけるつもりだった。

「じゃ、君は何なんだ」慎二の声が尖った。「結局は、海の開発に荷担する、国土交通省の御用学者《ごようがくしゃ》じゃないか」

もっとも痛いところを突かれた。

住之江沙紀は、東大大学院准教授として、湾や海域の保全と再生推進に関する第三者委員をいくつも引き受けている。

海を自浄する干潟や浅瀬を残し、ダメージを受けた海域は修復してゆく。前者を〝保全《ほぜん》〟、後者を〝再生〟、ざっくりといってしまえば、そんなことばが使われている。

ある海域を保全すべきか、再生するべきか。それとも開発を進めるのか。環境問題が起こったとき、よくあるケースとして、専門家による第三者委員会が役所によって設置され、意見が求められる。

役所に意見を申し立てる専門家集団といえば聞こえがいいが、メンバーとして挙げられる学者のなかには、各省庁や役所と切っても切れない仲の重鎮《じゅうちん》が、相当数いる。

見かけの肩書きを一見しただけではわからないのだが、プロフィールを詳細に追ってゆけば、相関図が見えはじめる。

とある国立大の教授は、過去に遡《さかのぼ》れば、某省のかかわる大手プロジェクトで数千万の研究費を得ていた。もう一人の教授は、経歴を詳しくたどれば、何と天下りしたOBではないか。続くエキスパートは、いかにも専門家らしく某研究センター、もしくは某技術フォーラムなる団体から選出されてきたようだが、実は、その研究センターや技術フォーラムこそ、某省庁の下部組織——公益法人なるもの等々にて——OBの受け入れ先としては、筆頭格なのである。

ほとんどの場合、役所とこれら〝御用委員〟のあいだには、下打ち合わせによって会議の流れができていると見てよい。

市民や地元の代表、あるいは環境NPOが正論を吐《は》いても、これらの委員が会議を仕切り、流れを一定の方向に持っていこうとする。

言論が統制されている某国の話ではない。我が日本の現状を寒からしめる一因であろう。

沙紀も、委員となってはじめて、この周到《しゅうとう》な仕組みに気づかされた。三十代の、しかも女性の委員は稀《まれ》であるが、沙紀は常連になっている。

「あたしは迎合していない。妥協もしないし。委員として恥じるところのない意見をいっているわ」

沙紀は異端《いたん》であった。誰の顔色を窺《うかが》うこともせず、臆せずにものをいう。

「住之江先生は環境優先、市民の信頼を任せることができる人……、確かに、皆、そういっているさ。てきぱきと役所を押し切り、彼らを追いつめ、必ず成果を出すってな」

慎二は皮肉っぽくいう。

会議で先鋭的なことをいい、的確に方針を形にしてゆく沙紀の存在は他を圧し、環境派NPOの評価も高い。小規模ながら、予算も堅実に回してもらえるようになっている。役所にも一目《いちもく》置かれているのだ。

「住之江先生は、いまじゃ、環境派のヒロインだよ。けどな、わかってるだろ。学者としての沙紀が引っ張りだこなのも、大目に見られているのも、業界の大立《おおだ》て者の娘だからじゃないか」

耳が痛かった。

洋々建設のドンの娘。業界で、押し出しのきく父。

委員の人選に入ることは、さほど生易《なまやさ》しいことではない。ベテランでもないぽっと出の小娘が、重用《ちようよう》されるのには、それなりのわけがあった。

——それは、わかりきったことだ……。

否定のしようのない現実である。

祖父の代から洋々建設が結びつきの深い官庁といえば、かつての運輸省にほかならない。結びつきの深い——というのはソフトすぎる表現で、抜き差しならぬといったほうが当たっているかもしれない。

港湾や空港は運輸省の管理下にあり、マリコンである洋々建設は、そのもとで公共事業を請け負ってきた。港湾整備、臨海開発、海上空港、防波堤、埋立地盤改良など、大規模な造営の数々を請け負い、かわりに何人もの天下りを受け入れている。いまは国土交通省に業務が引き継がれているものの、実質的な関係にかわりはない。

〝国土交通省の御用学者〟

と、慎二はいみじくもいったが、確かに、沙紀を引き立て、持ち上げているのは、国土交通省の力であった。米国仕込みで最新の海洋環境工学を学んできたドンの娘は、国土交通省のブレーンになっている。

「奴らは、沙紀を緩和剤《かんわざい》にしているのさ。何事にも、少しは譲歩しなくてはならない。世間のイメージは環境優先だからな。お前はうまく使われてるんだ」

「でも、あたしは……」

沙紀は抗《あらが》った。

漫然と、利用されているのではない。彼らの手法は百も承知で、清濁併《せいだくあわ》せ呑むつもりであった。

〝日本の海域を今後、左右するのはどの省か〟と問われれば、沙紀は迷わず、『国土交通省』と答えるだろう。

環境省でも、漁港や漁業を扱う農林水産省でもなく、国土交通省が海の環境づくりのキャスティング・ボートを握っている……、これも、一般には知られていないが、官界では周知のことなのだ。

「食《く》らいついていなくてはいけないの、あの省に」

もう何度も、二人のあいだでは繰り返されていることであったが、またもいわずにはいられなかった。

とくに海のダメージが進んでいる東京湾、大阪湾といった都市部では、臨海部の九割方が物流のための港湾《こうわん》となり、航路や空港、海底トンネルなどを造成するための深掘《ふかぼ》りと埋め立てとが繰り返された結果、自然の造形が残る海岸線は、ほんの僅かしかない。湾内の開発と造成を率先《そっせん》して進め、利権をむさぼってきたのは、国土交通省と、それに連なる業者である。

ところが、いまでは、遠浅《とおあさ》の瀬を持った海から干潟、背後の湿地帯までをひと続きにした、なだらかな臨海部こそが豊饒《ほうじょう》な海を作っているのだということが、各種研究により、明々白々となっている。

「むやみな開発で、結局は海に深刻な影響を与えてきた。そのつけが、いま回ってきている。

広い棚のような浅場があれば、こうも暑くはならないのよ。干潮時には、浅い砂浜や干潟の湿り気が大量に蒸発し、気化熱を奪って海や周囲を冷やしてくれるはず。なのに、残念ながら、すでに東京湾にはないに等しい。大阪湾にも。海風が吹かず、ますます暑さに拍車がかかる。あのデッド・ゾーンの貧酸素水塊だって、開発のための深掘りの跡で発生してるんだもの」

沙紀は、さらにいい募る。

「だけど、二〇〇〇年代に入ってからは、さすがに、国の姿勢そのものの方針転換が図《はか》られて、公共事業の主力を、自然再生事業にスイッチしてゆく方向が打ち出されている。あの省のなかにだって、わかっている人は、ほんの一握りかもしれないけど、いるのよ。歪《ゆが》み、ひずみを、なんとか修正したいと思っている。あたしは学者として、彼らをバックアップしていくつもり」

「自然再生か。笑わせるなよ」

慎二は吐き捨てた。

「自然再生なんてキーワードは、公共事業の隠れ蓑《みの》。沙紀だってそういっていただろう。前々首相が推進した施策さ。従来の公共事業が行き詰まり、ゼネコンやマリコンの倒産が続いたときに、目先を変えようとしてお題目《だいもく》を変更した。再生事業という名目で、山地や川の土木工事を継承する。川を元通りに蛇行《だこう》させたり、自然公園なるものを造成したり。〝美しい国〟がその続きだよな。国民は、この言葉に含まれた意味をまるっきり理解していなかった。あのキーワードは、田中元首相の〝列島改造計画〟を逆ネジ回しにしたものだ。環境修復型の公共事業をテーマに〝美しい国〟を造成しましょう、という土木事業者へのメッセージだったのに」

「それを承知の上でも、よ。あたしは、方針は間違っていないと思う。再生プロジェクトは始まったばかりだもの。いま積極的にならなかったら、取り返しのつかないことになる。同じ血税ならば、少しでも意味のある——自然の力を回復させることに使っていかないと。そのためには、あの省の内懐《うちぶところ》に食い込んで、事業の導線を、より良い方向に振り向けさせてゆかないと」

「それこそ、沙紀があっちに取り込まれ始めている証拠さ。とどのつまり、浅瀬や干潟を造成し直したり、海底の深掘りの跡に盛り砂をする。その工事は、洋々建設が請け負うんだ。住之江先生のつてで」

容赦のない、いい方であった。沙紀はひるまず切り返す。

「そうかもしれない。むろん、正当に請け負うことを目指すけれど。でも、破壊と知りながら仕事を続けてゆくよりは、会社の皆も、労力と能力を、ましな方向に使えるでしょう。効果が検証されているのなら、やるべき価値はあるわ」

どういわれようとも、結局、港湾を変貌させ、臨海部の姿形を取り戻していかなければ、海の未来はない。それができる部局は、国土交通省のほかにない。造形造化《ぞうけいぞうか》の予算を大きく取れる役所なのだ。

ただ残念なことに、開発のための土木工事一本槍できたマリコンやゼネコンには、生態系をふまえての知識が欠けている。海洋環境工学を学んできた沙紀には、その分野でのサジェッションができた。

「海が、海らしい造形を取り戻すことは、生き物の生息環境にもつながっていく。これまで反目していた農林水産省とも、足並みを揃えることができるんですもの」

魚の棲《す》む海を第一に考える農林水産省と、稚魚のゆりかごのような干潟や藻場を埋立て、自然海岸を減少させる国交省のあいだには、これまで、常に対立の構図がつきまとってきた。けれども、環境修復型の事業となれば、妥協点が見え、タッグができてゆく。沙紀はその架《か》け橋ともなりたいと意気込んでいる。

「何といわれても……」

沙紀はさらに続けようとして、ためらい、やめた。慎二は、すでに黙り込んでいる。傷口に塩をなすりあい、いさかいになった。むろん、本気ではなかった。それも、お互いにわかっていた。

これまでも、論争が起爆剤のようになって、互いを駆り立てる力になったことが、何度あったか。

——なのに、なぜ……？

追想がにわかに途切れた。慎二の遺影が浮かぶ。

——ダイビング中の事故？　信じられない。なら、やっぱり。

自ら海底に漂うことを選んだのか。

いずれにしても、橋場慎二はすでに、沙紀の近くにはいない。

もとより、彼には家庭があったのだが、そのことが、二人を隔《へだ》てたことはない。暮らしを共にしたいと考えたこともなく、ただ国の行方を眺め、思いを吐露《とろ》しあった。相手を通して自らの夢を確かめあっていた。似通った立場にあることが、どれほど心を潤していたのか、いまになって知れてきた。

身を切られるような辛さの原因は、枕を交わす間柄《あいだがら》の男を失ったというよりも、歩調を揃えて、ともに戦う人を喪失したという思いなのかもしれなかった。

——あたし、同志を失ったんだ……。

自分のために涙を流していた。そう気づくと、涙は乾いた。同時にあちこちが乾き、ひび割れてゆくようで、沙紀はぞくりと背をふるわせる。

——恋というなら、こんな気持ちではないはずだ。

魂を抜かれるような思いを恋というなら、沙紀にはもう長いこと覚えがない。無防備に人を好きになる自分と距離を置くようになったのは、いつ頃からのことなのだろうと、自らの冷え方に茫然とする。男性に限ってのことではない。女性にも同様で、存分に心を開くことができないのは、なぜだろう。自分にまとわりつく家業への引け目からなのか、金の圧迫なのか。それでは哀しすぎた。

携帯が震えた。独特のヴィブラート・モードにどきりとする。

——まさか。

半信半疑で、ディスプレイをのぞき込む。橋場慎二の名とフォーン・ナンバーが、液晶画面にくっきりと浮き上がっていた。

四

久保倉恭吾は、ＳＰにそれとなくガードされながら、空港の出口に向かっていた。最終便である。

目立たない格好をと心がけてはいるものの、それと気づかれれば、人の輪ができてしまう。移動には人の少ない時間帯を選んだ。首都圏から三百キロくらいまでなら、いつでも自宅から車を使うところだが、九州ロケとなれば、それも時間のロスであった。撮影スタッフや監督は、もちろんすでに入ってい、明朝のＣＦ撮影に備えてのスタンバイは済んでいるはずだ。

迎えの車が来ている。

地方での移動には珍しいほど、贅沢な車種であった。

「恭吾、ちょっとスケジュールが変わるから」

後部座席に並んで掛けたマネージャーの秋乃が、手帳を繰りながら、いう。

「ここで二泊になるよ」

男のような命令口調であった。服装も男装ばりである。黒髪は、ショートカットというより角刈りだ。ステッチの入ったレザーのパンツは、往年のパンク・ミュージシャンから貰ったものらしい。久保倉恭吾には、この格好で秋乃が何と伍《ご》そうとしているのか、わからないが、少なくとも業界では、これで通っている。

「え、何だよ、それ」

「何ですか、といいなさい」

ぴしゃりとたしなめられる。

「僕は聞いてませんよ、秋乃さん」

少年の頃から叱られつけていて、逆らう気など、とうに失《う》せている。

「撮影はあさってに延期だ。今晩は、クライアントの接待をしてもらう」

「ぼくが、ここでですか」

思いがけないことであった。ここは佐賀県である。それでなくとも、久保倉恭吾クラスのタレントが接待の席に列することは、きわめて少ない。事務所はトップタレントを安売りしない方針である。

「珍しいな、そんなことは。先方は相当のお偉いさんですか」

珍しいといえば、いままではめったに現場に来ない川上秋乃が、ぴったりと自分に張りついてきたことも、妙といえば妙だ。

秋乃は答えず、携帯に向かい、メールのやりとりをしている。

「あれっ」周辺の景色を漠然と目に入れていた恭吾がいう。「柳川か熊本のほうに向かっているんじゃないの、この車」

「さすがに、わかるんだな」

「わかるも何も」

佐賀空港を出た車は、有明海《ありあけかい》を時計回りに周回し始めている。このまま走れば福岡県内を通過して、熊本県に入る。

「ロケ地は佐賀じゃなかったんですか」

すでに手渡されている撮影用の絵コンテには、土蔵の並ぶ古い町並みがあった。格調のあるたたずまいを背景に、CFとグラビア広告を撮る。

商品は、新しいブランドの焼酎だと聞かされている。コンセプトは〝彗星《すいせい》〟、時代の寵児となった青年が、少しヒート・ダウンし、残光をひきながら大人びて、虚空《こくう》を艶《つや》やかに彩るイメージ。ロケは佐賀の蔵元《くらもと》で。そんな手筈《てはず》であったと記憶している。

「あんた、何年ぶりなの、こっちは」

秋乃がぽつりといった。

「昔ですね」

ぶっきら棒《ぼう》に、恭吾は返す。知っているくせに、という開き直りもある。故郷の近くに足を踏み入れるのは嫌だった。まるまる十年は帰っていないだろう。十年前にしても、複雑な思いから一度、人目につかぬように行ってみただけで、前々から足を運んでいない。いまの恭吾が、故郷の話をメディアですることはない。避けてきたといったほうが合っている。

十代後半に、上京してきたところをスカウトされた。経歴としては、そんなところで十分であった。そのあとで取得した学歴のほうが、いまではものをいっている。出身地の記載も、ただ長崎県としかしていない。

恭吾はむっつりと黙り込んだ。車はなおも進んでゆく。

——あの頃には戻りたくない、絶対に。

「海、見えないんだな。楽しみにしてたのに。有明海、あんたの故郷の海を見るのをさ」

車のゆく国道から湾部が望めないことを、秋乃が不思議そうにいう。

——地元の人間でないから、そんなことをいうんだ。

国道ばかりではなく、シーサイドの道路までいったところで、海は見えない。見えるのは、延々と続く堤防《ていぼう》ばかりだ。有明海に面した町村は、昔から水都であったが、潮の干満《かんまん》が大きいうえに、浅い海に流れ込む川の豊富な流量は、ともすれば水害を起こす。

背丈を超える高さの堤で海辺を囲い、町村を守る。少なくとも、数百年前からしていることで、昔は堤防でなく、土居《どい》と呼ばれていた。岸辺に出るには、土居の切れ目から入るしかない。

口に出せばそうなるが、恭吾は説明を省いた。都会の人間には、わずらわしいだけであろう。

かわりに、別のことが口をついた。

「有明海ってだけじゃない。違いますよ、ぼくの故郷の海の名は」

「だって、あんた。このへんの海は有明海でしょ。何だっていうのさ」

「この海には違いないんだけど、ぼくにとって唯一の海は――、〝泉水海《せんすいかい》〟です」

「センスイカイ？　聞いたことがない名だな」

「……でしょうね。忘れてください。どのみち、いまは無いも同然ですから」

泉水海。

恭吾は、宝物のように、大事な海の名を舌先で転がしてみる。

――よか海、甘か海たい。

うっとりとした。

有明海のなかでも、佐賀県の竹崎より南の海。小長井《こながい》、湯江《ゆえ》、小江、深海、長田、諫早《いさはや》、小野、森山、吾妻、瑞穂、神代《こうじろ》、土黒《はじくろ》……。いずれも小さな漁港だが、どこも豊漁であった。魚の「いのち」が泉のように湧く海を、地元では、〝泉水海〟と呼び慣わしてきた。ただの海ではない。もっとすばらしい場所だった。

海水は塩辛いと、よくいわれていることが、かつての恭吾には分からなかった。泉水海の塩けは薄く、甘く感じた。鼻うがいをしても身体にいいとまで、皆いっていた。多良岳《たらだけ》からの細流や本明川《ほんみょうがわ》からの真水が多く流れ込み、淡水と海水がほどよく混じって、塩分は淡く、しかも刻々と変化する。泉水海は汽水域《きすいいき》になっていた。

昔実感していたことを、いまの恭吾は、人に伝えるという意志をもって、言葉に表わすことができるようになっている。本当なら、声を上げたかった。

――汽水域こそ、海洋王国の宝なんだ……!

海と陸とのあわいが、最も多様な生物の棲み家となり、稚魚たちの揺りかごとなる。植物も海草も、魚介も……。潮の満ち干《みひ》で、塩分も流れも、時々刻々、複雑きわまる変容を見せる汽水域には、多種多様な生物が生まれ育つ。汽水域なしの川はあり得ないし、汽水域なしの海はあり得ない。川と海は、結ばれてこそ補完し合う。湿地、砂州《さす》、浅瀬。これらは皆、生きる者すべてにとって、なくてはならないものなのだ。皆が軽んじてきた、汽水域の地形と生き物こそが、海を救い、人をも救い、世界を救う……。

――こんな簡単なことに、長いこと誰も気づかず、河口にも海辺にも、蓋をしてきたなんて。

うなぎ。カレイ。コチ。

太刀魚《たちうお》、舌平目のクチゾコ、ムツ。車海老、白海老、アミエビ、蝦蛄《しゃこ》、どうきん。貝ならタイラギ、アサリ、女冠者《めかじゃ》。馬刀《まて》、じめき。

思い返せば、胸が高鳴ってゆく。幼い頃に、あたりまえのように目にしていた「いのち」の世界。泥一色の干潟のなか、星明かりにひらめく、無数の魚の背。

――その海が……。

ダム、河口堰《かこうぜき》、旧来の護岸工事。水利と防災という名の下に、天与《てんよ》の自浄作用を無視し、国家をあげて海を傷め続けてきた、長い歳月に思いは及ぼうとする。

恭吾は、そこで想念を振り捨てた。考えを、先へ進めたくない。

「ま、少し休んだら。着いたら起こすから」

秋乃に勧められるまでもなく、恭吾は自《おの》ずからシートの枕に頭をもたせかけ、目を瞑《つむ》った。

――何も見たくない。この先の何もかも……。

幸いなことに、車は長崎とは離れる一方であった。事務所任せにしていれば、ことは結局、滞《とどこお》りなく進んでゆく。

「ハハハッ。ほんとにナイーブなんだから、あんたは」

秋乃は恭吾の感傷を、珍しくもないものを見るように流してしまう。トップクラスのタレントだからといって、機嫌を取ることはめったにしない。辣腕マネージャーといわれるゆえんのひとつなのだろう。


車が駐《と》まった。恭吾は携帯の時刻表示を見る。半時間ほど眠ったようだ。見覚えのない場所である。

「――ここは？」

「まだ福岡県内らしいよ」

港に出ていた。

県境の大牟田《おおむた》あたりか、と見当をつける。小ぶりのマリーナに、二十艘ばかりのプレジャーボートが陸揚げされている。桟橋にも、船が着けられていた。

「あれが、クライアントの船だろう」

秋乃が先に立って車を出た。

「クルージング・ディナーか。オツじゃないですか」

恭吾も、ジャケットを着て降り立った。車のミラーを利用して、身だしなみのチェックを忘れない。

運転手に案内されてゆく。乗船口に、男が立っていた。

「お呼び立てしまして」

「とんでもない」

秋乃がかわりに頭を下げる。恭吾は軽く会釈をするだけだ。腰を低くし過ぎてはいけない。皆から見上げられる気持ちでいろ。そういい聞かされている。それでいて、小笠原流礼法や、武道の礼の訓練も受けた。芝居のときには、端正な身のこなしができなくてはならない。

「こちらは谷崎《たにざき》さん。うちの久保倉です」

秋乃の仕切りで、紹介も済んでゆく。谷崎が先に立ってキャビンに進んだ。さほど豪華というほどの支度ではないが、それなりのテーブル・セッティングがされている。

「あの」恭吾は不審に思う。「谷崎さんのほかには？」

船内には、ほかに人影がない。厚手の綿《めん》パーカに、ナイロンのフラップつきジャンパー姿の谷崎のみである。

「騒ぎになるのはお嫌でしょうし、内々のことにさせていただきました。あなたほどの方ですから……」

そうはいっても、給仕をする人間さえいないのでは、味気なさ過ぎやしないか。

「まあ、まずは海に出ましょう。ご一緒にハーバー・ビューをいかがです」

運転も、谷崎がするらしい。恭吾も操舵室に誘われた。

「……といったって、自動運転ですがね」

いまは便利なもので、システムに地点を指定すれば、船が連れて行ってくれる。船の速度が増した。

「ワインでもどうぞ」

谷崎に勧められた秋乃が、飲み物を取りにゆく。キャビンからはワイングラスだけが差し出され、秋乃は入ってこない。会話の邪魔をしないためであろう。それだけ、このクライアントが重要なのかなと、恭吾はちらりと思う。

谷崎は、ただ船の方向を注視しているかに見えた。恭吾も飲み物で口を湿らせ、夜の帳《とばり》を切り裂く船首《せんしゅ》をみているうちに、とうの昔に忘れていたことに気づかされ、戸惑っていた。福岡県の大牟田といえば、港でいうなら三池港である。船は三池港から西方向に向かっていた。

——あ。

夜目にも、島原半島のシルエットが左手に見える。進行方向にあるのは——、恭吾があれだけ忌避《きひ》してきた——故郷の海であった。

車なら大牟田から五、六時間はかかるであろう故郷、長崎の諫早《いさはや》あたりまで、船ならば三十分もかからない。福岡の大牟田と長崎の諫早とは、有明海の対岸にあたる。海の上ではほど近い。

――そうだった……。

諫早の漁師たちは、福岡や熊本の漁師たちとも隔《へだ》てなく付き合っていた。船を出せば毎日顔をつきあわせるほどの距離である。陸上の者が思うほど、行政上の区分などは、彼らの頭にはなかった。海というのは、そういうものだった。

ぐんぐん故郷が迫ってくるにつれて、恭吾は落ち着かなくなっていった。思わず酒をあおる。

しばし目を閉じた。かつての泉水海を、見るに忍びない。

「やはりお辛いですか」

海面に目をやっていた谷崎がいう。

「え」

「あなたは、諫早のご出身だそうですね」

唐突に何をいい出すのだと、恭吾はいぶかった。

「なぜ、そんなことを?」

「この海……、圧倒的に重いのでしょう? 久保倉さんのなかでは」

恭吾は相手を確かめるように見直す。こんな問いかけをしてきた人間を、ほかに知らない。谷崎がタレントを見るような目をしていないことに気づいて、はっとする。目のなかに、強い光があった。年配は、四十代にさしかかったかどうか。お偉いさんというには若すぎるように思える。

「失礼ですが、あなたのことを調べました。諫早の頃を」

「どういうことですか」

――あの頃のことは。

自分の半生といってもいいものを、久保倉は諫早に封印している。とはいえ、その実感は、すでに遠い気もしてくる。

決断は、自身でも思いがけないほど、早かった。

きっぱりと、恭吾は返した。

「正直いって、ぼくには、いまは思い返したくないことがあります」

相手は、ちょっと驚いたようであった。

「でも、その事に関して、怯《ひる》むつもりは……ないです」

知られているなら、それでよかった。相手が調べているというからには、ことの詳細を把握しているのだろう。マネージャーの川上秋乃が話に割って入ってこないことからも、それは窺い知れる。

初めて開き直れた。

――なぜだろう。

歳月がなせる業《わざ》なのか。それとも、いままで与《あずか》り知らなかった現実が見えてき、過去と向き直る気になったのか。

――俺は、変わった。

確かに、そう思う。

諫早で、恭吾は身寄りのすべてをいちどきに失っている。父が、祖母と母、それに弟妹を手にかけた。恭吾をかわいがり、家族を守ろうとしていた父が。

父は漁網で首を吊っていた。漁師だった。さぞかし苦しんだことだろう。自死に際して漁網を選んだのは、泉水海が取り返しのつかないダメージを受けたことへの、せめてものあてつけだったのだ。

恭吾には――そのころの本名は、もちろんいまの芸名とは違うのだが――何も分からなかった。いまも、自分だけが息を吹き返してしまったわけは、わからない。ほかの者たちの死に方から考えれば、首の絞められ加減に、手加減があったのだろうか。彼らは薬を含まされ、首を絞められて旅立ったという。

心中の理由は借金だ。

泉水海に溢れるほどわいていた、高級貝のタイラギが、まったく獲れなくなった。かつては千万を超えていたタイラギの漁獲が、ほぼ皆無なまでに落ち込んだ。

自然減ではあり得まい。

同じ諫早周辺で、借金苦から自殺した漁民はほかにもいる。タイラギのみならず、海老や魚介の大量死が続き、高級魚の漁獲が見込めなくなった。

——ばってん、お父ん、そぎゃんいうて死ぬことなかちゅうに。

いまの恭吾には、わかっている。

金銭面でのトラブルで死ぬのは、ものを知らないがゆえであり、抜け出す手だては必ずある。世の中の仕組みは、そうできている。恭吾には、大学で経済学を取り、自己破産の手続きや、セーフティ・ネットの実際も学んだ結果、同じ金銭苦ならば片付け、泥沼から立ち直る自信がある。

ただ、いかんともし難《がた》いのは、いまだ再生できていない海の貌《かたち》であった。

谷崎は切り出した。

「それなら尚更《なおさら》、あなたを見込んでお話ししたいことがあります」

彼は、恭吾の具体的な過去には触れなかった。かわりに、谷崎孝二郎《こうじろう》は、自らは環境調査会社の役員であると明かした。

「酒造メーカーの方ではないのですか」

広告媒体のキャラクターとしてふさわしいか否か。身辺調査は、そのために行われたのだろうと、恭吾は推測していた。

「それは、私たちの一面です」

「……私たち？」

「酒造会社の資本は、私のボスがコントロールしています」

谷崎は明かしながら、視線を眼前の光景に向けた。

海域でいえば、クルーザーは、いまや泉水海の上まで来ている。

つられて、恭吾も谷崎の視線を追った。

「人間の作る形は、実にぶざまなものです。人工物というのは」

谷崎は呟いた。

諫早湾。泉水海のなかでも、有明海の子宮といわれていた宝のエリア。かつて無限の魚が泡立つようにわいた、恵みの領域。

その輝かしさが、いまはみじんもない。無残にも、海が病《や》み労《つか》れているのである。衰亡の匂いがした。

湾のなかほどを、人工物が劃《かく》している。海を果てしもなく過《よ》ぎる、恫喝《どうかつ》的《てき》な仕切りに目が奪われる。

巨大な湾が、人工の潮《しお》受《う》け堤防によって閉め切られ、湾奥のおよそ二千六百ヘクタール、東京都でいえば港区と品川区とを合わせたよりもまだ広い面積が、海ではなく、調整池に変えられてしまった。このたまり池に、日もすがら、夜もすがら貯《た》められ、行き場のなくなった水の色は、夜目にも茶黒く淀《よど》んで、海とは格段の差があった。

恭吾は呻《うめ》く。

──なぜ、こんな貧相《ひんそう》な湾になっちまったんだ。

「食事でも取りながら話しましょうか」

谷崎がいった。


「諫早湾に何があったか──、それについては、とうにご存じですよね」

谷崎に問われ、恭吾は目を上げた。

「ここに育った者ですから」

語れば、長い話になる。だが、いまは吐き出してしまいたい気になっていた。自分のなかに溜《た》まっていた、澱《おり》のようなものを。

川上秋乃は気《き》を利かせ、一人操舵室のほうに入っていった。船は停泊している。

「これは、地元の者にしか分からないことだと思いますが」

恭吾は前置きしていった。

「諫早は、長崎でも唯一の米どころなんです。ほかのところは山や丘ばかりで、県内の平野といえば諫早平野だけ。そもそもを遡《さかのぼ》れば、それがいざこざの根源なんだと、皆いってました……」

海の環境悪化が、なぜ、米の話とつながるのか。

「昔、米不足が深刻だったときに、平らな田畑を増やそうということになったんです。それは、諫早では、海側に土地を増やしてゆくことを指してます。昔から、諫早湾の奥には、有明海を流れてくる泥が溜まりやすかったんです。といったって、悪い泥じゃないです。〝次郎さん〟のおかげで、肥えた泥だったから」

有明海に注ぐ福岡県の大河《たいが》に、筑紫次郎《ちくしじろう》と呼ばれてきた川がある。九州一の川、筑後川《ちくごがわ》である。関東第一の大水脈、坂東太郎《ばんどうたろう》――かつて東京湾に注ぎ、いまも支流の荒川が東京湾に通じる利根川《とねがわ》――に対し、筑紫の次郎という。

この川が、有明海に豊かな恵みをもたらしてきた。粘りけのある泥が湾内に流入し、諫早湾にも流れ着いては溜まる。

「その泥地《でいち》を、はるか昔から干拓地《かんたくち》にして、田んぼや畑を増やしてました。ただ、いまみたいに急激に干拓したわけじゃない。毎年少しずつ溜まっていった泥地を、数十年待っては干拓地に変えてたって聞いてます」

粘土質の泥地には栄養分が豊富で、米づくりに向いていた。数十年に数キロほど増える干拓地は、地元の食卓を潤す、大切な場所だった。

――それが。

「すべてがおかしくなったのは、この干拓が大規模事業になってからです」

潮受け堤防で湾を閉め切る。そうすれば、潮の満ち干がなくなり、泥はこれ以上岸辺に流れ着かなくなる。堤防のなかは、貯水池にする。そうしておいて、さらに内部の干潟を干上がらせ、大干拓地とする……。

こんな愚策《ぐさく》がまかり通ったのは、堤防の大工事を請け負いたい勢力が——農水省とゼネコン、マリコンが——あったためだ。

プランが持ち上がってからは、従来の干拓も、古い土居の補修も行われなくなったために、防災の面も危《あや》ぶまれ、さんざん揉《も》めた末に、事業の推進が決まった。

「でも、長いこと揉めに揉めているうちに、米不足の時代は終わりを告げていたんです。むしろ、米あまりになってしまった。農業の収支は合わなくなっていたのに」

「……なるほど。漁師さんたちのほうは、ずいぶん反対したんでしょう？」

「なし崩しだったみたいです。もとから半農半漁だった漁師は干拓地に期待したし、補償金や何かとのかねあいで押し切られた人が多くて。最後まで反対してた地域の漁協は、結局、閉め切られた湾の外側だったんで、一千万ばかりの影響保証金を積まれて、漁業はこれまで通り続けられるからと、役所に説得されてOK出したっていいます」

「しかし、それは目算《もくさん》違いだった……」

谷崎も、海に関する経緯《いきさつ》は心得ているようであった。

「ぼくにいわせれば、大嘘ですよ。当初の環境アセスメントがひどいものだったことはご存じですか？　ジャーナリストや学者さんが後日、そのいい加減さを指摘してます」

「久保倉さん……、相当、勉強されたんですね。あれから……ずっと？」

「それは、ぼく自身が直接、ひどい目に遭《あ》ってますから」

従来通りの漁が続けられるどころではなかった。工事が始まるとすぐに、タイラギが獲れなくなり、それから三年すると、あたりでのタイラギ漁獲は、皆無になった。

泉水海は、有明海の子宮。そうまでいわれた泉水海に往事《おうじ》の面影はなく、その子宮には、いま、淀んだ水が溜まっている。汚濁基準値を超えたその水が、月に何回か、諫早湾に放出されている。悪循環であった。

「湾が閉め切られてから、十年も経ったんですよ。そのあいだに、有明海には、赤潮も青潮も増えた。諫早湾だけでなく、有明海全体で獲れる魚も減るばっかりなんだ」

恭吾の言葉は、いつのまにか激《げき》してゆく。思いの丈《たけ》は、言葉を重ねるごとにつのるばかりだ。

「けど、長崎県の役所にとっては、有明海の漁獲が減っても、さほど響かないんです」

「……そんなはずはないでしょう。さすがに、環境に影響を与えた責任は感じているはずですよ」

谷崎は真顔でいう。が、恭吾は首を横に振る。

「誰だって、そう思うでしょ。でも、違うんだ。役所というところは、データの数字でしかものを見ないんですよ。長崎県の漁獲高は、全国二位なんです。でも、そのほとんどは、同じ県内でも、日本海側の漁場で揚がってしまうんです。五島列島《ごとうれっとう》から壱岐《いき》、対馬を経て東シナ海。魚どころのメッカですよ。有明海側に面している地方なんて、それに比べれば気持ち程度なんです。ムツゴロウやクチゾコなんて、みな食べないでしょ。地元のローカルな魚だし。県の漁獲高にはまったく響かない。イコール、無視ですよ。漁師も、みな陸《おか》に上がっちゃって、激減してるし」

「でも、有明海に面しているほかの県が黙っていないでしょう。悪影響を受けている」

佐賀、福岡、熊本……と、谷崎は指を折り、有明海を囲む県名を挙げてゆく。

「甘いですよ。佐賀には玄界灘《げんかいなだ》がある。福岡にも、玄界灘と周防灘《すおうなだ》の二大漁場がある。いわばドル箱ですよ。熊本に関しては、有明海にも相当ウエイトがあります。だけど、やっぱり八代海《やつしろかい》が残っている。いずれもきわめて豊かな別の漁場がありますからね。有明海サイドは軽視されちゃう。沿岸各県の連携プレーがなかなかできないのには、そういう理由もあると思ってます。もちろん、行政区域が違って、有明海そのものを統括する組織がないのが、いちばんまずいんでしょうけど」

「それは……、私も見落としていました」

「いってみれば、東京都にとっての漁獲だって、同じなんですよ。羽田《はねだ》とか芝《しば》とか、湾岸の漁場は、微々たるものなんです。ほら、島嶼《とうしょ》部でほとんど、獲れてる数字が出ちゃってるから」

東京都には、伊豆諸島や小笠原《おがさわら》列島が含まれる。その周辺には、格好の漁場がある。

数字に惑《まど》わされると、語れないものが多すぎる。恭吾には、実感があった。

「それに、僅かに諫早に残っている漁師は、有明海のなかで魚を獲るだけでなく、よその海にも出て漁をしているんです。定置網じゃなく、釣りや延縄《はえなわ》だから技術がいりますけど。だから、諫早湾にひどい影響が出ていても、なんとか吸収できてしまう。表向きの数字を見れば、食べられているという格好になっているから、実情が見えにくい。その実、海は、少しも良くなっていない……！」

「久保倉さん」谷崎は目をみはる。「あなたを見直しました。やはり……、あなたは、見かけだけのタレントとは違う……。どこで、そこまでの知識を得たんです？」

「新聞報道、ニュース。それらを念入りに読み解くだけでも、そのくらいのことは知れてきますよ」

いちど口火を切ってしまった勢いは、止まらなかった。

話し過ぎている気がした。住之江沙紀の講義を受けるようになってから、久保倉の目に映るものは、量、質ともに増える一方であった。だが、こうまで詳細に、本音を口にしたことはない。情報をかみ砕き、自分のなかに取り込むことができている。

「あなたを見込んだボスの目に狂いはない。私も、そう確信しました」

「あなた方は、ぼくをどうしようっていうんです？　ここまでぼくを連れ出して。ボスっていうのは、いったい……」

「あなたの力をお借りしたい。いや、力を貸していただきたい。私たちは、そう考えています」

「……おっしゃってください」

何を依頼されるにせよ、どのみち、無下《むげ》にはできないのだろうと、恭吾は受け止めている。ここまでのアテンドをしたということは、事務所は大筋で、彼らのいいぶんを了解しているに違いないのだ。さもなければ、秋乃がすぐさま止めに入るはずである。

「我々は、こじ開けるつもりです」

はっきりと恭吾を見据え、谷崎がいった。

「……何を？」

「あの潮止め堤防の、水門《すいもん》をです」

「何ですって」

恭吾はあっけにとられた。

——水門開放。

谷崎は、確かにそういったようであるが、たとえ聞いたとしても、あり得ない話であった。

「そんなこと、できるわけがないでしょ」

恭吾は一蹴《いっしゅう》する。

「そうでしょうか」

「そうですよ」

谷崎のいうことは、突飛《とっぴ》すぎる。

諫早湾の潮止め堤防。その水門を、常時開放状態にすることは、有明海の姿を取り戻したい者の悲願である。

堤防の防災目的までは否定しない。すでにできてしまった干拓地で営農《えいのう》している人々の生活をも否定しない。

ただ、日常的には調整池の水門を開いておけば、川の真水と海水が入り交じり、汽水域《きすいいき》が取り戻され、潮の干満も回復できて、有明海全体の流動性が高まり、干拓地が干潟に戻る。

ところが、農水省は、漁業への悪影響を懸念するなどとして、開門を頑《かたく》なに拒《こば》んでいる。開ければ一時的に、これまで溜まっている貯水池の水が海へと流出する。このことの影響を拡大解釈しているのである。

開門を求める声は、いまも根強いが、地元で声高《こわだか》に主張する人の数は減っている。

「何年も実りのない応酬が続いて、この件では、みな、へとへとだと思いますよ。少なくとも、ぼくはそう見ています」

恭吾は懐疑的だった。

諦めが渦巻いている。取り返しのつかないことだとの諦めが。

「陸に上がった漁師が、どこで職を得たか、知っていますか。ゼネコンかマリコンの関連会社ですよ。技術顧問にしたり、会社を作らせるケースもあった。彼らを工事に携《たずさ》わらせて、反対の矛先《ほこさき》を鈍《にぶ》らせたんです。やり口が汚いでしょ。ところが、工事はとうとう、すべて終わった。そしたら、もう仕事はないんです。いまだに苦しんでますよ、そういう目に遭った人は」

――ネガティブ・スパイラル。

住之江沙紀が、いつか海について口にしていた、悪循環を意味することばが浮かぶ。

有明海にも、デッド・ゾーンができている。潮止め堤防の建設時に、諫早湾の海底を深掘りして砂を採取した。その跡に、貧酸素水塊が発生するのだ。

「けれど、八年前の短期開門調査では、タイラギが気持ちばかり、回復したんでしょう。潮目もできたというし」

谷崎は指摘した。

「そうなんです。開門の効果はあります、間違いなく」

「なら、開けようじゃありませんか」

「できるわけがない。もしできたら、奇跡ですよ」

「久保倉恭吾なら、その〝奇跡〟を起こせるんじゃありませんか？」

「え」

にわかに、恭吾は日常に引き戻された。自分の属する、虚構世界の高み。

——この久保倉恭吾が……、有明海を……取り戻すのか？

そんなことが、できるのだろうか。

「久保倉さん。有明海は諫早湾の——泉水海の——ダメージで、かなりの悪影響を受けてます。漁獲量も減った。それでも、この有明海で獲れた魚は、きわめておいしい。私も、昨日、スズキをいただきましたが、陶然とする。全国屈指の味わいだと思う。なぜだと思います」

「……さあ？」

「有明海のぐるりを歩いてごらんなさい。各県にまだまだ山川草木《さんせんそうもく》が残り、湾に向かって、山々からの細流が——わき出して——、あちこちから流れ込んでいる。清冽《せいれつ》な水が、です。そんな状況は、東京湾などには、欲しくてもありません。同じような内湾系でも、周辺環境は、まだ悪くない……。再生を諦めるにはもったいな過ぎる。我々は、あくまでもやる気ですよ……」

谷崎の意気込みに半ば当惑しながら、恭吾は、なにか果てしないものにのめり込んでいきそうな自分を予感した。

五

住之江沙紀《すみのえさき》は、冷たい水を掻《か》いている。

海中に日が射しこみ、視界には、若草色の草むらが明るく開けてきていた。

背が立つか、立たないかというくらいの浅瀬《あさせ》に、胸のあたりまでの草丈《くさたけ》が、すらりと揺らぐ。リボンのようにたわみ、流れてはよじれ戻る、韮《にら》に似た海草の葉裏に、陽光がきらめいた。

海草には、魚たちがまといついている。丈長《たけなが》の海草は、稚魚たちが身を寄せ隠すよるべになっていた。

——これも、東京湾の姿。ここには……、このあたりには……、一度は消えかけた魚のよりどころが戻って来ている。

沙紀は、海草と稚魚たちが織りなす命の歓楽相に見とれた。

水面から落ちてくる光の輪郭が、海草の揺曳《ようえい》とともに、砂地に幾通りにも描かれる。自らの影は打ち群れる魚群の上方に揺らぎ、中空に浮かび漂っているかのようで、沙紀は時世を忘れてゆく。

ウェットスーツ姿でシュノーケリングをしているのは、沙紀だけではなかった。目視《もくし》での観察を目的に、沙紀が引率してきた学生たちが浅瀬に入っている。

沙紀は、海草の様子をカメラに収め、ボートに上がった。

学生たちも、興奮した面持ちで海から上がってくる。

「先生、何なんですか、ここは。こんなに町から近い浜辺に、魚があれだけ居着いてるなんて、びっくりです」

「なんだか不思議。だって、あっちに見えるの、八景島《はっけいじま》の遊園地でしょ」

何人かが口々にいう。

講義の一環として受け持っているカリキュラムに、沙紀はフィールド・ワークを組み入れていた。例年、学生を連れ、この人工海浜を訪れている。

「先生、ここも東京湾のうちなんですよね？」

顔についた水滴を手の甲で拭《ぬぐ》いながら、学生がいま見てきた光景に首を傾げている。

「そう。東京湾」

沙紀は頷《うなず》いた。

行政上の東京湾は、神奈川の劔崎《つるぎさき》と、千葉・房総半島の洲崎《すのさき》を結んだ内側の湾をいう。いま訪れている人工海浜『海の公園』と自然海岸の野島海岸、それに繋がる小ぶりの平潟《ひらがた》湾は、神奈川県の横浜市内にあり、学生のいう通り、東京湾内であった。

「しかも、この『海の公園』は人工の浜なのよ。埋め立て地の先に、一キロばかりの浜が造成されたものなの。浜辺の部分には、千葉から運ばれた山砂が百十万立方メートル投入されている」

『海の公園』の成り立ちを、沙紀は説いた。

「そんなふうには見えないなあ。ナチュラルな砂浜って感じだし」

「竣工《しゅんこう》が一九八〇年だから、造られてからもう二十八年経っていて、歳月を経たせいもあるでしょう。それに、ここは、全国に数ある人工海浜のなかでも、指折りの成功例なの」

「へえ。じゃ、この浜ができたの、俺らが生まれる前なんだ」

学生たちは、みな二十歳前後である。

「できた当初と、その後あのレジャーランドが造成されたときには、工事の影響で魚種が激減したそうよ。だけど、しだいに回復して、いまは自然海岸とほぼ遜色《そんしょく》のない生態系に戻っている」

「人工なのに?」

「ここは、ちょっと特殊でね。好条件が三つほど揃っていたのね。覚えておいて。試験に出すわよ」

沙紀は笑いながら前置きしていう。

「まず、一つ目は、造成地の条件が良かったこと。人工の浜では海岸の浸食《しんしょく》や地盤沈下がよく見られるのだけれど、ここではそれが起きなかった。浜の形がよく保たれている」

短期的に造成された浜は、長い時間をかけて造られた浜のように、あたりの地形とすぐになじむわけではない。環境条件をふまえて造ったつもりでも、失敗例も数あった。その点、ここは浜が定着した。

「次に――これはとても重要なポイントなんだけど――、自然そのままの海岸が、ほんの僅かなんだけれど、ごく近くに残っていたことがよかった。五百メートルほどの自然海浜が、ほぼ隣接しているのね。その野島海岸のほうも、工事の影響で、当初は魚種が半減したわ。ところが、竣工して四年後には、自然海岸のほうが先に回復し、そのあとを追うようにして、人工の浜にも魚が居着きはじめたの」

総合的に見れば、双方が遜色ない状況になるまでには、二十年近くを要した。いまでは、双方とも、人工海浜ができる前より魚種が増えて、ほぼ安定している。

「海の再生には、こういう生物のネットワークがものをいうの。人間は、そのネットワークの手助けをすることしかできない。自然海岸の存在こそが、人工海浜の生き物を支える大きな要《かなめ》になっていた。むやみに人工で造ればいいというのとは違うわけ」

学生たちは、食い入るように聞いている。

――この子たちがいずれ、環境再生に携《たずさ》わるとしたならば。

人為的な環境再生という作業には、いずれにせよ造成工事がつきものになる。造成は、企業や役所絡みの金や力といったパワーを伴う作業だけに、人にも利権にも振り回されがちになる。その種の事業者や設計者の道へ進むとしても、まずは生態系への配慮を根本に持ち続けてほしい。沙紀の切望であった。

「それから、成功要因の三つ目は、自然海岸の奥に平潟湾という小さな湾があって、そちらでは稚魚たちがふんだんに育っていること。見過ごされがちな、本当に小ぶりの湾なんだけど、ここから巣立ってくる魚種は相当なものなのよ。どちらの海岸よりも、湾のほうが魚種が多いの。この湾の恩恵を、人工海浜も多大に受けている。でも、ポイントとしてぜひとも押さえておかなくてはいけないのは、この湾もまた、人手によって〝再生〟されたものだという現実」

「その湾も再生されたんですか」

「そう。昔、平潟湾は閉鎖されていたことがあるの。四十年くらい前に、沿岸の企業から工業排水が流されたせいで、水が汚れすぎてね。東京湾に流出しないように、海への水路に蓋《ふた》をしておくしかなかった」

「え、そんなに汚れていたところなの」

女子学生はあたりを見回し、現況からは想像がつかないというように眉根を寄せる。

「海へ通じる道が閉め切られてからは、よけいにヘドロがたまってね。一帯に腐臭《ふしゅう》がしてたくらいだというわ。とうとう、横浜市が乗り出してヘドロを撤去しはじめ、水路が開かれたのは、十二年くらい前のことね」

「大丈夫だったんですか？　汚れてた水を海へ開いちゃって」

「当初は心配されていたけど、瞬く間に生物資源量が増えたの。劇的なくらいに。つまり、生き物が帰ってきて、平潟湾に棲み出した。真水に外海水が入り、汽水域《きすいいき》ができた。同時に、潮流が戻って、水の循環が良くなった。その結果が、いまのこの浜辺あたりの、魚の活況につながっているの……」

学生に説明を続けながら、住之江沙紀は、ふと、遠く離れた九州、諫早湾《いさはや》の調整池を思い浮かべた。

——この狭い都市部の湾でさえ、人手による再生がかなっている。あちらのほうが、かつてのこの平潟湾に比べれば、まだ汚れもさほどではなく、再生の可能性はきわめて高いはずだ……。

諫早の調整池の水深《すいしん》は、深いところでも三メートルと浅い。ヘドロは、底まで日光があたる浅場《あさば》では分解される。水流を加えて循環をよくすれば、浄化は早かろう。

この回復の現場に立っていると、珍しくポジティブな気持ちになれる。

「いずれにせよ、ひとしなみに反対されてしまいがちな人工の浜や、再生のための造成にも、見るべき点は多いわ。あなたたちには、それを見知っておいてほしい」

「先生、これ見て」

生徒が防水のデジタルカメラを差し出した。液晶のモニタに、動画が再生されている。このごろは、動画の録画機能もカメラに内蔵されてい、撮ったものがすぐに再生できてしまう。

先刻の海草に、イカが戯れていた。体長三、四センチほどの仔イカである。

「何ていうイカかな」

「さあ。あとで聞いてみましょうね」

沙紀にも、魚類をすぐに見分ける目は、さすがにない。

「感激ですよね、浅瀬のシュノーケリングでイカに出会える東京湾なんて」

「東京湾はね、本来は魚の宝庫だったたし、いまもまだ、力はあるのよ。すべては修復の仕方しだいで」

かつて、江戸に都市の拠点が置かれた理由のひとつは、水産資源の豊富さにもあったであろう。魚河岸《うおがし》は、磯付きの村々から揚がる江戸前の魚を商《あきな》った。

東京湾独特の環境は、湾内でも〝内湾〟といわれるあたりで、神奈川の観音崎《かんのんざき》と、千葉の富津岬《ふっつみさき》を結んだラインの内側の海にある。川からの水が豊かに流れ込み、塩分が薄く、波が穏やかで海底が浅い。

その浅場には、昔から甘藻《アマモ》という海草が群生していた。

「さっき水中で見てきた海草ね、あれがアマモという草。明治二十年頃には、東京湾をほぼ取り巻く形で、連続したアマモの群落があったの。千葉、東京、神奈川と」

「えーっ、嘘みたい」

学生から声が上がる。

——本当に、嘘みたい。というより、夢みたいな海だったでしょうに……。

沙紀も、心のなかで呟く。

「海藻には、岩場の堅い地質に生えるものが多いのね。コンブとかワカメとか。ところが、アマモは砂地や泥地にも生える。そこが決定的な違い。岩場が少なく、浅い海に適合している。その意味では、きわめて東京湾的な海草だともいえるわね」

アマモの草むらには、魚たちが居着く。アマモの葉には、微細な藻類が付いていて、魚の餌の餌になっている。食物連鎖の好環境だ。もちろん、CO_2を吸い、酸素を吐いて、森林に匹敵する役割を果たしてもいる……。

「稚魚の隠れ家でもあるし、成魚が卵を産みつける場にもなっている。〝海の揺りかご〟と呼ぶ人たちもいるくらい、生物資源の再生産に役立っている草よ」

アマモ場の荒廃が、魚種の減少や漁獲高の損失に直接つながるという研究結果さえあるほどだ。

「地味な感じの草なのにな」

誰かがいった。

「軽視され、見過ごされがちだったものたちが、これまで、地道に世界を救ってくれていたのよ。平潟湾だって、そう。臭いのを閉じたままにしておいたら、無用どころか、厄介者《やっかいもの》扱いだったでしょう。ところが、いまでは東京湾に欠かすことのできない、魚たちのよりどころのひとつになっている。スズキ、クロダイ、イシガレイの幼魚も採集されてる。東京湾に魚種を送り出す、宝箱といったっていいんだから」

「ふうん。俺らも何だか身につまされちゃいますね。軽視されてる、なんて言葉きくと。ゴミ扱いされてるときの、ちっぽけな自分らに似てる気がして」

「アマモだって、ジャマモといわれたことがあるらしいの」

「ジャマモ?」

「漁船の航行に邪魔だと。スクリューに絡《から》まるからって。船が機械化されてからのことだけど」

「それで刈られちゃったんですか」

「ううん。数が減った最大の理由は、沿岸の埋立てと浚渫《しゅんせつ》で、浅瀬が減ったこと。アマモは水中でも、せいぜい二、三メートルの深さのところにしか根付かないから。光合成するから、海の深場《ふかば》では無理なのね。光があたらないと。光が好きなの」

「でも、ここにはかなり残っているみたいじゃないですか」

学生の問いに、沙紀は首を振った。

「このあたりも、昔はアマモがあったところだけれど、一度衰えてしまってね。いまの群落は、人が植えたもの。この野島周辺では、二〇〇〇年から育成プロジェクトが始まったそうよ。NPOを中心に、アマモの再生を期し、一株一株植えられてきて、ようやくここまでになった……」

「すっげえ」

「けっこう手間なんすね、海の再生って」

東京湾で、天然のアマモが残っているのは、千葉の盤州干潟《ばんずひがた》、富津《ふっつ》干潟、神奈川の横須賀市走水《はしりみず》海岸、猿島沿いの東サイドなど、もはや限られた場所でしかない。

東京湾の生き物たちは、わずかに残り、点在している拠点を頼りに、ネットワークをつくり、海域を行き来している。かろうじて生きながらえられる場所を心得ているのだ。

「もっと、砂浜を増やせばいいのに。アマモの浅瀬も」

「そうね。たとえ経済的なコストがかかっても、行政が率先《そっせん》してやらなければいけないことだと思うわ」

自分の話がやや堅い方に傾きかけたのをしおに、沙紀はそこまでで締《し》め括《くく》った。あまり詰め込み過ぎても、ノートの取れない水上では、学生たちにはきつい。

残念ながら、いまでは、東京湾の水際線《すいさいせん》の九割、面積でいうと六割が物流のための港湾区域に取り込まれてしまっている。東京湾は、物資輸送の拠点でもあるが、港としての機能は過剰に重視されすぎてきた。

——そもそも、横浜、川崎より奥の東京湾は、浅すぎて港には向かない。そこに大型のコンテナ船を通すために、深掘りの浚渫をしすぎた。結果として自然海岸ははじき出され、ごく僅かになってしまっている。物流機能は大水深《だいすいしん》の湾口部《わんこうぶ》に集約させ、役目を終えた港は、積極的に浜に戻すべきなのに……。

そう続けたいところだったが、沙紀は講義を終えた。

――厳しい現実をあの子たちに突きつけるのは、次の機会にしよう。

それよりも、いまは、生き物とじかにふれあった実感を大事にしてほしかった。

「せんせーい」

ボートが浜に戻ると、沙紀の姿を認めた顔見知りの子どもたちが、波打ち際で手を振りながら大声を上げている。

「どうしたの」

駆け寄ってきた子に手を引かれてゆく。

海岸に、二十人ほどの輪ができていた。アマモの移植に携わってきたＮＰＯの面々だ。ウェットスーツ姿の親子やら、フィッシング用のウェーダーを着込んだ研究者やらが、みな、嬉々とした顔でバケツをのぞき込んでいる。

「アオリイカ」

バケツには、先刻、学生が動画に収めていたイカの実物が泳いでいる。

定期的に行っている採集調査のための曳き網漁具《サーフ・ネット》に、アオリイカの子どもが混ざっていたらしい。

「何で、そんなに喜んでいるの」

「だって、沙紀先生、アオリイカだよ」

そんなこと、当然だろうという口ぶりだ。

沙紀は年二回ほど、学生を引き連れて浜や曳《ひ》き網《あみ》の様子を見学させてもらっているだけだが、それでも見覚えて名を呼んでくれるNPOのベテランたちや子どもたちがいる。沙紀はよく、心を思い切り開ききれない自分の、殺伐《さつばつ》とした日常とは別世界だと思う。輪のなかに歓迎されている自分を感じ、このときばかりは安らげた。

「アオリイカは特別なの？」

「先生、知らないの？　アオリイカの子がこの海で生まれたの、三十年ぶりなんだよ。アマモのおかげじゃないか」

小学生くらいの男の子が得意げにいう。

「ここでとうとう孵化《ふか》したんでしょう。この六月頃に、アマモに卵が産み付けられていましたから。個体が見られたのは初めてです」

研究者がいい添える。

見れば、バケツのなかを行《ゆ》き交《か》う四杯のイカは、幼げでけなげだ。このアマモ場に生まれた、三十年ぶりの幼生。

皆の顔が輝いている。誰もが、いのちに報われたという、生みの親の顔をしているように思えた。年端《としは》のいかない子どもらでさえも。

何年も彼らが重ねた、こつこつとした積み重ねの日々や、辛抱強《しんぼうづよ》さに思いが及んだとき、ふいに、沙紀は、何か強い思いに、にわかに押されて戸惑った。とうの昔に忘れていた、確かなことに出逢った気がして。

——信じるの？　あなたは、こんなおとぎ噺《ばなし》みたいな現実を。

沙紀の自問自答をよそに、研究者らは、快挙に声を弾ませる。

「アオリイカの親が、いよいよこの浜を選んで、子を見せてくれたということは、自然に匹敵するところだと、天与《てんよ》のお墨付《すみつ》きを得たようで。いやあ……、今日は嬉しい」

誇りに満ちて、羨《うらや》ましかった。

沙紀は、留学時代さながらに声を上げて、誰彼となくハグをしたくなったが、ここはアメリカではなかったと思い直すと、思いがけなく気がひけた。

「おめでとうございます」

小声でそう呟くのがやっとだった。

——彼らに比べて、自分は何をもたもたしているんだろう。何ができるんだろう。

平潟湾が汚れていたときから潜《もぐ》って魚種を調査し、行政とかけあって浜にアマモを植え、枯れても諦《あきら》めずに、しぶとく粘ってきた彼らの様子を、すでに聞きあわせていた。

現実の厳しさに挫《くじ》け、諦める前に、地道に向き合い、障害をひとつひとつ取り除きながら、実績を積み重ねてゆく人たちがいる。沙紀には眩《まぶ》しすぎた。

学生たちはといえば、何か見失いたくないものと呼応するかのように、ワールドカップの応援時のような、野太い歓喜の声を、しぜんに上げ始めていた。

「じゃ、解散ね」

「うぃーっす」

沙紀のかけ声で、学生たちは散り散りに別れてゆく。

沙紀は、洗面所でウェットスーツの着替えを終えた。公園に更衣室などの特別の設備はない。ボランティアたちの、日頃の難儀《なんぎ》がしのばれる。

携帯で時刻を見た。ふだんから、時計をしない。時間への実感が遠いほうが、真実らしいものを見逃さずに済む気がしている。

が、携帯を目にすると、また例の疑問にとらわれる。

——あの着信は、何だったのだろう。

いつのまにか、沙紀の思考は同じところを彽徊《ていかい》し始めている。

独特のヴィブラート・モードのあと、この世にいないはずの、橋場慎二《はしばしんじ》の名がディスプレイに浮かんだ。

沙紀は慌ててコール・バックしたが、つながらなかった。呼び出し音は鳴らず、電源が入っていない旨のメッセージが流れた。幾度繰り返しても、結果は変わらない。

考えてもきりのないことだが、ひっかかる。

——誰かに、追跡してもらおうか。

どうすれば慎二の携帯の所在地がわかるのか、沙紀は知らない。が、学内にはその手のことを心得た人間がいるはずだ。

——でも、あるいは。

慎二の携帯は、警察か、遺族のもとにあるのかもしれないと考えた。仮にそうであったとしても、その両者のいずれにせよ、問い合わせるわけにもいかない。

ため息をつく。

その可能性のほうが高いと思う。それはそれで、厄介なことなのかもしれない……、と。

「住之江先生でいらっしゃいますか」

ウォータープルーフの大型バッグを肩に掛け、センターの建物を出たところで、見知らぬ男に呼び止められた。海の公園には似つかわしくないスーツ姿である。

「……あなたは？」

男の素性《すじよう》を見定めようと、沙紀は目を細める。潮《しお》に濡《ぬ》れたままの髪が気になった。取り急ぎ簡単に束《たば》ねただけで、乾ききっていない。うなじから首へ、しずくが伝わり流れたのを、手のひらでぬぐう。

「研究室にお尋ねしましたら、今日はこちらにおいでのはずだと伺いまして」

男は、沙紀と同年配くらいに見えるが、三十代半ばのわりには悠然とした物腰だ。視線も柔らかいが、鬱々《うつうつ》と含みがある感じの口元をしている。おっとり装った見かけに、油断できないという気がした。

スーツはかなり上等なものだ。だが、着込んであるために嫌《いや》みではなく、良家の匂いがする。沙紀のような成り上がりの一族ではなかろう。もっと長きにわたって培《つちか》われた、世情への気《け》だるさ、あるいは、金への面《おも》はゆさに似たものが漂うようなのは、気のせいか。

「どちらの方？」

「申し遅れました。私……」

名刺を、二枚差し出された。

手に取って、いぶかる。いずれにも、肩書きがない。

一枚目は、聞き慣れた名が記されていた。高級な和紙に、麗々《れいれい》しく名が大書されている。

――〝佐分利幹生《さぶりみきお》〟。

二枚目の名は初耳である。薄手のコート紙に、無難な明朝体《みんちようたい》のタイポグラフィー。

――〝筒井方正〟。

沙紀は目を上げる。

「佐分利さんというと、東京都の？」

「はい」

佐分利幹生は、東京都の副知事の一人である。現都政に携わる三名の副知事のうち、民間から起用されたのは、佐分利のみであった。残る二人は都庁の生え抜きで、幹部からの登用である。

都の副知事は、条例で四人までと決まっているが、最大限の四人置かれることはめったになく、大概《たいがい》は三人だ。

なかで、ジャーナリスト出身の佐分利幹生の名は、世間にも通っている。

「私は筒井方正《つついよしまさ》と申します。佐分利の書生《しょせい》を致しております」

——書生？

沙紀はいぶかる。書生とは時代がかって大仰《おおぎょう》な、そのくせ得体の知れない肩書きである。

「秘書の方ではないんですか」

「公用には、直接携わっておりませんので」

迂遠《うえん》な自己紹介であった。

ただ、佐分利の私用を足しに走り回る男ということなのか。なぜか、道楽という言葉が浮かんだ。

「筒井さん……ですか。で、私への御用とは？」

沙紀は再び、うなじに手をやった。ほつれた髪が冷たい。

「住之江先生に直接、ご相談してこいと申しておりまして」

「佐分利さんがですか」

「今日のことは、ご内聞《ないぶん》に願います。いえ、今後のことも内々に」

「そうはおっしゃっても……、研究室には、ご身分を名乗られたのでしょう？」

「申し訳ありませんが、講演の申し込みという名目で、私の名のみをお伝えしました。不躾《ぶしつけ》なのですが、先生、この後お時間を取っていただくことはできませんか」

沙紀は戸惑った。急な話であった。

「この後、すぐにですか」

「できれば、お目に掛かりたいと」

筒井は、佐分利副知事を指す代名詞を、省略する癖があるようだ。ボスともウチのが、ともいわない。

沙紀は、フードつきのニットパーカーに七分丈のパンツ、砂地を歩くことを考えてのアクアシューズでは、会談にはラフすぎるだろうかと考えた。

「ご一緒願えますか」

「私のことは、ご存じなんですか」

沙紀もつられて、主語を省いた。もちろん、佐分利幹生に面識はない。

「ご紹介を受けたのです。住之江先生なら間違いなかろう、と」

「どなたの」

「橋場君です」

――あ。

思いがけなかった。

亡くなった橋場さんとお知り合いだったのですか。そういおうとしたが、言葉にならない。

「惜しかったですね、あいつは」

筒井が先に切り出した。

沙紀は曖昧《あいまい》に領いた。橋場慎二を〝あいつ〟と称したからには、この筒井と慎二は、少なくとも知り合い以上の間柄だったようだ。

とはいえ、慎二から筒井方正の名を聞いた覚えはない。

どう応対すべきか、迷った。

「本当に、急なことでした。ただ驚いてしまって」

無難《ぶなん》に逃げる。

「住之江先生のことは、彼から聞かされていました。環境再生の分野で活躍中の、とても優秀な方だから、ぜひとも面談の機会を作ってくれないかと、橋場に頼まれてまして」

確かに、沙紀は橋場慎二に、胸中を洩《も》らしたことがある。佐分利幹生の話をした覚えなら、あった。

「我々のために……、いや、国のためになる人材だからといってました」

「橋場さんがですか」

〝佐分利副知事に会えないかしら。あの人なら、起爆剤になると思うの〟

〝起爆剤って〟

〝海を取り戻すための。とくに、東京湾を……〟

「失礼ですが、筒井さん、橋場さんとは……？」

ようやく、問えた。

「高校時代にボストンで知り合いまして。といいましても、再会したのはつい最近なんですが。私は長いこと米国におりましたので」

ならば留学仲間か。

――副知事に、いま接しておくことは……。

沙紀にとっては、望むところであった。先方から声が掛かった理由が、慎二のはからいからであるとすれば、なおさらだ。慎二には、以前から、沙紀に打ち明けずにことを進めるところがあった。

眩しいNPOたちの姿を目にしてきたばかりだけに、沙紀の胸には、ことに向かってゆく意欲がかき立てられている。

「異存はありません。このまま伺います。願ってもない機会ですから」

沙紀は、きっぱりといいきった。

六

「はい、お疲れ様でしたぁ」

監督のかけ声とともに、顔に向けられていたレフ板《ばん》が外された。

照り返しの眩しさが半減し、久保倉恭吾《くぼくらきようご》は目を瞬《しばたた》く。

日ざしが強かった。

ハイ・ペースでのロケが進んでいる。中国からインドネシアに来た。いったん日本に戻ってドラマやスタジオのルーティン・ワークをこなし、引き続いて韓国とタイに飛ぶ予定で、目まぐるしくフライトがある。

スケジュールは、すでに過密状態だ。

「なんだか、ボランティアで大使にでもなった気分だな」

恭吾は造成中の林のなかにいた。

「そうですね。こちらのＶＩＰも、そろそろ着く頃なんじゃありませんか」

必要以上の日焼けを防ぐため、メイクアップ・アーティストのアシスタントが、恭吾のためにパラソルをさし続けている。

恭吾は、ひとまずロケバスに安らいだ。

さすがに、インドネシアの東ヌサ・トゥンガラという聞き慣れないこの土地に、ファンが詰め寄せるということはなかったが、現地メディアのスタッフたちは、何組も、あたりに待機している。

日本で飛ぶ鳥を落とす勢いのトップタレント・久保倉恭吾が、自国の環境問題の取材に訪れるというので、どの国も沸騰状態になっている。

とくにアジアでは、それだけでヘッドラインを飾れるニュースになるほどの名声が、久保倉にはあった。アイドル時代から、映画や楽曲のプロモーション、あるいはライブ・コンサートで何度か各国を訪れ、大歓迎を受けてきた。

今回のプロジェクトで歴訪している国々のケーブル・テレビや衛星放送では、恭吾がかつて日本で主演したドラマが購入され、しきりに流されてもおり、年配者から若い層まで、彼の名は国民的レベルで浸透しているといってよい。

訪れる先々で、高名な政治家や高級官僚との面談が、目白押《めじろお》し状態となっているのも、そのおかげであった。

各国のＶＩＰにとっても、恭吾のインタビューを受け、あるいは表敬《ひょうけい》訪問を受けたとなれば、自分を印象づけるための、格好のニュースになる。

ロケバスのなかで、恭吾はモニタをチェックした。

果てしなく植えられている樹木のなかを歩き、ナレーションをする自分。オリーブにも似た、房状に成る実。グリーンの実を載せたわが手のひら。実をナイフで割ってみる。卵形の黒い実が出てきた。

「ここにVTRが入るんでしたよね？」

台本を思い浮かべながら、恭吾が確認した。

「そう。この実から油を採る工程を挟《はさ》み込む予定」

監督が応じた。グリーンの実からは、精油ができる。

「あ、お見えみたいですよ」

外の様子を注視していたディレクターが、慌てて出て行く。

黒塗りの高級車が、四台、ものものしく列を連ねてき、少し離れた空き地に駐《と》まった。

田舎《いなか》の造林地には似つかわしくない光景である。

まずは警備の者らしいチームが車から降り立った。メディアのチェックと交通整理が始まる。こちらのディレクターも呼ばれ、撮影隊の打ち合わせが始まったようである。

遠路はるばる、首都からやってきたのは、インドネシアの環境大臣と、同国環境省の技術持続可能開発局長であった。

「スタンバイできました」

アシスタント・ディレクターが飛んできた。

もとより、造林地のなかに、撮影用のエクステリア・テーブルや椅子がセッティングされている。恭吾は背筋を伸ばしてロケバスを出、花道のように開けられた通路から、悠然とセットに入っていった。

握手と挨拶が交わされる。

「よくおいでくださいました。こんな遠方まで」

「こちらで興味深い取り組みをなさっていると耳にしまして、ぜひ現地を歩きたいと思いました」

「ジャトロファに関心を抱かれたとか」

環境大臣は、英語を使った。

「ええ。東南アジアを潤すかもしれない植物の筆頭だと聞いています」

恭吾は通訳なしで応答している。

「英語がとても流暢《りゅうちょう》ですね」

「ありがとうございます。このジャトロファという植物に当初から注目していたのは、ダイムラー・クライスラー社だそうですね」

ダイムラー・クライスラーは、言わずと知れた、ドイツの大手自動車メーカーである。

「よくご存じですね」

有名タレント相手の軽めの会話を考えていたのか、恭吾の切り出し方に、環境大臣は意表をつかれたようであった。

「インドでもジャトロファ・プログラムが始まっていて、ダイムラー・クライスラー社が支援していることは有名ですから」

恭吾はいい添えた。

「そうでした。我が国でも、ジャトロファの植樹に力を入れています」

大臣の説明に、局長が、脇から注釈を入れた。

「二〇一〇年までに、百五十万ヘクタールの植樹が予定されています。一ヘクタールから二トン以上のジャトロファ油が採取できる予定です」

一ヘクタールは一万平方メートルだ。

「いわゆるバイオディーゼルですね？」

「そうです。軽油の代わりとなる、植物由来のエコ・エネルギーです」

「インドネシアでは、限界耕作地《げんかいこうさくち》に数えられる土地が、二千二百万ヘクタールあるとうかがってますが」

恭吾は指摘した。限界耕作地とは、荒廃して農作物が育ちにくい土地のことである。インドネシアには荒れ地が多い。

「おっしゃる通りですね。ジャトロファから採取されるのは、食用にはならない油ですから、旧来でいう農作物にはあたりませんが、乾燥に強い植物ですから、限界耕作地をリカバーできる可能性も高い。その分、酸素を出してもくれます。一ヘクタールあたりの植林密度を高めれば、四トンくらいまでは油が採取できるかもしれません。これまで放置されていた荒れ地が活用できると同時に、国家規模の代替エネルギーを得られる可能性があります」

自動車メーカーは、どこも環境対応に必死で、いちはやくこのバイオディーゼルにも着目したのであろう。

「この東ヌサ・トゥンガラは、ジャトロファの増産体制プロジェクト拠点のひとつなのですか」

即席セットの周囲は、どこまでもジャトロファの林である。

株立ちの低木に、葛《くず》かヘチマに似た、へりが縮《ちぢ》れた葉が密生している。等間隔で、整然と並び植わってい、人手によって育てられたものであることが歴然《れきぜん》としていた。

「こちらを舞台に、わが国では新たな農業が——エネルギー主体の農業が——始まったところです」

「クローン胚《はい》の生産施設も置かれているんでしたね？」

「自然の種子だけでは追いつきませんから、ジャトロファの胚を大量生産しています。そのための施設です」

「当然、将来的には、他国へのクレジットとしての活用もお考えなんでしょうね」

恭吾の問いに、環境大臣は再び驚きながらも答えた。

「それは、もう。まだ十分な数量を供出できる段階にはありませんが、日本を含め、投資国からのオファーもすでにございますし、今後も植栽を増やすつもりでおりますので、ぜひ、さらなるオファーをいただきたいところです」

インタビューは、続いた。

帰国しだい編集され、ナレーションの解説が添えられれば、この番組は、インドネシア政府を例に取り——発展途上国のバイオ燃料供給事情を物語るものになる予定である。

東南アジアの小国をはじめとした、ホスト国と呼ばれる国々では、先進国からのクレジット獲得を目指した植林が始まっている。

CO^2削減目標を達成できない先進国は、排出に余裕のある国から、相応分を買い取ることができる。余裕のある国はホスト国と呼ばれてい、さらに植林政策などを進めることによって、他国からの利得《りとく》を期待しているのである。

たとえば、日本がジャトロファ植林に資金や技術を投資し、共同プロジェクトとする。ホスト国は、その森林がCO^2を吸収した分のクレジットを日本に渡す。その分が、日本の削減目標から差し引かれるといったあんばいである。そのうえに、バイオ燃料化ができるとなれば、ホスト国にとっては一石二鳥だ。

国家間で、環境上のコストがやりとりされる時代に入っている。

金の流れを浮き彫りにすることが、インドネシア取材の狙いで、番組の目的をふまえ、恭吾は、要人のインタビューを造作《ぞうさ》なくこなしていった。

「恭ちゃん……、なんか、凄いことになってきてるわねえ」

撮影用のメイクをクリームで落としてくれながら、ケイジがいう。メイクアップ・アーティストのケイジは、お姉《ねえ》言葉を使う。感性の鋭い女性たちの肌や髪に遠慮無しに触れ、会話によるコミュニケーションも欠かせない美容の世界では、彼女たちと同化することが、便利でもあるのだろう。

「勉強してるんだなあとは思ってたけど、驚くべき変貌ね、久保倉恭吾の。お偉いさんたちが、口をあんぐり開けちゃってさ。見物《みもの》だわねえ」

各国歴訪プロジェクトの第一回目は、すでに日本で放映され、すさまじい反響を呼んでいた。番組の内容がどうというよりも、クローズ・アップされたのは、久保倉恭吾の内面にいつのまにか培われ、これまで秘められていた能力である。

初回には中国を訪れ、いまあの超大国で始まっている、大規模な植林の実態を、つぶさに追った。かの国で、例年、九州の面積にほぼ相当する造林が行われているという現実は、映像化してみると圧倒的な現実となって迫ってきた。

毎年四百万ヘクタール。

「退耕還林《たいこうかんりん》」と銘打って、それだけの耕地を山林に戻し、CO_2の吸収源とする。大がかりな目論見《もくろみ》だが、そんなことが可能になるのは、やはり広大な国土を有する、中国ならではの強みであった。

あわせて、番組では、日本が同様の戦略を取ろうとしても、造林には自《おの》ずから限界があることが顧《かえり》みられた。すでに日本の森林は国土の七割ほどを占めている。そこに、新たな造林というのは無理がある。

国際的なCO_2排出量削減戦略のなかで、日本の対応策には行き詰まり感がある。

とはいえ、中国の政策は同時に、同じ国の弱みを如実《にょじつ》に表してもいる。高度成長とともに、ますます増大してゆくと見られている同国国内のCO_2排出量を落とすための技術面に、進展や見通しがない。

恭吾は中国でも要人のインタビューを行ったが、そのやりとりのなかで、弱点が浮き彫りになっていった。

〝嘘でしょ〟

旧来のファンたちは、老獪《ろうかい》な政治家を相手に鋭く切り込んでゆく恭吾の映像を見て、騒然としたらしい。むろん、次の瞬間には、すべてが新たな魅力として映った。作られたドラマのキャラクターではなく、現実をとらえ、変えてゆく情熱をかいま見せている。

「大化《おおば》けしたわよ、あんた」

ケイジは嬉しげにいう。

今後も、恭吾は数回にわたって各国に赴《おもむ》き、精力的にレポートをこなしてゆく予定であった。その様子は、以前から恭吾を起用してきたニュース・エンターテインメント『ジス・イーズ』のスペシャル・ヴァージョンとして放映されてゆく。

放送局は、久保倉恭吾の動きを歓迎している。すでに放映されたぶんのレートは、週間ベストテンに食い込んでいた。

どのみち、放送局の側には、断りようがない。久保倉恭吾の所属事務所『サンド』の力は、番組企画のありようにまで及んでいる。

マネージャーの川上秋乃《かわかみあきの》は、精力的に動いていた。

特集番組が放映されるやいなや、『サンド』には、久保倉恭吾にむけ、オファーが殺到していた。取材依頼、新しいコマーシャル、番組の企画。常から仕事に追われている久保倉だが、まさに捌《さば》ききれないほどのお呼びがかかっている。

『サンド』も、当初こそ久保倉のイメージ・チェンジに難色を示していたものの、この上ない結果が示され、敏腕マネージャー川上秋乃の株は、さらに上がった。

結局は、恭吾については秋乃に任せておくほかなかろう……、上層部にはその手の認識が深まったのみである。社をあげて、新たな恭吾のバックアップにかかっていた。

「ついに来たよ」

インドネシアから帰ると、事務所で待ち構えていた秋乃が笑う。

「来たって、何がです」

「うん。環境省から、温暖化防止キャンペーンのイメージ・キャラクターになってくれないかと打診が来た」

「受けるんですか」

「どうしようかね。特別な役所に関わっているというカラーはつけたくないし。基本的には断るつもりさ。ジャーナリズムには中立の立場が大事だろ。といって、あちらさんの出方も見てみたいから、すこし引っ張っておこうと思う」

「了解です」

「恭吾のイメージを環境に結びつける。これが大事なんだが、いま、お国の印象を重ねられては、早すぎる」

久保倉恭吾公認ホームページのリニューアルも、進められている。ファンクラブに基金を募る準備を始めていた。

「分かってますよ。でも、もどかしいな」

恭吾は事務所に備え付けられている全国紙に目を落とす。

有明海《ありあけかい》に関するコラムがあった。

〝国内干潟のうち四割占める有明海の干潟生息調査——激減した生物も。諫早湾の浅海域が

失われた影響か〃

「早く、こっちに手をつけないと、海がへたってしまう」

恭吾の――いや、このプロジェクトの――究極の目的は、諫早湾、調整池の水門を開放させ、有明海の海を蘇らせることである。

「進んでいるじゃないか、着々と。温暖化対策といっても、日本にできることには、限界が見えてきている。結局は金を出し、途上国の余力部分を買うしかない。といって、中国のように、森林を増やすことも無理だ。そういうネガティブな状況を、まずは視聴者の、のほほんとした頭に、繰り返したたき込むことが大事だろ」

「ぼくも、現場へ行って実感しましたよ。わが国の手詰《てづ》まりを」

恭吾は肩をすくめる。

「どうしようもないって、思っちゃいますよね。こんな状況じゃ、手の打ちようがない……って」

「それが思う壺《つぼ》さ。日本人は、海外の動向に弱いからな」

基本的なプランは、谷崎孝二郎《たにざきこうじろう》から出されている。

〃中国と、インドネシアのどこそこへ行ってください〃

ざっくりとした方向性が谷崎から伝えられると、それを番組の形に変えてゆくのは、秋乃と『サンド』精鋭の制作スタッフだ。秋乃はプロデューサーたちと懇意で、どの局にも顔が利《き》く。

「でもさ、そろそろ本篇に入るよ」

「望むところです」

恭吾は目をきらめかせた。

久保倉恭吾を案内役に、三本の連続特集番組を、『サンド』主導で制作することが決まっていた。

総合タイトルは、『ポジティブ・スパイラル』。

スポンサーの筆頭は、谷崎の関係する佐賀の酒造メーカーであるが、これまで契約してきた多数のスポンサーも、喜んで協力するといってきている。番組が完成した暁には、三夜連続でオン・エアされることになるだろう。撮影は細かくばらして行われ、一部はドラマを装って撮られて、完成するまで詳細は伏せられる。

「ポジティブ・スパイラル……か。本当に、そうなるのかな」

負の渦、破滅の渦。悪化の一途を螺旋《らせん》状にたどる循環を、ネガティブ・スパイラルと呼んでいる。

負のスパイラルを、一転、ポジティブに変える。

ことが成るばかりか、満願《まんがん》かなって、ぐんぐん良くなる。螺旋状に広がり、上昇気流の渦を巻く……！

イメージのいいタイトルだった。だが、本当に実現するのだろうか。

「そう思いたいものだ。夢を思い、夢を追わなくっちゃ、やってられないじゃないか。……人間ってやつは」

秋乃は、何でもないことのようにいう。

——なぜだろう。

時折り、恭吾には、川上秋乃の入れ込みようが不思議に思えることがある。

〝恭吾も、ひと皮むけてもいい頃だ〟

確かに、日頃から秋乃はそういっていたし、〝恭吾のステップ・アップのために〟、〝恭吾の過去の清算じゃないか〟などと、二言目には口にするが、本当にそうなのだろうか。

なるほど、秋乃は、敏腕マネージャーとして『サンド』から別格の待遇を受けている。恭吾が『サンド』で上げている売上げのなかから、些少《さしょう》にせよボーナスが支払われていると聞いていた。そのことからしても、恭吾の浮沈《ふちん》が気にならないわけはないだろうが、熱の入れ方が半端ではない気がしている。

恭吾の思いをよそに、秋乃は歌うようにいった。

「この先は、住之江先生にもご協力いただかないとね……」

七

「副知事は、海をまだ、ご存じないと思うんです」

住之江沙紀は、東京都副知事、佐分利幹生の目を、しっかりと見据え、いい切った。

佐分利の目には、気力があった。そのうえ、面白そうに自分を眺めているように、沙紀には思える。

——この人は、耳を貸す気になっている。

「はっきりした人だね、住之江さんは。そうか……。ぼくは、海を知らないのか」

「はい。だからこそ、私にお声をかけていただいたのだと思ってます」

佐分利は五十代の半ば。世間から只《ただ》ならぬ男と目されてい、沙紀もそう感じている。時世への慨嘆《がいたん》と、おのれの野望とを、双方持ち合わせ、そのどちらをも、彼は隠そうとしていない。

そのために、むきだしの野望を嫌みだと思うむきも多いようだが、沙紀には、佐分利の目指す高みが、金や権力ではないと思える。ならば、何なのか。

——この人は、あたしに近い。

自分は夢を見ているのだと、沙紀は現《うつつ》のうちに、よく思う。現代社会という果てしない夢のなかに自分が描き、構築したものを、まさに手にしてみたいのだ。

「いよいよ、佐分利さんが海にご関心を向けてくださった。私には一縷《いちる》の希望です」

「大げさだなあ」

「そうでしょうか。佐分利さんといえば、陸上交通のほうでは、国交省をずいぶんとっちめてきた方です」

官庁に意見を申す各種〝委員会〟の脆弱《ぜいじゃく》さはいうまでもないが、そのなかで、気を吐《は》いたのが佐分利であった。ジャーナリストでもある佐分利は、マスコミと世論を味方に、正論を押し通し、組織の一部を改めさせた。

「そろそろ、海に目を向けてくださっても、よさそうなものだと思っていました。佐分利さんなら、東京湾を変えることができます。現知事とは一転して」

「ちょっと待ってよ。ぼくは知事を守《も》り立てる立場ですよ」

「存じております。現時点では……そういうことだと。でも、いずれはどうでしょう」沙紀はためらわなかった。「私は、佐分利さんは都知事へのワン・ステップとして、副知事就任を引き受けられたのだと思っています。それに、かなり高い確率で……、その可能性はあると」

知名度も経歴も申し分ない。いま、ざっと世間を見渡したところで、この男に列《なら》ぶ、あるいは引けをとらない東京都知事候補者は、思いつかないほどであった。

「買いかぶりすぎだな、それは」

「そうであっても構いません。副知事にも、都政を仕切る各局長からの要望を、調整なさることができるはずです。首脳部会議で方向を打ち出してくだされば……。知事への進言《しんげん》——諫言《かんげん》かもしれませんが——も望めましょうし」

口ではそういったが、本音をいえば、沙紀は、佐分利は今後の参考にするために——つまり、都知事となった場合の、次政権のために——、自分を呼んだのではないかと推測していた。でなければ、書生なる者を寄越し、会談は内々にという前提を持ち出すはずがない。

「住之江さんが、海の深さをぼくに教えてくれるのなら本望だな。あなたは、『洋々建設』の……」

「そうです」

『洋々建設』のドン、住之江為俊《ためとし》の娘であることが、話題に出るのは予定のことであった。マリコン業界を仕切り、国交省とのつながりが深い住之江家に生まれ、いまは国交省の御用学者といわれてもいる沙紀である。

「そのことがあるからこそ、興味を感じていただけたのではないですか」

「違うといったら嘘になるね」佐分利は悪びれない。「親父さんからみたら、僕なんかは、外敵だろうから。でも、住之江さんは、はねっかえりのようだ。どこまで気骨《きこつ》をみせてくれるのか」

「同じ言葉をお返しします」

佐分利は、好奇の目でしげしげと沙紀を見た。

「海こそ、佐分利さんのお力を、余すところなくお示しになれるフィールドだと思いますわ。私は、海洋こそ、島国日本の宝だと思っています。日本は海洋王国ですから」

「どういうことかな」

「海を仕切り直すんです。まずは東京湾から」

「仕切り直すか。どの時点からの話なの」

「五十年前……、といいたいところですけれど。五十年前には、全国の干潟のおよそ一割が東京湾にありましたからね。九千七百ヘクタール以上の干潟と浅瀬の恩恵で、よほど涼しかったはずですよ。いまはその九割が埋め立てられてしまった」

臨海副都心開発事業や、港湾施設整備事業を通して、バブル期を中心に乱開発が進み、海洋土木利権がマリコンと、港湾関係団体に天下りした国と都の幹部を潤した。その結果、日本国有数の豊饒《ほうじょう》な海を、国民には目の届かない場所にと変貌させ、惨《みじ》めな姿に変えてしまった。一部の人間の、甘い生活とひきかえに。

「ですから、副知事。現時点から仕切り直すしかないのです」

「といっても、東京は特別なところだ。品物が刻々《こくこく》と行き交う。国際的な交通網を充実させ、物流を優先するのも仕方がないことだ。利便性を向上させないと」

「しかし、九割方は、残念ですが、もう開発が済んでしまっています。東京都内に残っていた有明北地区、十六万坪の自然干潟も、現知事の公約違反で埋められてしまった。わずか数年前に工事が完了してます」

――浅瀬が消え去り、その後の東京のヒート・アップときたら、凄まじいにもほどがある……。

沙紀は胸中で愚痴をこぼしかけたが、いまはそのときではない。

「私の申し上げているのは、あくまでも今後です」

「住之江さんなら、何から手をつける」

「港湾施設の見直しです」

「どういうこと」

「旧来の港は、浜辺に戻すべきです」

「それは、利便性に反するんじゃないの」

「いいえ。すでに旧来の港は、とっくに役目を終えているんです。業界では周知のことです」

物流の増加に伴い、コンテナ船はいよいよ巨大になって、着岸するにも深い水深が必要になっている。昔から栄えた港が手狭《てぜま》になった。結局は必要性に迫られ、外へ外へと大深海を埋め立て地にして、新たにコンテナ港を造り進めてきた。昔から使われていた浅めの港は、役に立たなくなり、すでに使われていない。

沙紀は指摘した。

「そういう場所は、積極的に干潟や藻場《もば》に――魚の揺りかごに――戻すべきです」

「うむ、なるほど」

「同じ湾内でも、神奈川では、すでに横浜で港の統廃合が実施されてます。コンテナ港が本《ほん》牧《もく》と大黒埠頭《だいこくふとう》に集約されて、横浜港の一部を浅場や海に戻す試みが始まってます。東京でも、木場《きば》や舞浜あたりなどは浅いですから、浜に戻せると思います」

「先例があるわけか」

「副知事。都の都市計画のあらましに、海という文字は皆無に等しく、浅場も干潟も、むろん藻場についても言及されていないんです。なぜだと思われます？」

「うーん、考えたことがなかったな」

「海は誰のものでもない……。だからです。浅場や干潟は、造成しても、誰のものにもならない。海のなかですから。埋め立て地と違うのは、そこです。埋め立て地となれば、その後も地権や利権が発生する。でも、干潟や浅瀬にはそれがない。だからこそ、計画には現れない。でも、それこそパブリックで作らないといけません」

「……とすれば、眼目《がんもく》は温暖化防止か」

副知事の目の色が動いた。

——手応えが出てきた。

沙紀は、さらにいい募る。

「干潟や藻場は、デッド・ゾーンを緩和することにも役立ちます。一度作ればローコストで維持ができます」

「といったって、干潟を作るには砂が必要だろう。その分、また海底が深掘りされることになる。深掘りがデッド・ゾーンを生むときいている。悪循環じゃないのか」

「海砂《うみずな》を造成のために採取することは、すでに禁じられています。それも、貧酸素水域《ひんさんそすいいき》の拡大を防ぐためですが——、ただ、浚渫《しゅんせつ》のために海砂を攫《さら》うことは許されています。その砂を融通《ゆうずう》して、干潟や漁場の造成に使うことは可能です」

浚渫とは、おもに航路を確保したり、海底トンネルや防波堤《ぼうはてい》などの水中工事をする際、水底に溜まっている砂を攫うことである。

浚渫は、マリコンの得意分野で、海洋土木の根幹でもあった。莫大な利益を上げてもいる。

「砂の質はどうなの。ヘドロ混じりでは、干潟造成も無理だろう」

「土質の検査で対応できます。それに、もっと有効な手段があります」

「……というと？」

「ダムの堆砂《たいさ》を使うんです」

「——ダム？」

問い返した副知事の顔には、思いがけないことを耳にしたという響きがあった。

「ダムには、常に土砂がたまってゆくんです。堆砂はどこのダムでも厄介視されているんですよ」

幾多の川の上流に、巨大なダムが設けられたことも、日本全国の海浜を、極端に減らす結果につながってきた。

このことを指摘する人間が少ないのが、沙紀には不思議である。

「自然の姿を申せば、山からの土砂は川を流れ流れて、海へ運ばれ、海浜を造ってゆきます。ところが、土砂がダムで大量にせき止められてしまうでしょう。そのうえ、川のあちこちに堰《せき》などが造成されていて、海まで届くはずの土砂が、海まで運ばれてないんです。砂洲や砂浜ができなくなる。いっぽう、波の浸食で浜は削られるばかりです。むろん、干潟もです。これは、全国的な悪循環の傾向ですよ。国土を削《けず》り、痩《や》せさせているわけですから」

副知事は、唸《うな》った。

「ダムと……砂浜と……。いわれてみれば、道理だな。砂が海まで着かないのか」

「河口部の砂洲の浸食は、惨憺《さんたん》たるものですよ」

「それも、国交省の管轄か」

「ダムの管理は国直轄だったり地方自治体だったりします。浜は地方行政です。港は漁港なら農水省、物流の港湾なら国交省です」

水源、川、港湾。

――もともと、一連のものなのに。

管理主体のばらつきが、あからさまな姿を見えにくくしている。

「いずれにしても、ダムに堆《うずたか》く積もった土砂は、地方の役所が例年、浚渫《しゅんせつ》して撤去しています。コンクリート用材にも使われますが、なかには廃棄物扱いになっているものも少なくない。川や海を豊かにするはずの砂が、ですよ。これは、もったいないことです。社会的資源の大いなる無駄なんです」

沙紀はしだいに激してゆく。そういうときの自分が、どう見えているのかには気づかなかった。

「熱いな、住之江さんは。耳まで赤くなってるじゃないか」

佐分利には、まだ茶化《ちゃか》す余裕がある。

「だが、ダムのなかの土砂にも、ヘドロがたまっているのだろう。長年積もったもののなかには。それを海に排出してしまうことにはならないのかな」

「ダムにもよりますが、ダム末端《まったん》部のものなどは、流れもあるうえに、防災上毎年浚渫するので、きれいで良質です。なのに、買い手がつかないことも多々あるんですよ。その場合は、土砂をどこかに埋め立てて、おしまいです」

「それはおかしいな。なぜなんだ」

「コストです。副知事」

沙紀はずばりといった。

土砂を陸路、運ぶのには相応の運搬費用がかかる。

「けれど、その砂を下流に運んで河口部で川に還元し、砂浜を保持することは、いまや急務ですよ。海浜を保つために、ある程度のコストがかかることは、一般に知らせなくてはなりません」

「だが、それは他県との連携になるな……」

東京湾に流れ込む川は、相当数ある。東京を流れていても、川の水源は他県ということも多い。

「東京湾は、東京だけのものではないんです。都の果たす責任は重いのですが、実際には、湾岸は神奈川、千葉の一都二県にまたがります。湾の状況は、両県の水産物にも大きく影響するんですよ。むろん、東京都だって、湾内で漁業が回復するだけの漁業資源は取り戻せます」

「漁業か……」

その話題には、佐分利は気乗《きの》り薄《うす》のようであった。

東京都では、漁業はなきがごとくに扱われている。

「副知事。ご存じかどうかわかりませんが、神奈川県では、東京湾内でも、相模湾《さがみわん》に匹敵する漁獲高をあげていますよ。相模湾で獲れるのは、おもに列島を回遊してゆく魚ですが、三浦半島を中心とした東京湾の内側では、地付《じつ》きの魚が豊かに獲れています」

「そうはいっても、都のほうではな。都内に漁師は、ほんの僅かじゃないの」

沙紀は、ちょっと考えて話の矛先《ほこさき》を変えた。いいたいことは山積していた。東京湾の魚が美味であることも、現役で海に出る漁師が激減した理由も説き起こしたかったが、優先して伝えるべきことが、ほかにもある。

「いずれにせよ、自然海岸に手を加えるような愚挙《ぐきょ》は、止めるべきです。すぐさま保全しなくてはならない。けれど、こうも港湾ばかりになってしまった大都市では、次善《じぜん》の策をとらざるを得ません。干潟や浅瀬は人工でも造成すべきです。いきなり海岸が深くなる垂直護岸では、水質浄化の期待はできません。浅場を造るんです。これまで港湾に携わってきた業者にも、代替産業が必要です。これからは環境修復と再生にこそ、携わらせたいと。開発よりも再生と修復に、予算を振り向けていただきたいのです。現状では小規模すぎます」

「さすがに、住之江さんは、『洋々建設』の利得も考えているわけだ」

「いいえ。せめて〝海洋土木業界の先行き〟といってください。私は学者であって、父の社の何者でもありませんから」

「……そうでした。これは失言でした。確かに、いくつかのゼネコンや『洋々建設』には、環境再生に特化した部門ができつつあるときくが」

すぐに、佐分利は非礼をわびた。少なくとも食えない男といった感じではなく、印象は悪くない。沙紀は続けた。

「いま、いちばん東京湾に関心を持っている行政は神奈川県です。人工海浜のケアにせよ、藻場の再生にせよ、京浜《けいひん》臨海部でも多面的に手をつけ始めている。ダムからの砂を海岸に還元する試みも、小規模にですが、始めている。環境派知事の裁量《さいりょう》です。知事の面目躍如《めんもくやくじょ》ですよ。東京、千葉は、その点、もっと奮起しなくては」

「都政のどこが、海に悪いの。ポイントをいってみてくださいよ」

「まずは下水を整備してください。東京は、約千三百万の人口を抱えているにもかかわらず、都の事情は全国で見ても悪い。ここに予算を、大至急ふんだんに回さない限り、湾の未来はありません」

「——下水か。それは大切なことなの？」

「東京湾の再生に携わる者は、みな承知していることです。合流式《ごうりゅうしき》下水道を至急、見直さなければ。国土交通省という役所ができたとき、皆、どれだけ期待したことか」

「それは……どういう意味」

「合流式の下水道だと、雨が降ると、雨水《あまみず》と下水が同時に処理場に入って溢れだし、処理できないぶんがそのまま湾に流れ出てしまいます。東京は下水道が進んでいるというのは、大きな誤解です。都が標榜《ひょうぼう》している最先端都市、インフラ整備都市の風上《かざかみ》にも置けませんよ。

雨が降る日のうちの、およそ半数にあたる四十五日分ぐらいが、垂れ流し状態ですもの。改善の速度が遅すぎます」

「雨天の半分が――汚水《おすい》の垂れ流しだって？」

「その通りです」

「なぜ、そんなことに」

「東京オリンピックのせいです」

「……オリンピックの？」

「当時、下水道も完備していないのではみっともないと、五輪の開催に合わせて突貫《とっかん》工事をしたんです。施工《せこう》も簡単な方式を選んだ。そのつけが、いま回ってきているんです」

「驚くべき話だな……。で、国土交通省に期待していたというのは？」

「下水道は、国でいえば、旧来の建設省主導のマターだったんです。これまで、海とは関わりのなかったセクションですから、海にとっての負荷《ふか》を後回《あとまわ》しにしてきた。ところが、こんどは旧来の港湾担当、つまり運輸省と合わさって国土交通省になった。これで、陸から海への管理が一本化されると、皆、喜んで思ったわけです」

「ところが、期待は裏切られた？」

「現場には、何ひとつ反映されてません。予算がはかばかしく振り向けられないんです」

「なぜ」

「旧《ふる》い縦割りを、いまだに引きずって、動き出そうとしないんです。性懲《しょうこ》りもなく」

「それは改めなくては」

「改めさせることができる立場でいらっしゃいますよ、佐分利さんは」

「きれいだな」

佐分利が、唐突にいった。

「え」

「あなたの……、いや、なんでもない」

佐分利幹生の目が、自分のうなじに当てられている気がした。沙紀は、海から上がって、無造作《むぞうさ》に濡れ髪をまとめただけの自分の身なりに思いあたり、こそばゆく身を縮《ちぢ》めた。

「女性を褒《ほ》めるのも難しい時代でね」

「……ハラスメントにはなりませんよ。佐分利さんと私には、雇用関係がありませんから。上下関係もないですし」

なぜか、嫌な気がせず、言わずもがなのことが口をついた。

「嬉しいな。率直にいっていいのなら」

佐分利は頬《ほお》を緩《ゆる》めたが、あえてその先には触れなかった。かわりに、問うてきた。

「……しかし、財源はどうするのかな」

それをいわれると、弱かった。すべては、予算なのだ。学者には、いかんともし難《がた》い分野である。

「かつて、鈴木都知事は臨海部開発にあたって、国の有力者たちを引き込み、首脳の視察を繰り返してから、都庁内にタスクフォースを立ち上げたと聞いてます。六省庁連絡会議を通じて都と国とが一体になり、臨海部の開発を繰り返してきた。その手法をもって、こんどは再生にあたれば、前進できます」

「しかし、旨みが弱いんだよね。彼らを釣るための起爆剤になる、金の方式が見えない」

確かに、利権は薄いのだ。メリットが見えない限り、予算を振り替えるだけの力にはなりにくい。すべては金。金が立ちはだかっている。

環境再生と修復ということばだけでは、〝開発〟よりもインパクトが弱い。何かビジネスの誘因になる――核爆発を起こす起爆剤が欲しい。

それは沙紀にもわかっている。

「だからこそ、副知事が起爆剤になってください。予算配分のさじ加減を変えていただくことは、政治的決断によってしかできません。それができるのは、都でいえば、首脳だけなんです。役人の世界は、トップダウンが絶対ですから」

どこかで聞いたようなことをいうしかなかった。

佐分利の口調も、心なしかトーン・ダウンする。

「海洋王国……か、響きはいいがね。まあ、もう少し実現性をね。……海か。おいおい考えていきましょうよ。引き続き、お話を伺わせてください。いや、勉強になりました。海の糸口ぐらいまでは、手引きしていただけたようだ」

——やっぱり学者さんだな。予算がわかっていない。

そう受け取られ、いなされた気がした。

名案を案出できないことに、沙紀は歯がみしている。

「次のときには、現知事が海をどう捉《とら》えていらっしゃるか、お話ししましょうか」

「そうだな。マリコンの現状も知っておきたいと思っている」

副知事の口から、その種の言葉を引き出せただけでも、いまは、よしとしなければならないだろう。

「ご連絡はどのように」

「筒井を通じて取りましょう」

「あの方は、どのような」

「できる男ですよ」

佐分利の書生だという筒井方正は、席を外している。

佐分利は立ち上がりかけ、ちょっとためらってから、気を変えたようにペンを取った。名刺をもう一枚出し、何か書き添える。

「急ぎのときには、この番号に」

携帯のものらしい番号が、走り書きにしてあった。

渡されがてら、問われる。

「住之江さんと、お父上との関係はどうなの」

佐分利はさすがに切れ者らしく、間《ま》をうまくついてくる。

「それは、プライヴェートですから」

沙紀は何とか切り返した。

「そうか」

強《し》いて追ってはこない。しかし、いったん口にされてしまった響きは消えず、沙紀には、いつかこの男に答えなければならないのではないかという気が、漠然とした。

八

「あのさ。あんたさあ」

秋乃が、酔って店のマスターに向かい、大声を出している。

「東京湾の魚を、もっと置きなさいよ。本牧のスズキを仕入れなよ。首折《くびお》れにして、活《い》け締《じ》めしたやつ。あれを食べたらさ、輸入魚なんて食べられないよ」

いつものことで、マスターもカウンターの向こうで苦笑している。秋乃は店の常連にして上得意なのだ。

「そりゃ、アキちゃんがそれだけいうなら、置きますけどさ。スズキは初夏が旬の魚でしょ」

「まだまだ旨いよ。湾のなかがあったかくなってるからさ、秋冬だって居着いてるんだ。東京湾に」

「そうなんですか」

マスターは適当にあしらっている。

酔うと絡《から》み始めるが、悪気がないのは、すでに知れている。

「……だよ。な、沙紀」

相づちを求められ、沙紀も相手になってやる。

〝住之江先生〟と呼ばれていたのが、〝沙紀〟と呼び捨てになるまでに、そう時間はかからなかった。川上秋乃は、沙紀より一回りは上だが、うまがあい、お互い独身の気兼ねなさもあって、女同士の酒を誘われることが多かった。むろん、表向きには沙紀を立ててくれているのだが。

「そうね。温暖化の影響で、年中いるようになったみたい」

東京湾のスズキの漁獲高は、いまは全国でも三本の指に入る。

「でもさ、旨い。それは本当だよな」

「そうね」

「東京湾の魚が食べられないなんてのは、大嘘さ。なんたって、生きがいい。いちばん近場で獲《と》れてるんだから」

秋乃のいうとおり、湾内の魚の質は、昔と比べたら格段の差であった。工場排水の規制が強まり、いまでは湾内全体の水質を遥かに上回る品質の、浄化した水が各工場の排水口から流されるため、魚がそちらに集まるほどである。一時に比べたら、その分、水質は半分ぐらい回復している。

ただ、下水処理が追いつかないうえに、自然に水を浄化する干潟や浅瀬が激減したために、水中の栄養分が過度になり、プランクトンが大量発生しすぎて、死んだあと腐るにつれ、水中や海底の酸素を消費する。

貧酸素海域が――デッド・ゾーンが――温められて海面に上がり、青潮《あおしお》になると、いくら生きのいい魚介でも、ひとたまりもない。生きるために必要な酸素が奪われてしまうのだから。

もっとも、涼しくなれば青潮はおさまっている――いまのところは。

「いまだって、魚は獲れるよ。獲れる量が減ったのは、海へ出る漁師が減ったせいでもあるのさ、な、何で漁師が減ったと思う？　マスター」

秋乃はくだを巻く。

「さあ。教えてよ」

マスターは、くどいくらいに秋乃に聞かされてい、分かっているのだが、酔った秋乃に調子を合わせてやっている。

「沙紀、話してやってよ。マスターに漁師の話をさ」

「あのね、マスター」

もう何度も話していると知りながら、沙紀は繰り返す。でないと、秋乃が承知しないのだ。

「漁師はまだ、都内にも数はいるのよ。だけど、陸《おか》に上がってしまっている」

「何で海に出ないの」

秋乃が合いの手をいれる。

「漁業権を持っていて、船もあるけど、漁には出ない。そういう人が結構な数、いるのよ。海に出なくても、満ち足りた暮らしを送ることができてしまっているの」

「漁に出ずにさ、どうやって生計を立ててるのさ」

「開発にまつわる補償金とかね」

「だって、そんなの、すぐに使ってしまうだろう」

「とんでもない。臨海開発が進められたバブル期に、即刻、不動産に換えられるくらいの金額が出てた。役所でいえば、退職金なみだったんですもの。昔の漁師さんは、手間賃《てまちん》が標準以下で、生活が楽ではなかった。そこに、役所づとめの人が貰えるくらいの金額がまとまって用意されたら、誰だって、くらっとくるのよね」

「ひどいやり口だ」

「いまになって、お役人のなかにも、猛省して、悔やんでいる人がいるの。〝漁業が盛んだった区域ほど、埋立計画の面積が増えてしまった〟って。補償金に釣られて、漁師さんが陸に上がってね。その分、とびきりの浜や浅場が減っちゃった」

「もったいないねえ。浜は誰のものだと思ってるんだ」

「なかにはね、すでにまったく漁からは引退しているのに、漁業権だけは放さず、争いごとのときだけ出てきて、開発賛成派に回って票を投じてさ。実利だけを攫《さら》っていく人もいるんだから」

「へどが出そうだ」

秋乃は顔をしかめ、唇を尖らせる。

「アキちゃん、それだけは止《や》めといてよね」

マスターが口をはさむ。こぎれいな店であったが、秋乃には、しでかした前例がある。本人はしかし、気にも止めていない。この店には、業界めいた人間の姿がない。秋乃が駆《か》け出しであった頃からの、地元の馴染《なじ》みの店であった。

「まだまださ。その先があるだろ、沙紀。調査船や警戒船の話さ」

「うん……。海の工事現場には、必ず『警戒船』がつきものなのね。工事現場にほかの船が入ってこないように見張る役割なんだけど、結構な日当のペイがあるの。それを、補償がわりに、漁師さんに振っちゃう。サーチしているだけで、漁よりも割がいいくらいだから、海の工事が歓迎されちゃう」

調査船のほうは、つまりアフターケアに近い。工事の後、海がどう変化したかの環境調査を定例で行う。役所主導で仕立てられた船には、やはり、ふだんの一日にあがる実入りにも優《まさ》る調査料が支払われる。

「甘い蜜、うまいことちらつかせてさ。そうなっちゃったら、アホらしくって、漁をやんなくなっちまうわなあ」

「だけどね、こらえて踏ん張っている漁師さんだって、たくさんいるから」

沙紀は秋乃のためにいう。

「ふー」

秋乃が、酒混じりの吐息をつく。

「アキちゃん、今晩はデートじゃないの」

マスターが、これも承知の上で、冷やかしの声をかける。

「……海なんだ、奴は」

男のような服装の秋乃が、ちょっと照れて伏《ふ》し目《め》になる。思いのほか睫《まつげ》が長い。

秋乃は、漁をする男とつきあい始めている。漁師は明日の朝が早く、今晩は会えない。そういう意味である。

秋乃と男との出会いは、男がアルバイトのエキストラで、撮影現場に出向いてきたことだったらしい。

何かの拍子《ひょうし》に、突風《とっぷう》が吹いた。脇によけられていたセットの書き割《かわ》りが、秋乃に倒れかかってきた。さほど重みのあるものではなかったが、あおられて幾枚かが重なり合い、勢いに押されてよろめいた。

——足を挫《くじ》くかな。

倒れると覚悟したとき、ふいに身体が浮いた。近くに立っていたエキストラの男が、さりげなく身体を受け止めてくれ、事なきを得た——。

さしたることもない話だが、後になってみると、男は秋乃を、はじめから守れる位置に立っていたのだという。海でそうしているように、風の行方《ゆくえ》を気にしていたのだ、と。

秋乃はのろけた。

〝あたし、どこでも、自分の思い通りの位置に、気ままに立っていてさ。ほら、こんな格好だし、口調だし、立場だってそれなりだし、現場であたしを守る気遣《きづか》いをしてくれる男なんか、いないわけ。すごく強いと思われてるから。だから、あいつが、あたしをフォローするように立っていてくれたことが、意外だったし、かなり嬉しかったんだ……〟

秋乃は、礼のつもりで男を食事に誘った。車で来ているといわれ、駐車場に行ってみると、彼は軽トラで来ていた。

『三番瀬《さんばんぜ》の海を守ろう』

〝軽トラの後ろにさ、そんなプレートつけててさ。胸がきゅん、としたんだ。珍しく、熱くなっちゃって……〟

三番瀬は、東京湾のなかでも、千葉県側に残る、天然の干潟と浅瀬だ。

〝ぜんっぜん、あたしらとは別の仕事だろ。なんか、新鮮でさ〟

ふだんから、気の抜けないメディアの世界で自分を装い、男ばりの意地を張ってきた。それだけに、飾り気のない男らしさと純情に惹かれた。そういうことらしい。

環境海洋学者の沙紀から、秋乃が海や開発の話を聞きたがるようになったのは、それ以来のことで、この店のマスターも、秋乃の押しで、海苔《のり》を、アサリをと、海産物のメニューを増やすはめになった。

男は海苔とアサリの漁師であった。それだけでは食べていけない。けれど、別の職業に就くつもりはない。もういい年の、ひとり者だけあって、どうしようもないときだけ、各種のバイトで糧を得ている。

「妙だな。あの海になんて、何の関心もなかったのに」

東京に居住する人間にとって、それだけ、海の手ざわりは遠いものになっている。

「人間は、触れあって変わるのよ。自然なことだと思う」

沙紀はいった。

「それにしたって、凄いわ。あの彼のために——、あなたは、久保倉君を転身させちゃったのね」

三番瀬の海を守るという保全活動は、残された干潟という、東京湾の資産を守ることにつながる。疑いもなく、秋乃は男に触発され、海にも温暖化にも目を向けはじめたのに違いない。

沙紀もニュース・エンターテインメント『ジス・イーズ』特番での、恭吾の化けぶりは目にしていた。

台本を渡され、いつものように、恭吾にいくつかのアドヴァイスはしたものの、沙紀は企画のほうには携わっていない。

「恭吾にとっては、いい迷惑だったかな」

「そうじゃないと思う。彼にとっても、願ってもないことだった。格好の転機になってるわよ」

「なら、いいけどさ。あたし、めげたくないんだよ。しがらみとか、諦めなんてやつに。流されて後ろ向きになりたくない。何とかしたいんだ」

「パワフルよね。メディアの力を熟知した人のやることは。一足飛びに、あれだけのボリュームで、幅広い世代の人々にメッセージが届くんだもの。それにしても、今回の特番のプランは良かったわ。制作チームが替わったの？」

「次のは、あんたも手伝ってよね、沙紀」

マスターが、さっき慌ててウコン茶を出してきたおかげか、いくぶんか、秋乃の酔眼《すいがん》もおさまってきたらしい。

「『ポジティブ・スパイラル』ってタイトルのスペシャル番組やるんだ。むろん、恭吾をフィーチャーして」

秋乃は呟いた。

「え」

これまで、ネガティブな現状ばかりを見せつけられてきた沙紀は、戸惑った。ネガでなくポジ。明るい見通しなど、この先にあるのだろうか……？

「有明海のさ。諫早湾の調整池の水門を開ける番組」

消えそうなくらい微《かす》かな声で、秋乃は沙紀の耳元にぴったり唇を寄せ、囁《ささや》いた。

「え、いま、何て……？」

沙紀は問い返す。秋乃はまた、誰にも聞き取れないくらいの、声のない声でいう。

「恭吾の過去は、あんたは知らないよな。あいつの故郷なんだ。調整池のあたりは。水門よ、開け……ゴマ」

――有明海の調整池……!?　本気でいってるの？

沙紀は声を上げそうになる。にわかには信じがたかった。

東京湾では、一ヘクタールの浅場や干潟を新たに造るのにも四苦八苦しているのに、調整池のなかは……二千六百ヘクタール。

諫早湾の水門が閉じられたままになっていることを、いまだに見過ごしている人たちは、ことの大きさを分かっていないんじゃないか。沙紀はそう思うことがある。

東京湾に、五十年前まであった干潟の面積は、九千七百ヘクタール。有明海の調整池は、その四分の一にもあたるほど、大規模なのだ。

東京湾で、あれだけ話題になった三番瀬が、いま千六百ヘクタール。二千六百ヘクタールの広さの浅場が取り戻せるとしたら、わが国にとっても、これほど素晴らしい再生は、ほかにないはずだ。

いつになるかわからないレベルで、今後、東京都が干潟造成の着手を予定している面積が、総合してみても、わずか六十六ヘクタールだという。雲泥《うんでい》の差なのだ。

「まさか」

「ポジだよ、ポジティブに考えて」秋乃は、そこだけ大きな声になっていった。「沙紀にも、会ってもらいたい人物がいるんだ」

九

「おい、和磨《かずま》、聞いているのか」

住之江為俊は、和磨を摑《つか》まえていう。

「聞いてますよ。叔父貴《おじき》に嫌みをいわれたって話でしょう。姉貴に話してくださいよ」

住之江和磨は、沙紀とは四つ違いの弟である。いまは『洋々建設』の、もっとも若い取締役になっていた。

「沙紀はいるのか」

「シアタールームでしょ」

「呼んでこい」

「誰かに呼ばせてくださいよ」

各部屋のセキュリティ・システムには、家政婦を呼ぶコール・ボタンがついている。

「お前にいってるんだ」

——なら、内線を使えば。

インターフォンも屋敷の各部屋を結んでいる。父にそういうところだったが、和磨は考え直し、自分で子機をとった。逆らったところで、得になることはない。

「姉貴、親父《おやじ》が文句があるみたいよ」

伝えると、和磨はそそくさと、その場から逃げ出した。

――しかたがない。

プロジェクターを使い、シンポジウムの講演用スライドをチェックしていた沙紀は、しぶしぶ腰を上げた。

父の仕事場に回る。書斎と応接がセットになった、オフィスのような部屋であった。各界の大物や政治家たちと、祖父や父や叔父の写真が飾られている。船、大型客船、ボート、クルーザー、コンテナ、浚渫船、海上空港、フェリー埠頭、海中トンネル……。

――こんなにも、海に近いところばかりを撮っているのに。

海は背景でしかない。沙紀は、ここに入るたびに、構図の主副を入れ替えてみたいと思う。

「沙紀か」

答えずに、沙紀は応接間のソファに座る。父は書斎から出てき、上席に腰を下ろした。

「為次《ためつぐ》から、嫌みをいわれたぞ」

住之江為次は、『洋々建設』の常務で、沙紀の叔父にあたる。

「何のこと」

「和磨をそそのかして、金にもならないプロジェクトに投資させたそうじゃないか」

「……ああ。メタンガスの件？」

「ほかに何がある」

大手ガス会社が乗り出したバイオ発電モデルプラントが、事業化に向け予算の調達先を捜している。

和磨が任せられている海洋環境再生部門の予算のうち幾ばくかを、そこに投じたらどうかと、和磨に進言したのは事実である。

「お前のいう通りに、ずいぶん、再生関連のシンポジウムにも協賛してきた」

為俊はいう。

「しかし、環境優先もポーズならいいがな。あまり派手にはやってくれるな」

「いいじゃない。皆さんには、そうおっしゃっておけば」

環境再生事業は社のお飾りだと、父は再々、口にしている。表向きには事業に前向きだという格好をつけるが、業界トップの仲間うちでは、ジョークのように笑い飛ばされているのが現状だ。

叔父の住之江為次はもっとあからさまで、何かと難癖《なんくせ》をつけたがる。

「私は学者としてサジェッションしただけ。決断したのは和磨だし、会社でしょ。海洋土木《マリ》建設《コン》会社は、これまで海をいじってきたぶん、海の維持管理に責任があるんだから、それくらい、しなくちゃ」

大手ガス会社は、富栄養化《ふえいようか》の進みすぎた海岸や干潟に流れ着くアオサを原料に、メタンガスを取り出す技術を編み出した。繁殖力の強いアオサは、大量に発生し、砂浜に放置され、堆積すると腐って、あたりに悪臭を放つ。ところが、この腐る性質を逆に利用し、バイオマス・ガスができる。サブマリン・トラクターなどを投入し、頻繁に回収すれば、海域の保全につながる。このガスで電気を起こすためのプラント建設は、良質のプロジェクトなのだ。が、父は一顧《いっこ》だにせず、切り捨てた。

「エコ・エネルギーなんていうものは、何の役にも立たんのだから。お前たちをアメリカにやったのは、間違いだったか」

経済界では、バイオマス・ガスにせよバイオディーゼルにせよ、エコ系のエネルギー導入には及《およ》び腰《ごし》だし――、むしろ冷淡であった。

「叔父さんは、何て？」

「沙紀はわかっていない。あれほど大げさに騒がれているメタン・ハイドレードの開発・導入にだって、どこの企業もみな、引き気味《ひぎみ》なのに、浜のゴミみたいなものからメタンガスなんて、話にならん。第一、うちはますます石油業界との絆《きずな》を強くし、大事にするべきなんだから、と」

「相変わらずのお言葉ですね」

父親のいわんとしていることは、沙紀が、経済界を代表するお歴々から、さんざん聞かされてきたことでもあった。

日本海の深海に眠る、日本最大にして最後の資源といわれている、メタン・ハイドレード。それにすら、経済界の目がなかなか向いてゆかないのはどうしてか。

——答えは、わかっている……。

沙紀はため息をついた。

新しいエネルギーの開発には資金がかかる。それに比べて、従来通り石油資源を頼れば、新規開発のためのコストは不要なのだ。

石油は、枯渇《こかつ》などしていない。新たな油田の発見が続き、需要より供給のほうが上回る状況といっていい。

父は続ける。

「お前は、石油の力を甘くみている。足をすくわれるなよ。石油はジャブジャブ出てきてるんだ」

「需給関係は、確かにそうだけど」沙紀は反論する。「けど、新規の産油国の状況は不安定なのよ。西アフリカ、中央アジア。政変があったり、採油の技術が確かじゃなかったりするじゃない。そのせいで、市場が揺さぶられ、投機のターゲットになる。需要がさほどでもないのに、値段がつりあげられる。父さんだって、海運コストの高騰には悩んでいるくせに」

ガソリンの高騰で、『洋々建設』基幹事業のひとつである海運のコストにも影響が出ている。

「いずれは、船舶による航行にだって、CO_2排出削減が求められる時代になるかもしれないのよ」

「エタノールを入れるほうが、断然高くつく。重油はずっと安いんだ。エタノールを加えたら採算が合わなくなる。お前だって、そんなことは承知だろう」

石油の安定供給のためには、『洋々建設』が関わる財団も、けっこうな金額を費やしている。

不安要因の少ない産油国からの海上輸送にも、ひとつだけ不穏な要素があった。海賊である。

原油タンカーが年間何万隻も通るアジアのとある海峡には、あいも変わらず海賊が出没している。財団は、件《くだん》の海峡で、安全と警備にかかる資金の何割かを負担している。ローコストといっても、かかる部分には金がかけられているのだ。

「わかってますよ。でも、石油と世代交代する新たなエネルギーの開発投資が、長期にわたって頭打《あたまう》ちになってしまうことだけは、避けなくてはいけないわ。さもないと……」

「地球が壊れるか」

「その通りね」

為俊は、しばらく黙った。

かつては、この手の話になっても、鼻もひっかけなかった為俊だが、このところ、多少は思うところがあるようだ。それだけ、異常気象が目に見えて頻繁になり、誰もの身に響いているということだろう。

一昨年に母の薫子《かおるこ》に先立たれてから、心なしか、父の背が丸まったように見える。

〝父さん、何か運ばせましょうか〟

昔なら、沙紀か弟が父と仕事場にこもり、少し長くなると、母が気を利かせ、入ってきては尋ねたものだ。

その間合いのよさは驚くべきほどで、凍りつきかけた場を、たびたび救ってくれた。

――あたしも和磨も、若かった。けど、父さんも若かったんだ……。

いまよりもずっと、ものの言い方が激しく、双方とも折り合わなかった。

「ひと息いれさせて」

沙紀は立ち上がり、カプチーノを運ばせることにした。照れくさくて、いまだに、何か運ばせましょうかとは問えない。自分が飲みたいということにするほかなかった。

その点は、家政婦も心得たもので、支度《したく》だけはしてあったのだろう、ほどなく、カプチーノが運ばれてきた。

取り分けるだけは、沙紀がした。

「まあ、とにかくも」

為俊も、湯気の立ちのぼるカップをもてあましながらいう。泡を冷まそうと吹く上唇に、加齢ゆえの深い縦皺が寄った。祖父に似てきたと思う。こうして年老いてゆくのかと、沙紀は父を眺めた。

「どこも皆、あえて新しいバイオエネルギーとやらに切り替える必要性を感じていないんだ」

「古い体質よ、そんなの」

「いずれにしても、あまり角を立てないレベルで頼むよ。でないと、和磨の部門を整理せざるを得なくなるぞ」

為俊は思いのほか、柔らかな言い方で締め括《くく》った。

「お前たちのやっていることは、皆、持ち出しになっているんだからな……」

和磨の担当している環境再生部門も、沙紀の携わっているシンポジウムへの、財団からの協賛も『洋々建設』にとっては出費でしかない。

〝エコという文字を見たら、金食い虫だと思え〟

叔父あたりには、当初からそういわれて、いまだにその状況がまったく変わっていないことが、沙紀には頭痛の種である。先行投資だといい続けてきたその唇すら、もう、うそ寒い。

この分野への投資や、予算投入がはかばかしくないのだ。

「とくに和磨は、そろそろ本筋の業務に携わらせる」

父は、そこだけは譲らないと、昔から宣言している。これまでが、お目こぼしのようなものであり、仕方のないことである。和磨が『洋々建設』を継ぐことは、当然のように見られている。

沙紀は、あえて切り返すことをせず、胸に溢れ出そうな思いを呑み込んだ。

——いまは、まだ、口にするべきときではない……。

シアタールームに戻り、スプリングの利いた、オットマンつきのリクライニング・シートに座り込む。

シンポジウムの資料整理を再開しようと思ったが、気が変わり、川上秋乃から渡された土産を開いてみる。

「チョコレートとカラスミ、それからバカラのロック・グラス、氷も持ってきてくださる？」

つまみを品よく盛り合わせた、旧チェコスロバキア製のコンポート皿と銀の楊枝《ようじ》を家政婦に運ばせ、沙紀は土産をサイドテーブルに載せる。

細長い木箱を開くと、黒いボトルが現れた。漆黒《しっこく》の夜空を思わせるマットテイストの黒瓶に、銀の彗星《すいせい》が尾を散らし曳《ひ》いてゆく。よく見れば、ボトルの厚手のガラスのなかに、銀色のかけらが数多《あまた》、散っている。華やかなデザインで、手が込んでいた。

四合瓶の焼酎《しょうちゅう》は、久保倉恭吾をキャラクターに起用した、佐賀の蔵元のものであった。

——これが、例の……。

沙紀は利き酒《きざけ》程度をグラスにとり、まずは、ストレートで口に含んでみる。

——香りが軽い。

芋焼酎や麦焼酎よりも、くせがない。香りは淡く、都会的な印象がする。女性が好みそうな味わいで、恭吾のCFで急激に人気が沸騰しているというのも頷けた。

——麦でもなく、米でもない。

芋焼酎、麦焼酎というビッグ2《ツー》に加えて、蕎麦《そば》や黒糖《こくとう》をはじめ、栗、山芋、胡麻《ごま》、ひいてはトマトなどまで、変わりだねから造った焼酎が人気だが、この焼酎の原料は、それらとも違う。

沙紀は、杯を重ねていった。九州原産だというその原料のことを、考えるともなく考え、思いをめぐらしているうちに、いつのまにか、眠りの深みに落ちてゆく。

ふと気がつくと、携帯が震えていた。

——あ。

また、独特のヴィブラート・モードに入っている。慌ててつかむ。橋場慎二の名が表示される。出てみると切れた。

——また、同じだ。

折り返しかけてみたが、電源が入っていないと応答がある。

続いてすぐ、コールがあった。沙紀はどきりとしたが、普通の震え方であるところをみると、別人からであろう。急いでディスプレイを確かめる。名が表示されていた。

〝橋場可帆《かほ》〟と。

沙紀は瞬間、息を呑んだが、すぐに気を取り直し、深呼吸をして電話に出た。

「住之江沙紀さんでいらっしゃいますか」

相手の声が、耳元で鳴り響く気がした。

「はい」

「初めまして。橋場の家内でございます」

胸が高鳴り、こちらの口元は震えそうになる。

「……環境省の橋場さんの、奥様でいらっしゃいますか？」

「……さようです」

「あ、住之江でございます。このたびは、ご愁傷様《しゅうしょうさま》でございました……。橋場さんには、生前に、大変お世話になっておりました」

かろうじて、日頃思っていた通りにいい遂《と》げられた。

「こちらこそ、主人がお世話になりました」通り一遍の挨拶が続く。ただし、話題の主はこの世にいない。「葬儀にては、過分のご厚志《こうし》を賜り、有り難うございました。それに、申し訳ございませんでした」

「とんでもないことでございます」

「あの……、住之江さん、一度、お目にかかれませんか。ボートの件でもお詫《わ》びを申し上げたく存じますので」

いつかは、その話が持ち出されると思っていた。橋場慎二は、沙紀のクルーザーで海に出たのだ。

第二章

一

九州北部に、夜嵐《よあらし》がやってきていた。

風は不思議に生暖かい。低気圧が時節を忘れたように、いまだに南風《みなみかぜ》を伴ってくる。遠近《おちこち》に雷鳴《らいめい》があり、吹き降りはいつまでもおさまらず、風波が凄まじい。

長崎あたりの海には、漁船も出ていない。組合が、どこも休漁を決めたようである。フェリーは全便欠航とまではいかなかったが、夜半の何便かは運航の中止が報道された。

やにわに、空が光った。

白い焔《ほのお》が中天を走り裂く。一瞬の閃光が照らし出したのは、篠《しの》つく雨であった。ほどなく、天鼓《てんこ》が轟《とどろ》いた。地鳴りのような波動が、雲のきわを揺るがしてゆく。

予報では、未明まで荒天が続くとされている。

にもかかわらず、男たちは深夜の上空にいた。

風が唸りを上げ、横なぐりの雨が、間断なくヘリの機体を叩いては去る。ローターの音が風雨に巻き取られ、天外《てんがい》へと吹き飛ばされてゆく。

「この風なら、ヘリの音はかき消されてしまうかもしれませんね」

谷崎孝二郎《たにざきこうじろう》がいう。

あたりを旋回するヘリに、地上から注目する者が少なければ少ないほど、好都合であった。

雨が空に波模様を描き続けている。風向《ふうこう》は、猫の目のように変わる。

男たちは、悪天候をものともせずに――むしろ選んで――空を翔《か》けていた。

「短時間で済ませましょう」

たまたま通りがかったヘリ。そのくらいの短い滞空時間で、ことは済む。

「気分はどうです」

谷崎は久保倉恭吾《くぼくらきょうご》に問いかけた。

「武道館の初日みたいってとこかな。アドレナリンが出て、気もそぞろ」

「わざわざおいでにならなくても、我々だけで済ませられましたのに」

「万難を排して来ますよ。来《こ》ずにはいられなかった」

久保倉恭吾は、スケジュールの合間を縫い、駆けつけてきていた。マネージャーの川上秋《かわかみあき》乃《の》も承知のことで、最優先で万障《ばんしょう》が繰り合わせられた。

「この手で変えたいんだ」

男二人は、目を見交わした。目的には適した夜である。

「始めますか」

「そのために来てます。いや、ぼくはそのために生きてきたのかも」

用意は万端であった。二人は、防水の効いた雨コートを着込んでいる。

すべては、予定通りに運んでいる。

スライド・ドアを開けた。風雨が吹き込んでくる。

梱包は、すでに解かれている。流水に浸して保存してあったそれを、厚手のビニール袋いっぱいに詰めてきた。百袋、総量はおよそ二千キロ。

「記念すべき第一投だ」

久保倉恭吾は現物を袋から両掌ですくい、確かめるように、まじまじと見つめる。

——世界を救えよ、おまえら。

いったい、誰が予測できただろう。こんな、〝取るに足らないもの〟が、すべてのきっかけになるなんて。

ドアから半ば乗り出して、恭吾は掌のなかのものを空に放った。

一粒一粒は軽い。といっても、礫《つぶて》ほどはあるが、強風に巻かれ、はらはらと落ちるさまは、舞い散る木の葉にも見える。

水をたっぷり含んだそれらは、ちらちらと濡れ輝きながら離散して、見る間に渺茫《びょうぼう》たる闇へと落ちてゆき、ほぼ狙い通りの場所に、吸い込まれてゆくかに見えた。雨に紛《まぎ》れて着水しても、飛沫《しぶき》といえるほどの飛沫さえ立たないだろうと思われる。ほどなく沈水し、いずれは水底《みなそこ》に届くであろう。

谷崎はと見れば、件《くだん》の袋の口を傾けては、中身を機外に降りこぼしてゆく。恭吾も真似た。

しだいに、気持ちがたかぶってゆく。

――これは、運命なんだ。

かつては夢想もしなかったようなことを、恭吾はいま、行っている。あり得るはずもなかった。けれども、現実であった。じぶんのしていることが新しい次元を拓《ひら》くのだと思うと、心が逸《はや》る。いっぽうで、どこか恐ろしくもある。

戦闘機から爆弾を投下する兵士の心境とは、こんなものなのかもしれないと思う。

俳優として、恭吾はかつて特攻隊の兵士を演じたことがある。そのときの高揚感がオーヴァーラップした。

二人で同様の作業を繰り返すこと、およそ二十分あまり。

ついに、最後の一袋までが空《から》になった。二人は肩で息をつく。全身がずぶ濡れだ。

スライド・ドアが閉じられる。

「やりましたね」

谷崎が、合羽《かっぱ》のフードを下ろし、笑顔を見せた。用意されていたタオルで雨と汗みずくの顔とをぬぐう。

感慨がこみ上げる。

――実行した。ぼくたちは、ことをやってのけた。

恭吾は瞬間、ガッツポーズを決めた。

「本当に、ぼくがやったんですかね。目を覚ましたまま、夢を見ているみたいだ」

興奮に心が震える。

――すべてが終わる。いや、すべてが始まるんだ……！

未来、明日、前途、将来。……呼び方はどうでもいい。展望が開ける。

現状をもどかしく思い、ひとつ飛びにことを動かしてしまいたいと思う。そんな使命感にかられる者は多かろうが、実際に世界を裏返し、活路を開く運に恵まれる人間は、ごくごく稀《まれ》であろう。自分が奇《く》しくもその一人として、いまこの上空にいることに、恭吾は感謝した。

「とんでもないことですけれどね」

谷崎は呟いた。

「モラルからすればってことですか」

「いや、万が一、見とがめられて露見したところで、法によって罰せられるかどうかは微妙でしょう。何せ――、誰も手がけたことのない事象ですから。破天荒《はてんこう》というだけのことかもしれませんが」

――これは罪なのか。

恭吾は自分に問うた。

――いや、違う。功罪のどちらかといえば、疑いもなく功であろう。

「荒療治というい方のほうが合っているかもしれません」

「それは……、いい得て妙ですね」

病んだ状態の改善を目的とするものであるとしても、とてつもなく強引な手法であることは確かだった。

「とにかく、あと何回かは仕込むんですよね？」

同様な日を選び、三月までにヘリはあと十回かそこら飛ぶと聞いている。

「はい。ですが、今後はお任せください。ただ、とりあえず表向きは、私どもは何も手を下していないのです。ことは、あくまでも自然に起きたという形で。あり得ないことだとはいいきれないんです、こういう現象は。……そうお思いになりませんか」

「待ち遠しいな」

恭吾の目には、来るべきその日が浮かんでいる。

「あとは、時が経つのを待ちましょう……、ともに」

谷崎の声にも、興奮の余韻が残っているように、恭吾には聞こえた。

二

住之江沙紀《すみのえさき》は、放送局の一室でモニタに見入っている。

番組のプロット通りに、ざっと編集されたVTRが流れてゆく。

水を張られた田、稲穂の稔《みの》り、どこかの棚田《たなだ》で、米の収穫が行われているシーン。休耕田、大豆畑に変えられた田のショット。

かぶさるように、耳慣れた久保倉恭吾の声でナレーションが入った。

〝温暖化防止の決め手に悩む日本。排出権を金にあかしてホスト国からむやみに買い入れるよりも、自国で排出量を削減できる手だてはないものかと、各方面でさまざまな模索が続いている。

そんななか、時折思い出したように持ち上がる話がある。我が国の主食でもあるコメからバイオエタノールを作れないかというものである。

技術的には、もちろん不可能な話ではないという。

コメが即座にエコ・エネルギーに変わるのであれば、夢のような話だと舞い上がらずにはいられない。だが、現実的には前途多難というのが本当のところだ……〟

久保倉恭吾をフィーチャーしたスペシャル番組『ポジティブ・スパイラル』の収録と編集は、少しずつ進んでいる。

「第一夜の放映分には、コメの話を入れるべきね」

サジェッションしたのは沙紀である。

温暖化防止の先行きを眺めたとき、日本が直面している状況は、そう甘いものではない。コメ絡みの話題は、それを視聴者に知ってもらうには格好のものである。

「むろん、米からもバイオエタノールはできるのよ」

ブレーン・ストーミングのとき、沙紀はスタッフに指摘した。

「ただ、問題はコストね」

夢のような話が、すべてうまく運ぶとは限らない。

「でも、住之江先生、いまは減反政策で、田んぼが余っているっていうじゃないですか。そこでコメからバイオエタノールを作るっていうのなら、悪くないプランに思えますけど」

ディレクターが口を挟んだ。

「確かに、この日本には水田が余っているわ。それを利用すれば……と考えるのも、当然のことよね」

日本の水田の面積は、二百六十万ヘクタールばかりあるという。そのうち、いま減反の対象になっているのは、およそ百万ヘクタールだ。

「その百万ヘクタールのうち、一部では大豆や小麦、牧草などが栽培されているのだけど、この減反分でバイオエタノールを作ればという発想はありよね。ところが、コメを作るのに比べて、バイオエタノールにする場合のほうが売れる価格が低くて、まったく折り合わないのよ」

「え、それってどういうことですか」

「いま、食用のコメの価格は一キロおよそ二百円前後からなんだけど、バイオエタノール用のコメづくりと考えると、二十円にしか相当しないわけ。同じ収量を上げても、十倍の格差があるってことになる」

「まさか」

スタッフたちも、これにはあっけに取られたようである。

「コメの十分の一の値段にしかならないってわけですか」

「それじゃ無理だわ」

「労力掛かりすぎだもんね……」

口々に、嘆声《たんせい》が洩れる。

「それなら、ほかの転作物のほうが、まだましってことになりかねないでしょう。コメからのバイオエタノールは、収量が極端に多い品種でも開発されない限り、実現は難しいとされている」

「難しいものなんですねえ」

みな吐息がちである。

「予算絡みで、少しは相殺《そうさい》できるのだけど。いま、減反政策のために、農水省は千三百億円ばかりを拠出しているから、水田が使われるようになれば、その分のコストは浮くかもしれない。だけど、痛みは農家に転嫁されかねないでしょう」

「じゃ、やっぱりトウモロコシを育てたほうがいいんですか」

「コーンね。コメよりは、価格的にはましだけれど」

コーンはバイオマス・エネルギーのトップ・スターのようにいわれている。エネルギー用にコーンが振り向けられるあまり、アメリカやブラジルで品薄になり、その影響で食用コーンが高騰したなどということが、しばしば我が国のメディアでも聞かれる。

「なぜブラジルやアメリカがコーンで成功したかといえば、あれは生産者主導でことが始まったからなの。コーンは、生産調整がきかずにだぶついて、大暴落することがよくあったわけ。農家は当然、暴落問題に悩んでいた。そこに、バイオマス・エネルギーへの転用が始まった。市況が見えてきて暴落が予想されるときには、余剰分をバイオエタノールに振り向けることにした。いわば別の需要を作ってしまうことで、価格保持を目的にしたのが実際のところだったの。余りがちだった作物の調整がうまくいったケースね」

「じゃ、目論見《もくろみ》は、おおむね成功してますよね」

「そう単純でもなさそう」

現況をつぶさに見てゆく必要がある。沙紀は提案した。

「ここでコーンに関するアメリカ取材を入れるといいと思うわ。国情の違いもわかるし、バイオエタノール産業の課題もあからさまになると思う」

「眼目《がんもく》は何です」

ディレクターが尋ねてくる。

「確かに、余剰コーンの問題は解消されて、いまアメリカは、生産拡大ブームに沸いている。来年にはアメリカがブラジルを抜いて、世界最大のバイオエタノール生産国になると目されてもいる。ただ、ネガティブな見方もないわけではない」

「……つまり？」

「食物生産との競合」

「食用コーンが足りなくなるという話なら、すでに、さんざん報道されてますよね」

わざわざ特別に出向くまでのこともないのではと、ディレクターはいぶかる。

「もっと先のことなの」

沙紀のレクチャーは続く。

「このまま進めば、農牧地とのかねあいがつかなくなると見る専門家もいる」

「どういうことです」

「エキスパートを登場させて、語ってもらったらどうかしら」

沙紀は、米国在住時代の知人でもある農業経営学専門学者の名を挙げた。

その学者が、いま、画面のなかで語っている。米国農務省農業研究局《USDA-ARS》のサマーズ博士である。

〝二〇〇七年には百九十億リットルであったエタノール使用量が、二〇一二年までには二百八十四億リットルになることが、米国のエネルギー法には明記されているのです。しかし、実際に石油燃料の削減状況を満足させるためには、このおよそ十倍近くのエタノールが必要という試算があり、そのすべてをコーン増産によって確保した場合には、何と米国の農地の二分の一にあたる面積を栽培地にしなくては足りないことになるのです……〟


「遅れましてすみません」

久保倉恭吾が、マネージャーの川上秋乃と連れだって入ってきた。

恭吾の背後から、あたりに圧倒的な光が散った気がして、沙紀は思わず見直す。機運を連れてきているのだろうか。多忙も極まっているだろうに、少し見ないうちに、目の光がぐんと強まっている。

「どうです、VTRの感じ」

開口一番、恭吾は問うた。

「第一夜の番組分は、こんなところでしょうね」

三夜連続で行われる番組のうち、初回は視聴者の危機感をあおる。温暖化防止に関するネガティブ情報を、これでもかと盛り込んでみせる。予定のプロットであった。

「住之江先生、サマーズ教授の部分、編集ラッシュ見ました？」

「いま見てたところ」

「あの話聞いていてたら、気が滅入ってきましたよ」

恭吾はスチール製の折り畳み椅子に掛け、ミーティングテーブルに頬杖をついた。

「結局は、物理的な限界に突き当たるんですかねえ。酪農のための用地や穀物生産のためのエリアが燃料用の畑に侵食されてしまったら、元も子もない話ですよね」

「突き詰めてゆくとね。世界的規模で考えれば、食糧生産はきわめて重要だもの。食べものがなければ、それこそ死活問題になっちゃう。中南米で遺伝子組み換え作物が大規模に生産されるようになったのも、もとはといえば食糧の増産を企図してのことだったのに、食糧生産の主戦力だったブラジルがエネルギー生産国になってしまったら、食糧の輸入国には打撃が大きい。温暖化とどっちを取るかといわれれば、至急の課題である食糧を優先するほかないもの」

「せめぎ合いなんですね。限られた農地のなかでの」

「広大な米国やブラジルでもそうなんですもの。我が国の状況は惨憺《さんたん》たるものね」

「ちっこい国だもんな」川上秋乃が唇を尖らせる。「だのに、CO_2 排出は世界で四位……。バランス悪すぎだよな」

「食物の自給も、まるっきりできてない状況ですよね」

「とにかく、日本の国土が狭いということは、致命的なウィークポイントよね。森林を増やすにしても、バイオエタノールのための地所にしても、限界が自ずから見えてしまう」

沙紀は続けた。

「日本の農水省にもね、これからはエネルギー生産主体の農業にスイッチしてゆくべきだという議論は持ち上がっているのよ。たとえば、二兆七千億あるといわれる農林予算のうち、五千億円を捻出できれば、バイオエタノールを生産することで、あっという間にエネルギー効率の数値目標を確保できるともいわれている。ところが、予算の目処《めど》もつかず、農地にも限界がある」

「その意味では、ぼくたちが手がけようとしていることには、意義があるということですね……」

仲間内だけに通じるようないい方を、恭吾はした。

いわくありげな恭吾の呟きに、沙紀は頷く。

「そうだと思うわ。少なくとも、無意味ではない」

「国土の狭さはもっと強調しなくちゃ。農地と山林の分布図をグラフィックで見せたらどうかな」

「そうね。ブラジルや中国、アメリカと対比して、日本の狭さが際立つように作るといいかもしれない」

時間はまだあった。仕上げを急いではいない。ロケに時間をかけたりしているうちに、年が明け、二月になっても撮影はまだ続いている。短兵急《たんぺいきゅう》に終わらせるよりも、何より大事なのは、放映のタイミングなのだ。ここにいる三人には、そのことがわかっている。

――あとは、肝心の部分……。

第二回分放映から先は、新たな展開が予定されている。

はじめ、川上秋乃から『ポジティブ・スパイラル』にまつわる計画を打ち明けられたとき、沙紀はその突拍子《とっぴょうし》もなさに呻いた。

番組プロジェクトの裏にひそませた恭吾と秋乃の目的は、諫早《いさはや》湾、調整池の潮止め堤防を開門させ、有明海の海を蘇らせることである。

それはいいとしても、度外れた手法が問題であった。用いると聞かされた策は、前代未聞といっていい。

「ゲリラじゃないの、それじゃ」

沙紀はあっけにとられた。

「否定はしないよ。戦法をいえば、真っ当《まとう》ではないかもな」

「そんなことができるの？　あなたたち、本気でいってるの」

聞き捨てにできず、重ねて尋ねた。

「始末をつける手筈にはなってる」

日頃から男口調の秋乃が口にすると、ことは必要以上に物騒《ぶっそう》に聞こえた。止めるべきなのか。沙紀の常識からいえば、そうだ。無謀だとも思う。なのに、詳細を聞いているうちに、どうしようもなく胸が高鳴り、心を誘われた。

考え込んだ。

「法外だわ……」

「法はどうでも」秋乃は決然たる面持ちでいった。「国の淀《よど》みを澄ませるんだ。掃除するのさ。誰もやらないから、あたしたちがやってのける」

「だったら、正面からのアプローチはできないの？　時間をかければ、正攻法でもいけそうなのに」

秋乃の話したプランには、それなりの説得力がある。しかるべき手順を踏めば、堂々と進めたとしても、成立しない話ではなかろうとも思える。

「……だとしてもだよ。調査結果出して、根回しして、たらい回しにされて、プレゼンして、却下されて……、結局うやむやになる。そんな繰り返しにどこまで耐えて、いつまで待てばいい？　そんな悠長なこと、いっていられないだろう」

　ことを起こすための準備はすでに進んでいると、秋乃はいった。

　そのためのコストはどうなってるの」

　聞かされたプランを実現するためには、相応の費用がかかると思われる。

「スポンサーがいる」

「篤志家《とくしか》？」

「このプランの立案者さ。むろん、彼らだって見返りを期待してないわけではないだろうが」

「なら……、ビジネス？」

　確かに、この無茶な話のなかには、商売になる部分もありそうだ。うまく運べばの話だが。

「両面じゃないかな。ビジネスと――大義ってやつの。ことが成ったときの反響の大きさ、話題性、事業展開の先行き。大がかりなプロモーションと考えれば、割が合うのさ」

「楽天的なのね。失敗は考えてないの。あるいは……、採算度外視の投資なのか」

「ポジティブといってほしいね」

「それにしたって、伊達《だて》か酔狂《すいきょう》だわ」

　計画を眺め渡した限り、とても正気でできることとは思われない。力ずくで、ことを一気に片づけようとしているのだから。

「夢なんだよ、これは。でも空想には終わらせない。幻を引き受けてみせる」

秋乃の目には、実力行使を辞さない勢いがあった。

「確信犯ということなのね」

「まさかのときには、開き直るよ。そのくらいの覚悟はある。あたしにも恭吾にも」

むろん、局やTVクルーは、プランの全貌を知らず、温暖化防止をテーマにした特集番組を作っているつもりでいる。撮影は粛々と進んでいるし、収録はスムーズに、波風ひとつ立たずに終わるであろう。

ハプニングが起きるのは、それからだ。おそらくは――番組の放映と前後してのことになる。

「沙紀は力を貸してくれるんだろう」

ばかげている。無謀である。荒唐無稽《こうとうむけい》だ……、いくらでも、論駁《ろんばく》することはできる。なのに、沙紀にはいっぽうで、目をつぶってでも、してのけてしまいたいという気持ちが湧いてきた。

「恭吾のために」秋乃はいい募る。「いや、海のために。海のためなら骨を埋《うず》める覚悟だって、沙紀、あんた、いつもそういっているよね」

秋乃にそこまでいわれては、引くに引けない。観念した。

「これも運命かな」

「大げさだなあ。手を貸せっていったって、直接何かしろなんていわないさ。住之江先生に、そんなにご迷惑かけるわけにはいかないだろう」

沙紀の役割は、立案者の意向に沿って、番組のストーリーを練り上げ、ブラッシュアップすることだという。

それならば造作もない話であるが、やはり抵抗がある。

——ことを知りながら見過ごした場合、あたしはマッド・サイエンティストの範疇《はんちゅう》に入るのか。海洋環境学者として。

が、たとえ邪道《じゃどう》といわれたとしても、有明海の子宮とされる諫早湾に、二千六百ヘクタールの浅場を取り戻し、海の生き物を蘇らせる可能性があるといわれたら、手をこまねいていられるだろうか。

自問自答のあげく、沙紀はこの件にコミットすることを決めた。

——あと少し。

三月中旬に迫った放映予定日のために、最後のロケや追加取材が残っていて、明日からは、恭吾はインド洋の小島に出かける。

「明日からの分、チェックしていただけてますか」

沙紀も、一度は番組のスタッフとともに中国取材に同行し、水景の現場に立った。現地での壮大な沼地と運河の光景に唸りもした。やはり、何かが変わるかもしれないと思えた。

ロケの現場で、恭吾のナレーションやインタビュー原稿に手を入れたりもした。

小島のぶんの進行表と台本にも朱を入れ、原稿も添えてあったのを、恭吾に渡す。

「出る前に、雑誌の取材が二本入ってる」

秋乃が念を押す。ここのところロケが立て込み、恭吾の仕事は押せ押せになっているようである。

「ハードね。休めてるの？」

「それどころじゃないですよ。でも、なんか、最近、生きてるんだって実感があるんです。今年こそ、春がそこまで来てるって思うと、いてもたってもいられないです」恭吾は、どこか夢見る目つきで呟いた。「先生、これで取り戻せますかね……、有明海を。ぼくの故郷の泉水海《せんすいかい》を」

三

麻布のリストランテに、沙紀はリムジンを回させた。

気が向いていなかったが、仕方がない。

橋場可帆《はしばかほ》が、時間を作ってくれといってきていた。会わなければならない用向きがあるから、と。

早めに席につく。相手はまだ来ていない。先にスプマンテを頼んだ。とてもしらふでは向き合えない。

亡くなってしまったとはいえ、つきあっていた男の妻と向き合うのは、やましい。どうせ会わなければならないならば、くつろげる場所がよかった。店のオーナーは知人で、気心が知れている。そう思って店を指定した自分を、嫌な奴だなと思う。

初めて橋場可帆から電話があったのは、確か慎二《しんじ》の四十九日を過ぎた頃だったか。

橋場慎二は、沙紀のクルーザーを使い、海に出て死んだ。クルーザーは、その後座礁しているところを見つかったが、使い物にはならず廃船になった。

可帆はそのことを詫《わ》びるために会いたいといってきたが、沙紀はいい逃れた。

「お気になさらないでください。あの船には保険が掛けてありましたし、古くなったのでそのうち買い換えようかとも考えていたところなんです」

「そうなんですか。本当に申し訳ありません」

——恐縮しなくてはならないのは、私のほうなのに。

後ろめたさに苛《さいな》まれた。

「あの……住之江さん、主人はしょっちゅうボートをお借りしていたんでしょうか。キーをお預かりしていたそうですが」

おそらく、そう聞かれるだろうと思っていた。

「私、プレジャーボートとクルーザーをあと二艘、同じマリーナに置いているんです。橋場さんはお仕事柄、海で調査をなさりたいことも多いと伺ってましたので、一艘を使っていただいてました」

答えは用意してあった。

半ば本当のことでもある。橋場は環境省の同僚や、環境調査会社の面々と海に出ることもよくあった。

警察にもそう答え、ことなきを得ている。もちろん、沙紀だけが乗り合わせることもなかったわけではないのだが。

「本当に、ご迷惑をかけました」

「いえ……」

留学時代のお友達でしたから、とか、海洋環境にお互い関心がありましたから……などの陳腐なせりふを、沙紀は呑み込んだ。すべては言い訳にすぎない。

——あの時は……。

悔やみの言葉を口にし、お気を落とさずにといい添えて、なんとかその場をしのいだ。可帆のほうも、会うといい募《つの》りはしなかった。思いのほかあっさりと、厄介《やっかい》なことが済んだように思えていた。

——もう、五か月になるのか。

慎二の死から早くも数か月が経《た》とうとしていることを、いまさらのように思う。当初こそ落ち込んだが、日々のうちに哀しみは取り紛れ、少しずつ薄らごうとしている。彼の死の要因を推《お》し量《はか》る気にはなれていない。顧《かえり》みる時間があるなら、自分が生きているうちに、少しでも前に進みたい。冷たいものだと思う。同志のようではあれ、夢中になってはいなかった。

アペリティフをシェリーに代え、もうひと口含んだ。こんどは喉がじわりと熱い。あらためて会いたいといってきた可帆の用件が気になる。

喪中の妻というのは、どういうものなのだろうかと考える。

肉親の死ということならば、沙紀には母を喪《うしな》った経験がある。家族を亡くした喪失感は格別だ。死亡にまつわる遺産相続や諸届けといった事務手続きには、どうしても遺品を見検《あらた》める機会が多くなる。葬儀を行うだけでも、故人の交友関係をあたらなければならず、頼りになるのは、ごくプライヴェートな資料や記録であった。

たとえ身内でも、個人的なデスクの引き出しやクローゼットを開けることは、普通ならためらわれるが、世を去った家族のことともなれば、そうもいってはいられまい。死者の生前の暮らしにまつわることに——隠し事や、知らずに済んでいた面にも——いやでも触れていかなければならない。

沙紀の母も、薄型のラップトップを持っていた。パスワードをかけてはおらず、そのおかげで住所録ファイルが見つかり、母の個人的な友人などに不義理をせずに済んだが、ほかのファイルを見ずにおくかどうか迷った。

伴侶のその種のものともなれば、思い入れはとりわけ強かろう。ことに、橋場慎二は自死とみられているだけに、かりに自分がその立場だとしたら、調べずにおくことはできないと思える。

沙紀はその先を、おそるおそる考える。彼の遺品のなかに、自分にまつわるものはあっただろうか……と。

ほどなく。

アロマのようないい匂いがした。リーフ系のさわやかな香り。続いて、ばら色の頬が目に飛び込んでくる。斎場で見たときのやつれ方とは異なり、スーツ姿に書類鞄の橋場可帆は、日常の落ち着きを取り戻しているように見えた。

彼女の会釈《えしゃく》は優しかった。弁護士というよりは、セラピストか看護師のように柔らかい物腰で、人を居心地よくさせる雰囲気の持ち主だ。

ぎこちなく浮かべた挨拶用の作り笑いが急に恥ずかしくなり、沙紀は目を半《なか》ば伏せ、頭を下げる。

「その節は」

通り一遍の挨拶を交わしながら、自分の行いの悪さを棚に上げ、死んだ男の愚かさを呪う。

──こんな人を伴侶として獲得し、最大限の愛を注いでいながら……。

が、すぐに考えるのをやめた。続けたところで先はないし、もはやとり返しがつくことでもない。

「何か上がりますか」

飲み物のメニューを渡した。

「とりあえず、お水をいただきます」

ミネラルウォーターをオーダーし、アペリティフを取らない理由を、可帆はいい足した。

「実は、今日は住之江さんにご相談に乗っていただきたいことがあって伺いました。ちょっとこみ入ったことですので、お酒は控えておこうと」

「私にでしょうか」

何を持ち出されるのかと、心が早鐘《はやがね》を打つ。責められるようなことではあるまいか、と。

「はい」

「どのような？」

「実は、主人には、生前にしたかったことがあるようなのです」

沙紀は首を傾げるばかりである。動かない現実に対する橋場慎二の鬱憤《うつぷん》や、環境についての理想論はよく耳にしていたが、そのうちのどれを指すものか。

「橋場の遺言状が届いたんです。つい一週間ほど前のことですが」

「え」

衝撃を感じた。遺言の存在は、橋場の死が覚悟の上だったことを想像させる。

「あったんですか……。御遺言が」

「私どもとは別の法律事務所に委託していたそうで、私のもとに届けられました」

何が書かれていたのか。

むろん、知りたいのはやまやまであったが、遺言となればプライヴェートなもので、沙紀の立場から根掘り葉掘り聞くのは不躾《ぶしつけ》すぎる。可帆が話すのを待つほかない。

ひと間をおいて、可帆は切り出した。

「私も知らなかったのですが、橋場は事業型財団の設立を企図していたらしいんです」

一瞬、意味が取れずに、沙紀は確かめるように可帆を見直す。

「いま、何て……？」

「急に話が飛びすぎですよね。私も戸惑《とまど》っているというのが、本当のところです」

可帆は表情を和らげ、眉をちょっとひそめ、小首を傾げてみせた。

「財団とおっしゃったんですか」

沙紀は聞き直す。話は予想もしない方向に振れてゆきそうだ。

「そうなんです。住之江さんもご存じありませんでしたか」

「伺ってません……」

橋場の口からその手の話が出たことは、ない。

財団とは、寄付金や事業収入を、公的事業や助成にあてるための機関である。世のため人のため――いわゆる公のために――財産を役立てたいと考える資産家や事業者が財団をつくり、研究や奨励のために資金を提供する。

財団のメリットは、寄付する資本家と寄付を受ける側の双方に税の軽減があることで、いわば一挙両得であるが、いざ財団の設立ともなれば、まずはベースになる財産が必要である。同時に、運用などによる収入が最低でも毎年二、三千万円見込めなくては、資金提供者としての役割をなさない。

とどのつまり、ある程度の――初年度だけでも三億から五億程度の――資産がなくては財団設立は無理である。

沙紀は、慎二にそれだけの財産があるという話は聞いたことがない。あるいは誰かから寄付金を募る当てがあったのか。

「面くらいますよね、そんなこと突然いい置かれても」

可帆はざっくばらんにいう。

「私たち、財産なんて、とてもとても。手元不如意《てもとふにょい》というほうが合っているくらいで。財団設立だなんて、あの人、何を考えていたんだか。省の仕事は辞めるつもりだったのかしら」

「どんな財団なんです。環境関係ですか」

音楽の振興、医療研究、スポーツ振興、学術奨励など、財団にはそれぞれ目的がある。

「それが、海に関係することだとは思うのですが、何だか呑み込めなくて」鞄から、可帆は書類の写しらしきものを取り出した。「私に遺された書類のなかに、財団設立の寄付行為についての素案が含まれていたんです。財団の名前はこうなってます」

沙紀は渡されたプリントに目を落とす。太い書体で、財団の名が記されていた。

〝この法人は、財団法人『日本海域再編成振興財団《にほんかいいきさいへんせい》』と称する〟

と。

――何のことだろう。

海域再編成とは、耳慣れないことばであった。海域再生、あるいは海域保全という表現ならば、わかりやすいのだが。

「法人の事務所として記載されているのは、ウチの自宅の住所です」

可帆がいう。

続いて、財団の目的が記されている。

〝この法人は、日本国の海域再編成に関する研究並びに事業への助成を通じ、未来の社会発展と持続可能な産業への寄与のために資することを目的とする〟

役所への提出パターンをふまえて書かれたものだけに、そもそもがわかりにくい文章であるが、やはり沙紀には肝心の〝海域再編成〟の意味が解《げ》せない。

「それで、住之江さんにお尋ねしたかったんです。主人はこの財団で、何を成し遂げたかったんでしょうか」

「……正直申し上げて、わかりません。これでは曖昧すぎて」

「でも、主人は私宛の手紙のなかで、この財団の理事らの選考は、住之江さんと筒井《つつい》さんにお願いしたいとあるんです」

「筒井さん……、筒井方正《よしまさ》さんですか」

思いがけないところで、聞いた名前に出会った。

「筒井さんをご存じですか」

「仕事の関係で、先日お目に掛かりました。橋場さんのボストン時代のご友人だとうかがってます」

東京都副知事・佐分利《さぶり》幹生《みきお》のもとで書生をしている筒井方正に、慎二は何か話していたのだろうか。

「私はお会いしたことがなかったのですが、葬儀の名簿にはお名前がありました。この筒井さんにもご連絡を取りたいんですが、名簿にはお名前しかなくて」

連絡先をご存じならば教えてほしいと、可帆はいう。

「それにしても、どういうつもりだったんでしょう、橋場は。私には、この財団の監事をせよと書いてあったんです」

可帆は困惑ぎみにいうが、沙紀には答えかねた。

「財団の設立趣意書のプランはありませんでしたか。それに、財産目録は」

念のため、沙紀は尋ねた。

財団の設立趣旨や、具体的な事業は、設立趣意書に明記されている。

財産目録には、財団設立に向けての資産なり、出資の方法なり、資金調達の面も分かるように書かれているはずだ。

だが、仮にそれらが添えられていたとすれば、弁護士の橋場可帆が見逃す筈がない。

「それが、財産目録と、設立趣意書の案も、筒井方正さんにお預けしてあるそうなんです」

「それを見てみないことには。正直申しまして、私にも、何とも」

「そうですか」可帆は少しばかり落胆したようである。「私は、住之江さんに伺いたいと思ってました。こうしてお名前が挙げられていますし、理事長も務めていただきたいとありましたので、住之江さんのご専門の分野に関することかと」

「理事長って、私がですか」

狐につままれたような話であった。

財団といい理事長といい、沙紀には初耳もいいところなのだ。

「ほかに、何か書き遺《のこ》しておいでではでしたか」

少しでも手がかりがほしくなった。

「それが、主務官庁についてなのですが、なしにしたいと」

「主務官庁なしの……財団ですか」

沙紀はこれにもちょっと驚いた。

沙紀の認識では、財団は、その目的によって主務官庁を決め、許可申請を出し、認可されてはじめて設立を許されるはずである。それゆえ、監督官庁の縛《しば》りを受けることにもなる。

「でも、そのことに関しては、さほどおかしくはないんです」

可帆は調べてきたようであった。

「これから一年足らずで、これまで各省庁に任されていた管轄が、内閣府に一本化される予定になっているとかで」

――あ、そうか。

思いあたった。

財団の主務官庁が廃され、内閣府に総じられる流れは、省庁による縦割り行政の弊害をなくそうとする抜本的改革の一環なのだ。

諸官庁による支配が緩くなる傾向は、歓迎すべきことである。

「わかります。橋場さんはふだんから、各官庁の縄張り争いや、手前勝手なわがまま行政を嘆いてらっしゃいましたから。かりに財団を作るとしても、ひとつの官庁の意向しだいで振り回されるなんて、お嫌だったんじゃないでしょうか」

「私も、そうじゃないかと。新しい制度の法令関係は、まだ制定の最中みたいです」

「じゃ、いずれにせよ、橋場さんが財団設立を考えてらしたのは、まだ先のことなんですね？」

新制度が公布されてからのこととすれば、設立予定は少なくとも一年は先だろう。

「だと思います。財団を設立する準備をしていたのかしら」

可帆にも確信はなさそうだ。

「どういうことなんでしょうね」沙紀は考えあぐねた。「筒井さんと連絡をとってみましょうか。それがいちばん早そう」

「そうしていただけると、助かります」

沙紀は料理の並べられたテーブルを離れ、リストランテのフロントに近い電話ブースで携帯を使う。

筒井を呼び出すが、コールに留守番電話が答えた。用件を手短に入れ、コールバックを頼む。

筒井とのやりとりは、佐分利副知事との面談を思い起こさせる。

初めて知遇を得て以来、沙紀は二度ほど副知事に招かれ、内々に海に関するレクチャーを続けていた。

が、中国ロケなど沙紀の留守も重なり、授業の業務をこなしながら『ポジティブ・スパイラル』の番組に力を振り向けていることもあって、ここしばらくは筒井とも連絡をとっていない。

「いま、いらっしゃらないみたい」

席に戻り、沙紀は橋場可帆に筒井の連絡先を伝えた。

「筒井さんって、どんな方ですか」

可帆が問うてくる。

「さほどのお話はしていないんです」

思い返してみれば、筒井からは副知事の都合のいい日程や場所の連絡を受けるだけで、私的な会話に進んだ覚えがない。機会があればそのうちに、慎二のボストン時代にまつわる話を聞いてみようと思わないでもなかったが、副知事と話すレクチャー分の下調べや、反省に気を取られ、筒井とゆっくり話すまでの余裕などなかった。

そのぶん、可帆の問いに対しては、要領を得ない答えになっている。副知事と会っていることは内々にといわれている以上、筒井の職柄にも、こちらからは触れられない。

「もしかすると、彼が財団の資本家なんじゃないか、と思って」冗談めかして可帆がいう。

「資金面担当なのかな、と」

「そうですね。あり得ない話ではないかも」

軽く受けながら、沙紀は、筒井の品のいい立ち居振る舞いを思い浮かべる。たとえていえば、家系に京都あたりのそれめいた底なしの前史がありそうな。調べるだけの価値はあるかもしれない。

「よくは知らないんですけど、一見して良家の子息っていう雰囲気はありますよ、筒井さんって」

「それとね。ばらしちゃおうかな。住之江さんについてだって、私、そんな想像してたんです。指折りのお嬢様でしょ。財団だって、住之江さんがついてて下されば心強いじゃないですか。橋場はそこを見込んで、理事長にと望んだんじゃないのかな……って」

食事が進むにつれて、可帆の口調は少しずつくだけてゆく。

「買いかぶりすぎですよ。私はただの海洋環境学者です」

沙紀はそう答えたが、いわれてみれば、住之江一族の自分には、ひとつの財団を二、三十年かそこら保《も》たせるくらいの個人的な資力はある。『洋々建設』が海の開発を仕切ってきた結果の賜《たまもの》であった。それだけでなく、一族ということから、海洋土木業界《マリコン》に顔が利く。慎二の念頭には、そのことがあったのだろうか。

「私、できれば橋場の遺志を実現させてやりたいんです。もし、財団の計画が確かなものだとわかったら、住之江さん、あらためてお願いに上がってよろしいですか」

「ええ……。事情はぜひお伺いしたいと思っていますし」

一応は諾《うべな》ったものの、財団の目的や資産の実情がわからないのだから、実のところは検討のしようがない。

筒井に問わなければと思った。設立趣意書が筒井に渡っているのなら、彼はことの流れをおおむね心得ているはずである。

なのに、沙紀には知らせる気振りもなかった。水くさいという気がした。あるいは意図的に、知らせる時期を見計らっていたのだろうか。

ともあれ、可帆の相談ごととは、沙紀の思いもかけなかった方向の話であった。

くつろぎはじめた可帆には、同性として互いに探り合わなければならないようなものが感じられない。思わず、心のベールを剝《は》がしてしまいたくなる。慎二の妻でなかったら、いい関係の友人になれそうであったが、そんなことができるわけもない。

さしさわりのない話ばかりが続き、どこか本調子ではないその食事のあいだじゅう、結局は、筒井からのコールバックもかからなかった。

四

「昨年の十一月には、二〇〇六年に観測された大気中のCO_2濃度が、観測史上最高値に達したと発表がありました。世界気象機関の発表によりますと、CO_2の平均濃度は３８１・２ｐｐｍとなり、前年に比して０・５３パーセント増えております。石油等、化石燃料の消費が激しいことに加え、各国で森林の伐採が進んだことが主因と見られております……」

ワイドショーのスタジオで、キャスターが原稿を読んでいる。

「いよいよ、CO_2濃度が観測史上最高ですか。二〇〇七年はどうなんだろう」

「いやー、今年は気温も相当高く感じましたしね。もっと濃くなってるんじゃないでしょうか。各国の温暖化対策もはかばかしくありませんし」

「やっぱり、バイオ燃料が台頭し始めているといっても、まだまだ石油の天下ですからねえ」

コメンテイターたちが、悲観的な意見を繰り返し述べるなか、局アナが番宣を入れる。

「そんなネガティブな情勢を、今夜、久保倉恭吾が一掃いたします。発想の転換で、世界環境は激変するのです。二十二世紀には舵《かじ》が予想外の方向に大きく切られ、新たなフィールドが開けているかもしれません。地球規模での再生が叶うとすれば、何と美しく麗《うるわ》しいことでしょうか。大胆な予測もまじえ、ネガからポジへと、地球環境の反転に先鞭《せんべん》をつけるスペシャル番組をご案内いたします。『ポジティブ・スパイラル』第二夜を、ぜひ、このチャンネルでご覧下さい」

各新聞の番組欄向けには、タイトル下に使う宣伝コピーが配られている。

「『軽視されていたものこそが地球を救う』
温暖化解消の画期的手法を新発見！　インド洋の小島で久保倉恭吾が検証。身近な水域の植物栽培が地球の環境を一新させる！　一攫千金・湖や沼を一大エネルギー新鉱脈と化す〝魔法の植物〟……」

久保倉恭吾は、スタジオの中央に一人立ち、スポットライトのなかにいる。オープニングは、美しく装飾されたブックスタイルのノートに記されたナレーションを読み上げることから始まっていた。

「石油が石炭にとってかわり、中東で盛んに採掘され始めたのは二十世紀の初頭になってからのこと。考えてみれば、そう昔の話ではありません。それまでは、インフラが整っていないこともあり、石油はエネルギー資源としてさほど重視されていませんでした。新しい資源に着目した一部の事業家が石油利権を獲得し、当時超大国であったイギリスの国家的支援による近代的な設備と供給体制が整えられ、ひいては世界に輸出されてゆくようになったのです。

……しかし、石油がそうであったように、どこかに潜んでいた新たなパワーが世界を席巻してゆくことは、今後もないとは限らないのです。しかもそれが、温暖化のリスクを回避する決定打でもあるとしたら、マーケットさえ急変させてゆくかもしれません」

恭吾の口調は、そこでがらりと変わった。

「正直にいって……」

恭吾は、読んでいたノートを、卓上にぽんと投げ出し、口調を音読のそれから、彼自身の生き生きとした地声に変えた。

彼独自の、生意気かつナイーブなスタイル。

「いまいましく感じてました。こんな状況を作った奴は誰なんだって。温暖化防止についての取材を続ければ続けるほど、現実ってやつのやりきれなさに苦しくなって。人間のエゴですよね、ネガティブ・スパイラルの根は。利益だけを優先し、後先を考えない開発、消費、浪費。そんな時代じゃないぞ、変えなきゃいけないぞって、心の中じゃ、みんなが叫んでるのに、何一つ変わっていかない。まだまだ、面子《メンツ》とか前例とか、ご都合主義が立ちはだかってて。何もできそうになくて――もどかしくて――でも、何かがしたかった。ぼくのような者だって、何かしなきゃいけない。未来のために。子どもたちのためにも。そう思ってます」

恭吾の目のなかに、にわかに光がにじんできた。ふいににこっと笑う。湛《たた》えられていた哀しみが一瞬にして遠のき、見違えるように表情が明るくなる。

「とくに日本では、温暖化対策の手段に限界が見えてきてます。ご紹介してきましたように、国土の狭さから、森林を増やすこともできず、コメからのバイオエネルギー生産にも無理がある。このうえは、ホスト国から排出権の余剰部分を買うしかないという、せっぱ詰まった状況です。日本にはもう打つ手がないようにも思えます。ところが」

思わせぶりにひと息ついて、恭吾はスクリーンの前に移動し、用意されていたコンソール・テーブルの後ろに立った。

「ここに、ひとつの可能性があります。私たちが見過ごしていた、ごくごく地味な植物が、至宝のようになる可能性を秘めていたのです。キーワードは水面です」

テーブル上のトレイから、彼は一片の果実をつまみあげた。

「これが、その植物の実です」

実がクローズ・アップされる。色は赤茶けており、恭吾が手にしているものの大きさは三センチ程度。両端が耳状に尖《とが》り、山羊かカマキリの顔のような子芋にも見える。

「このちっぽけな実は、植物のタネでもあります。あるいは、ご覧になったことがある方もおいでかもしれません。けれど、ごく一部の地域を除いては、この日本で市場に出ることは滅多にありません」

実はトレイに戻されたが、スクリーンには同じ植物の実が、十四、五点ばかり、次々に映し出されてゆく。採取国別のラインナップである。

中国、インド、イタリア、フランス、日本、韓国……。

粒の大きさは一センチほどから四センチほどまであるが、実の形には共通点がある。

「この植物で、われわれはインド洋に広大な土地を所有する島民の協力を得、とある島にて実験を始めました」

VTRにいくつかのショットがちりばめられる。コーラル・ブルーの海に浮かぶ南洋の小島の俯瞰《ふかん》、現地の人々の表情、島内の水景、竹籠にいっぱいの実《み》。実は、件《くだん》の植物のものだ。

「植物の英語名は、ウォーター・チェスナット。ヨーロッパから東南アジアに至るまでの広い範囲に分布しています」

ウォーター・チェスナットが見られる各国の景色が挟み込まれる。イタリア郊外、フランスの農村。韓国の湖沼。

「この草が魔法の宝だって？　そんなことはきいたことがないねえ」韓国人らしい人物が話している画像の下に、テロップが入った。「そこらじゅうの水辺にはびこってるけど、雑草でしょ、この草は」

続いて、イタリアのとある家庭のキッチンが映る。大ぶりの鍋から、マンマが湯気の立ったご馳走を皿に取り分けている。家族が待つ食卓。

マンマが語った。

「うちでは、いつもリゾットに入れていますよ。食感がほくほくして、子どもたちにも評判なのよ」

南洋の小島が再び現れるが、画像にかぶせるように、恭吾が誘《いざな》う。

「実験の様子をご紹介する前に、中国での取材をご覧ください」

湖が映し出された。広大な湖面だ。その一面に、びっしりと水草が浮いている。ウォーター・チェスナットの栽培地である。

「これは圧巻ですね……」

植物の繁茂で、水面が見えない。緑の濃淡に埋め尽くされている。

久保倉恭吾は、湖畔から湖面を眺めている。

「ここは中国浙江省《せっこうしょう》です。湖を覆い尽くす形で栽培されているのは、ウォーター・チェスナットです」

VTRは、中国の農業部関係機関の外観に変わる。恭吾はラボを訪れる。通訳を介したインタビューが始まった。相手は研究所のワン・バンフー氏である。

久保倉　見渡す限り植物が湖上を占拠している様子には圧倒されます。自生しているのですか。

ワン　ウォーター・チェスナットは、我が国でも河北・山東以南の至るところの湖沼や運河に自生しています。ご存じの通り、中国では、菱《リン》、または菱角《リンコウ》、水栗子《スイリーズイ》と呼ばれています。この菱が盛んに自生しているのは、揚子江《ようすこう》の下流域です。

久保倉　揚子江の下流とおっしゃいますと、菱は水郷の植物ということになりますか。あのあたりは有名なデルタ地帯ですよね。

ワン　おっしゃる通りです。古来洪水がたいへん多く、地味が豊饒《ほうじょう》で土地が肥えています。菱は珠江《しゅこう》デルタや韓江《かんこう》の下流にもありますが、とくに浙江省の三大湖あたり、なかでも南湖は菱の名産地で、六、七千年前から竹の筏《いかだ》に乗って行き来しつつ菱の実を採り、食べる慣習があったということが、去年の七月に、考古学研究によって明らかになりました。西湖、東湖にも菱はあります。

久保倉　西湖のあたりには海水が遡上《そじょう》するそうですね。

ワン　銭塘江《せんとうこう》の大逆流ですね。とても有名な話ですよ。中秋《ちゅうしゅう》のころになると、高潮が凄い勢いで川を遡《さかのぼ》り、海水が逆流します。次の折にはぜひおいでになってご覧下さい。また、一万二千年前には、西湖は内海だったのです。後に岬と岬が繋がり、湖になったものです。

久保倉　いま拝見してきた湖の菱も自生でしょうか?

ワン　こちらは湖ではなく、栽培のための池です。

久保倉　え、池にしては広いですね。湖に見えます。

ワン　養殖用の池で、盛んに栽培されています。品種も栽培に適したもので、粒が大きく角の部分が柔らかい種類です。ため池や運河で栽培できます。
久保倉　運河で栽培するといっても、船の行き来の邪魔になってしまいませんか。
ワン　運河の両サイドで栽培をしています。別の浮き草を使い境界線を設けています。
久保倉　河川の下流地域で、海水が遡上するような一帯にも自生するということは、海水が多少混じった――いわゆる汽水域《きすいいき》でも育つのでしょうか。
ワン　場所によっては大丈夫でしょう。ため池の場合は少しずつ水を入れ替えると生長が早いです。
久保倉　養殖の菱は食用にしていらっしゃるのですか。
ワン　昔から、仙人がこれを食うといわれています。

仙人が食用にするといったワンの言葉に合わせ、南宋時代の画家、牧谿《ぼっけい》が描いた菱の実の写生図が画面いっぱいに現れ、図に上乗せする形で、毛筆で麗々しく書かれた文章が流れては消えていった。

〝玄都に翠水《すいすい》有り
水中に菱有り
碧色にして状《かたち》は鶏飛《けいひ》の如し
亦《また》の名を翔鶏菱《しょうけいりょう》という。

仙人伯子は常に翠水之涯に游《あそ》び
菱を取りてこれを食らう。
骨を軽挙《けいきょ》せしめて
身に羽毛を生ずるなり〟

インタビューは続いてゆく。
久保倉　仙人が食らうほど滋養のある食べ物なのですか。
ワン　茹《ゆ》でて食べることが多いのですが、生でも食に用いることができます。消化をよくし、滋養強壮、鎮痛、解毒によいといわれています。煎服《せんぷく》すれば酒をさまし、視力を増強するともいいます。
久保倉　風味はどうなのでしょう。
ワン　茹でたものの皮をむいて食べると、栗によく似た歯ごたえと味ですよ……。
恭吾のモノローグに戻った。
「ご覧頂きましたなかでも触れられていましたように、ウォーター・チェスナットとは、日本で申します菱《ひし》を指します」
水辺に浮かぶウォーター・チェスナットが映し出されたスクリーンの前で、恭吾は明かした。

　ＶＴＲの画像は、にわかに東京の街頭に飛ぶ。

　女性レポーターの質問に、街をゆく人々が足をとめ、屈託なく答えている。

「菱をご存じですか」

「えー、知らない」

　女子高生が答える。

「この植物なんですけど」

　レポーターは、池に浮かぶ菱の写真つきボードを見せる。

「うーん、わかんない」

　街頭インタビューはこの調子で続いたが、十代から三十代にかけては、菱に対する認識はきわめて薄い。見たことがないという答えがほとんどだ。なかでも種でもある果実には接したことがない様子が見て取れる。

　その上の年代になって、ようやく、聞いたことがあるという答えが返ってくる。菱形の菱、雛祭りの菱餅などを連想する人もいた。

　なかの一人、七十代後半の男性のみが、食べたことがあると経験を話す。

「菱はデンプンだからね、粉に挽《ひ》いて、団子《だんご》にして食べたな。じゃが芋でできるような料理だったら、何でもできるんだ。戦後の食糧不足のときには食べたっけ」

聞けば男性の故郷は、関東の水郷地帯であった。

恭吾が語る。

「日本の水辺にも、菱は古来自生しています。中国や日本の例からもおわかりのように、河川の下流域、いわゆるデルタ地帯のクリークや水郷、ため池などを生活フィールドとしているのです。菱形、菱餅といった古くから親しまれる言葉や風習に現れるほど、なじみの深い水生植物でもありました。ところが、現代を担《にな》う若い世代、あるいは次世代の人々の意識からは、この水生植物〝菱〟は消え去ろうとしています」

アーカイブより抜き出したフィルムが流れる。

いまよりもはるかに広大な水郷の古い写真、戦時中の農村、菱の自生地、干拓《かんたく》光景。

「菱は、コメのできない湿地でも生き抜いていました。しかし干拓や住宅開発が始まると汽水域や湿地が極端に減り、わが国では見かけることも稀になっていったのです。むろん食用にすることもほとんどなくなりました。スーパーマーケットなどで見かけることは、まずありません。まさしく我々の意識の外にある――、忘れられかけた植物といっていいでしょう」

また画面は一転し、インド洋の小島が現れる。

「さて、ここから先は、我々のチームが行った実験ですが」

恭吾はちょっと間を置く。

「その前に、お断りしておかなくてはなりません。ぼくは昨年来、焼酎のコマーシャルに出ています。すでにお気づきの方もいらっしゃるかもしれませんが、その焼酎の原料になっている植物こそ、いまご紹介している菱なのです。といっても、この特集は、その焼酎を飲んでいただくために作り込んだ、タイアップの宣伝番組とは違います。そんなせこいことはしません」

決然と前を見据え、宣言した。

「ぼくは酒の紹介をしたいわけじゃない。一企業のブランド焼酎の売れ行きなど、どうでもよい些細《ささい》なことです。それよりも、取材を通じて知った菱の力を、いまだからこそ伝えたいんです。この魔法の植物〝菱〟は、行き詰まっている地球規模の環境を、一変させる可能性を秘めています。芋や麦でなく、菱が蒸留酒の主原料になっている。このことをぜひ、お心にとめおいてください」

「たぶんレートが上がってるよ」

川上秋乃が嬉しそうにいった。いまでは、番組の視聴率が出るのは翌日だが、秋乃は業界のセオリーを知っている。

「スポンサーの悪口をいったとたんに急上昇だ。タブーっていうのは、視聴者にとってこたえられない見物だからね」

「このあとは、いよいよ例の池ね」

住之江沙紀もモニタに見入っている。オン・エア中の『ポジティブ・スパイラル』の映像を、二人は余人《よじん》を交えず、生でチェックしていた。

島の画像が流れ始めている。

――この先は、汚れた水辺の浄化がテーマになる。

沙紀たちには、番組の運びが見えている。

件の南海の島には、いくつもの池があった。いずれも、個人の持ち物である。島民は三千名ほどだが、島の所有者は一人で、一部をリゾートにしている。

島内の二つの池を借り切り、実験は行われた。

借りた池は二つとも、島内では水質が悪くなっていると評判の池であった。リゾートに近く、一部に下水が流れ込んでいる。

双方の水質汚濁に関わる環境基準値が計測され、両池ともに、全窒素量、全リン量が高く、化学的酸素要求量《COD》が高く、溶存酸素量《DO》が低いことがわかった。いずれの池も汚れている。屎尿《しにょう》や生活排水が流入した結果、有機物が溜まりはじめて、魚類の生存に必要な酸素が減っていることが、数値によっても示されたのだ。

双方の池は、データの上では、きわめてよく似た状況にあった。

これらの池のうち一方で、チームは菱の移植栽培を始めた。むろん、現地の生態系を壊さないように配慮し、同島原産の品種が選ばれている。

播種《はしゅ》、育苗《いくびょう》、生長、開花、結実……と、VTR上での菱の栽培過程は、早回しの映像で追われていった。

「だけど『トラパ』は、ずいぶん前々から準備を始めていたのね」

沙紀は、ふと洩らした。この島の池を選び、菱を栽培するまでを実現するには、少なくとも一年はかかる。その前から手配をつけ始めていたはずだ。

『トラパ』は、佐賀の菱焼酎酒造メーカー『水菱角酒造《すいりょうかく》』の資本をコントロールしている環境調査会社で、谷崎孝二郎が代表になっている。社名は菱の学名であるTrapaから取ったものであろう。

「うん」秋乃がいった。「『水菱角酒造』は、菱焼酎を増産するために、栽培地を捜していたらしいんだ。台湾、中国の養殖池でも菱を作らせ、輸入していたんだが、もっとローコストでできないかと、広い水場のある候補地を捜していたらしいよ」

「この栽培状況の映像は、TVクルーの取材が入る前のものでしょう?」

川上秋乃に番組の話を持ちかけてきたのは谷崎で、話がまとまり、取材が始まったのは半年ばかり前のことである。

「谷崎氏のほうで撮りためていたものを、こっちで編集したんだ。企画を温めていたんだろうな」

「水質データも詳細に取っていたのね」

「親会社が環境調査会社だから、そのへんはお手のもんだろう」

「『トラパ』はビジネスチャンスをものにしたわけね」

番組によるクローズ・アップで、今後は菱の育成に関する問い合わせが激増してゆくだろう。

番組のなかでは、すでに、菱が採取されたあとの、二つの池の水質比較の結果が突き合わされはじめている。

恭吾がスタジオで目を輝かせ、グラフィック化されたデータを示した。

「池はいずれも、富栄養化がたいへん進み、汚れていました。ところがどうでしょうか。驚くべき変化が起きました……！　菱を栽培・採取した池のほうの水質データにご注目ください」

菱を育て、菱の実を採取したあと刈り取った池では、汚濁の基準値すべてが、みごとに改善されていた。

いっぽう、菱を育てなかったほうの池は、ほぼ水質が変化していない。差は一目瞭然であった。

「これは、いったいどういう現象なのでしょう？　菱は水辺をクリーンにし、再生できる植物なのでしょうか。ここで、菱研究の第一人者である、有明東大学の伊万里《いまり》教授にお話しいただきましょう」

大学の栽培実験ブースで、菱の世話をする教授と学生の姿がインサートされ、続いて教授のアップ。バストショットにテロップが入る。

『有明東大学農学部　伊万里弘道《ひろみち》教授』と。

画面は研究室に切り替わった。ミーティングテーブルで、久保倉恭吾が伊万里教授と対座している。

久保倉　菱の育つ環境について教えていただけますか。
伊万里　熱帯から冷温帯、あるいは寒帯まで、幅広い地域で見られます。アイヌの人々も、かつてはよく食べていたといいますから、北海道でも生き抜く力を持っています。水草ですが、ただ水表に浮いている浮生《ふせい》植物とは違い、浮葉《ふよう》植物といいまして、葉は浮いていますが、根は水底の土に潜ります。菱の根はちょっと独特で、水底の土からも、水中からも養分を摂ることができます。
久保倉　菱の実はどういうものなのでしょう。
伊万里　実のおおよその成分は、糖質が八十パーセント、粗タンパク質が十パーセント、灰分三パーセント、粗繊維一パーセント、水分八パーセントといったところですね。食用にすると栗やジャガイモに近い食感です。生のスライスでも食べられますし、きんとんやチップス、餡《あん》などにも容易にできます。タイではジュースにもなっていますよ。
久保倉　葉や茎は食べられるのですか。
伊万里　若葉でしたら、炒め物にも煮物にもなりますよ。それに、堆肥《たいひ》の材料としては良質です。緑肥《りょくひ》として利用できます。
久保倉　肥料といいますと、窒素分の肥料ですか。
伊万里　菱は水中や泥の窒素分を吸い上げますからね。体内に窒素がたまっています。
久保倉　ちょっとご覧頂きたいＶＴＲがあるのですが。（ポータブルのモニタに映像を出す。島にての栽培実験映像を上映、水質データを見せる）
伊万里　これは……、よく実験なさいましたね。こんな結果が出ましたか。
久保倉　菱は水や土を浄化できる植物なのですか。
伊万里　確かに、窒素やリンはかなり吸収しますね。分布でいえば、窒素やリンが多いところ――、つまり、少々汚れたといいますか――、富栄養化しているところのほうを好みます。
久保倉　ひとつの可能性なのですが、菱を淡水や汽水域で育て、水辺をきれいにすることはできるでしょうか。
伊万里　菱は淡水で育つ植物だと思われていますが、実《じつ》は私は、若干塩水の混じる汽水域でも、あるていど育つ可能性があると考えています。

久保倉　先日、中国の浙江省を取材したのですが、海水遡上のある地域や運河でも育っていました。

伊万里　汽水域では、表層に淡水が広がり、海水の塩分は低層にとどまりますから、浅いところでは菱も生育するのではないでしょうか。

いま、私も菱の塩分耐性に強い関心を持っております。といいますのも、温暖化で世界的に海面が上昇していった場合、たとえばバングラデシュのように、ほとんどがデルタ地域の国では海水に国土が冠水し、コメや小麦が栽培できなくなる可能性があります。その場合、水生植物で、しかも汽水域で生きられる菱のなかでも、塩分耐性のある品種を投入すれば、穀物の代用となり、食糧の足しになると思われるからです。

ただ、お話のように水質浄化を目的にするということですと、毎年結実したところで、茎より上部を刈り取る必要があります。水のなかにそのまま置いておくと、腐って逆に富栄養化の原因になりかねません。

久保倉　分かりました。栽培の手間はどうなのでしょうか。

伊万里　菱は、かなり繁殖力が強いです。少し乱暴な話ですが、春先にでも湖沼《こしょう》や水路に播種《はしゅ》しておけば、あとは手間をかける必要がありません。放っておいても九月から十月頃には収穫できます。

育てる面倒が少ないので、コメの転作作物として、長良川《ながらがわ》や筑後川《ちくごがわ》のデルタ地帯で奨励されたこともあります。水田を利用して栽培する場合は、実の収穫が終わっても葉や茎を刈り取らず、放置しておいて大丈夫です。翌年のいい肥料になりますよ。菱とコメとを交互に作られるなどしたらいいでしょうね。このアイデアは、化学肥料の輸入量を減らすことにも繋がりますよ。化学肥料は外国から購入するばかりで、いまの日本は窒素分肥料の輸入量がきわめて多いですから、これの軽減にも貢献できます。

いったん、インタビューのシーンから、ここでスタジオに切り替わった。

恭吾はおもむろに切り出す。

「さて、ここでさっき、ぼくの申し上げたことを思い出していただきたいのです。菱の実は糖分やタンパク質の多い食物です。それゆえ、焼酎ができます。蒸留酒、すなわちアルコールに変わるのです。ここから連想されるのは、作物のなかでも、菱がきわめて有用なものであるということではないでしょうか……?」

作物の映像のフラッシュが流れる。

モラセス、キャッサバ、コメ、ジャトロファ、サトウキビ、コーン。

すべて、バイオディーゼルやバイオエタノールになる作物ばかりである。

「いま画像でお目にかけましたのは、単純なプロセス、低エネルギー消費量、ローコストでバイオ燃料に転換できる作物ばかりです。タンパク質や糖質の含有量が高く、形質転換率もいい。諸国で求められる作物に共通するこの性質を、菱の実はすべて満たしていると考えられます。すなわち、菱はバイオマス・エネルギーとして、石油代替燃料の雄となり得る可能性を秘めているのです」

画面は、再び伊万里教授のインタビューに戻る。

久保倉　菱がバイオ燃料として使われる可能性をいかがお考えですか。

伊万里　バイオ燃料ですか……。これまで考えもしていなかったが、グレート・アイデアといっていいと思います。むろん、これまで実現されている作物に比べれば効率は落ちるかもしれませんが、重要な観点は、菱が水生植物だということではないでしょうか。

久保倉　つまり、これまで誰も目を向けていなかったフィールドが——湖面や池の面が——、バイオマス・エネルギーの畑になる……、そう考えていいのですか。

伊万里　それは凄いことだな……。水面や汽水域が使えるとなれば。

久保倉　日本にも、まだまだ使える面積が残っていることになりますね。ほかの農作物に使っている田畑を転用する必要もなく、未使用のまま残されている水面が。

伊万里　日本だけにはとどまらないでしょう。世界中には、湖や汽水域がどれだけあることか、想像してください。加えて、菱は育成中にほとんど手間が掛からない植物ですから、農業が根付いていない国にもうってつけです。栽培適地も南から北にいたるまで、幅広いと申し上げましたよね。品種も各国にあるので、遺伝子を攪乱する心配も少ない。バイオマス・エネルギーとして使えるという認知が行き渡れば、ワールドワイドに広まるかもしれません。栽培期間中はCO_2を吸い、酸素を出してくれます。

久保倉　ついでに、水質も改善されるのではありませんか。

伊万里　それも期待できます。菱の下では——これは日本のクリークの例ですが——コイ、フナをはじめとした淡水魚や、ドジョウ、ウナギも見られるんです。

久保倉　ウナギですか。水がよくなければ棲息しないですよね。

伊万里　はい、そのウナギです。

久保倉　先生にお尋ねします。水生植物で、このたびの菱に匹敵するようなものは、ほかにありますか。

伊万里　いろいろ考え合わせますと、蓮などはエコ燃料としての可能性がありますね。古来の植物で、デルタ地帯に生き、リンや窒素を好んで土壌より吸い上げるところも似ていますし、芋のような実が——蓮根《れんこん》のことですが——取れるのも似ています。けれども、蓮のほうは、水場のごく浅いところにしか育ちません。花茎が水面からのぞく長さくらいでしょう。もう少し深い三メートル前後の水深まで生きられる浮葉植物で、これだけの糖質やタンパク質を含む実がなるものといったら、菱しか思いつきません。

菱の実のクローズ・アップ映像が、再びスクリーン上に現れた。コンピュータ・グラフィックスによって、菱の実にメタリックな輝きがつけ加えられ、やがてダイヤモンドに変じた。ダイヤモンドは、にわかに無数の微細なダイヤに分裂し、背景に現れた世界地図の上に飛び散り、輝いた。

「あらためてお尋ねします。あなたは、菱をご存じですか……」

恭吾は輝くような笑みを浮かべた。

五

反応は凄まじかった。オン・エア中から局への電話は鳴りやまず、各官庁や、湖沼を抱える自治体や地方の役所からの問い合わせさえ、かなりの数が混じっていた。減反政策で余っている水田に、ぜひ菱を植えたいという農家からも。

「第二夜は、大成功といっていいよな」

川上秋乃は手放しで喜んでいる。

——現実に、菱のバイオ燃料化が動き出してくれたら。

沙紀も、思わずにはいられない。汽水域や湖の水質が改善されるということは、その先へ

――海の浄化へ――も直結してゆく。水郷や運河の再生は、海洋環境の改善にも寄与してゆく。

「いまごろ、あっちの方はどうなっているかな」

秋乃は、思いを遠くに馳《は》せる目をした。〝あっち〟が、どこを指すのかは、お互い暗黙のうちにわかっている。沙紀にも、秋乃の高ぶりが伝染してきそうだった。

三月も後半になり、有明海あたりの水温は、連日、十二度を超えている。調整池も同様だろう。その頃を選んで特別番組の枠を確保し、放映日を決めたのである。

「いてもたってもいられない気分だ……」

秋乃が、待ちきれないように呟いた。


『ポジティブ・スパイラル』第三夜が始まった。

久保倉恭吾が語り始める。放送の冒頭部分は、今朝収録したモノローグだ。

「昨晩の菱特集に関しましては、お問い合わせを多数頂き、ありがとうございました。野生の菱がまだかなり見られるという台湾や韓国ばかりでなく、菱栽培の本場であります中国の浙江省からも、バイオマス・エネルギーとしての可能性に関する資料がほしいとの依頼が、さっそくにあったと聞きました」

水辺の菱のショットが、何枚も重ねて映し出される。

「見過ごされていた命、見捨てられていた生き物が見直され、頼りにされる。ぼくには、何か人ごとではない気がします。その意味でも、生物の多様性を保つのは大事なことです。そのためにも、生き物たちが豊かに共棲できる環境を取り戻したいと思うのです」

ひとつ、恭吾は大きく息を継ぎ、バックスクリーンに向き直る。

「さて、いいことずくめのような菱ですが、ウィークポイントがないというわけではありません。この弱点について、とくに佐賀県と福岡県の視聴者から多くのご意見が寄せられました」

川の俯瞰《ふかん》映像が流れる。かなりの上空から見た川のうねりは、斜光を受けて鈍色《にびいろ》に光りながら、海へと注いでいる。

「筑後川のデルタです」

少しずつ、カメラが下流の一帯をパン・アップする。

「ご存じのように、筑後川は日本でも指折りの大河で、九州の人々からは、いまでも筑紫次郎《ちくしじろう》と呼ばれて親しまれています。筑後川の下流のデルタの両岸が——北が佐賀県、南が福岡県です。川が県境になっています」

悠揚《ゆうよう》とゆく川を挟《はさ》んだ下流地域が、クローズ・アップになった。水田がちの景色だが、田の脇にそって掘られたクリークが見える。

「このあたり一帯は、日本では僅かに残る菱の栽培地なのです。佐賀県側では千代田町、福岡県側では大木町あたりに農家が点在しています。クリークで菱を育てているこの一帯には、菱をさまざまに料理して食べる風習も残っています。菱に関してはよくご存じのこちらの地元の方は、こうおっしゃっています……」

VTRでは、菱の畑を背景に、エプロン姿の女性がいう。

「菱いうたらな、収穫があぎゃんに面倒なんは、なかよ。ハンギーいうて、たらい船みたいのに乗ってな、ひとつひとつ手作業で採《と》りますけん」

この女性を皮切りに、地元の人の声として、菱の実の採集につきまとう難しさが引き続き紹介された。皆、異口同音に、たらい船で水草のあいだを行き来し、実を手でもぎ取らなければならないという。

「収穫の効率がきわめて悪い。皆さん、口々にこうおっしゃいます。視聴者の方々からのご連絡も、この点について憂《うれ》うものでした。中国でも、収穫の方法は同様です。たらい船に乗って、水面を周回するものです」

浙江省にての収穫風景が流れる。びっしりと水面に群れをなす菱のあいだに、人一人がようやく乗れるたらい船が陣取り、女性がのんびりと……、とも見える作業を続けている。人件費がかかりそうであった。

「このことは、今後、菱がバイオ燃料として用いられるためのネックになりかねません。ですが、手だてはすでに案出されているのです。実験VTRをご覧下さい……」

「まったくもう、抜け目がないな。準備万端なんだよ、あの『トラパ』って会社は」

モニタを眺めながら、川上秋乃がいう。インド洋、例の小島で行われた菱採集の実験モデルがVTRで流れている。『トラパ』が開発した新方式が試されていた。

「でも、悪くないじゃない。労力が大幅に省けそうだもの」

沙紀も画面に見入る。この夜も、二人はオン・エアをチェックしていた。

「まあな」

詳細はともかれ、原理的にはわかりやすい方法である。菱を播種《はしゅ》したあとすぐに、水中にあらかじめ、細か目の漁網を張っておき、そのまま菱を育てる。菱の芽は網をくぐり抜け、水面に浮き育って結実する。やがて菱の実は自然に落下するが、落ちゆく実が水中のネットに引っかかり、土中にたどり着かないようにしておく。ほとんどの実が落下したあと、網を引くか、巻き上げることで、実が楽に採集できるという寸法だ。

「問い合わせが殺到するんじゃないかな。特許を取っているらしいよ。菱栽培のためのあれこれに関して」

「すきま的なんだけど、環境系の会社は、そういうところで食べていっているのよ。これまでは、収穫が面倒で、手が掛かりすぎてたから、菱栽培が見向きされなくなって、しだいに淘汰されていってたでしょ。そこを簡便化すれば、ことを前向きに変える手がかりになる。

それから手法なりハードなりを特許化する」

「ビッグ・プロジェクトになりそうだな。どうなの、沙紀。ひょっとして『トラパ』の世界進出ってあり？」

「なくはないかも」

「うーん」

秋乃は、何か思うところがあるような唸《うな》り方をした。

恭吾の解説は、次の話題へと移ってゆく。

「また、多かったご質問のなかに、菱の実の収量に関するものがありました。果たして、菱はどれぐらい取れるものなのでしょう。種が小粒なだけに、採取の量が心配されます。有明東大学農学部の伊万里先生に伺ってあります」

インタビュー映像がインサートされた。

久保倉　菱の実の収量について教えてくださいますか。

伊万里　一反あたりの収量は、小粒のもので三、四百キロ、中粒が六百キロ前後ですね。栽培用の大粒のものですと一トン前後が、これまでの実績です。

一反は十分の一ヘクタールですから、一ヘクタールあたりに換算いたしますと、栽培種の大形トウビシの場合、およそ十トンの収穫が見込まれます。大形トウビシの原産地は中国ですが、日本には大正時代に導入されて定着しています。
久保倉　コーンの収量が、一ヘクタールあたり十五トンくらいと聞いています。それに比べても、思ったよりも見劣りしない数字ですね。
伊万里　乾物収量にすれば、いずれも二、三割減るでしょうけれど、じゅうぶん通用する収量だと思います。
久保倉　ありがとうございました。

六

月が仄《ほの》かに浮かんでいる。

海面は、朧《おぼ》ろな空に霞んでいた。雲は滞《とどこお》っている。春特有の生温かく重い夜が、諫早湾に垂《た》れこめている。

相も変わらず、調整池は悪夢めいた様相を呈《てい》しているかに見えた。風の吹く音もしていない。池を見向く人もいない。

けれども、事象が暗さを増し、池のほとりの虚空《こくう》が広がれば広がるほどに、水の下の不思議な世界に救いの幻を描き、福音を見出したくなるものだ。

薄墨を流したような調整池の水面は、いつもの通り、鬱々《うつうつ》と閉ざされた眺めであった。

にもかかわらず、水底《みなぞこ》はひそかに蠢《うごめ》いていた。

あるとき、ふいになめらかな泥を破って、何やら細い茎がひとすじ、上方に伸びた。続いてひとすじ、またひとすじと。……時々刻々《じじこくこく》と、後続が泥から頭をもたげ、やがて何万とも、何十万とも知れぬざわめきが、水底に立った。命の身ぶるいが、黙して沈殿《ちんでん》した水を揺り起こす。発芽が始まっていた。

水温が摂氏十二度以上になると、菱は発芽して蔓《つる》を伸ばし始める。

諫早湾調整池、二千六百ヘクタールの水底で、無数の生命が芽吹きはじめていた――ことを大きく変容させてゆく、生命の源が。


霞が関の官庁街から汐留《しおどめ》を経、新宿方面へと、リムジンは向かっている。

「姉貴、あの噂、ボストンの友人に確認できたよ」

和磨《かずま》がいった。

住之江沙紀は国交省から都庁に近いホテルまで向かう途中で『洋々建設』に寄り、弟を乗せた。同社役員の住之江和磨にも社用車があるが、そこは姉の強みで無理をいった。和磨は代々木の出先に向かうという。乗せて回れるタイミングであった。

「筒井方正って人は、やっぱり『華菱《はなびし》』の分家筋の子息だってさ」

「そうだったの。『華菱』の一族……」

「ほんもののお坊ちゃまさ」

「……じゃないかと思ってたけど」

筒井が我知らず漂わせている、どこか世俗や金には飽いているというような物憂さが浮かぶ。

沙紀は、これから筒井に会う予定になっている。しばらく海外に出張していたという筒井と、ようやく連絡が取れた。橋場慎二の企図していた財団法人——『日本海域再編成振興財団』——の話が聞ける。

「彼、環境系の学部を出てるのは本当らしいよ。それから、一時は『華菱総研』に籍を置いてたこともあるらしい」

『華菱』は旧財閥系のコングロマリットだ。商社、銀行を筆頭に、系列企業はおよそ三百数十社にものぼるだろう。『華菱総研』は系列の総合シンクタンクで、六百名ばかりの研究員を有している。

筒井のプロフィールが気になって、沙紀は和磨に調べてもらっていた。人とうち解ける気質の和磨には友人が多く、企業人としても、学者の沙紀とは比べものにならないネットワークを持っている。和磨は、筒井が財閥の縁戚らしいという噂を聞き込んできていた。

「で、その先は？」

「彼の父親は経産省に顔が利く大物だ。筒井玄治《くろはる》という。こっちは、ネットにもいろいろ出てるから、あとで見てみろよ」

「資産家なの」

「超一流の」

「だったら、やっぱり、財団の出資者になろうとしているのは、彼なのかしら……」

「とにかく、会うんだろ」

その席で聞けばいいじゃないかと、和磨はあっさりとしたものだ。

「そうなんだけど」

「総研にも友達がいるから、筒井氏の話、もう少し詳しく聞いておくよ。それより、こっちも姉貴に話があるんだ」

「何」

「『トラパ』の話さ。菱の景気に、俺も便乗したいなって思ってて」

「個人的になの。それとも会社で」

「どっちでもいい。どのみち、プラント建設か何かするんだろ。出資してもいい。アオサのメタンガスのときみたいに、うちのセクションで出してもいいし、個人でも協力するよ。本音をいえば、株を買いたいところなんだけど、『トラパ』は非公開なんだもんな」

『ポジティブ・スパイラル』のオン・エア以来、もちろん一般的なブームとまではいかないまでも、業界では菱が水面のバイオマス・エネルギーとして使えるという認識が形成されつつあり、種子としての菱が払底《ふってい》状況にあるとも聞く。

沙紀にも相次いで問い合わせが入ってくるのは、監修者の一人としてエンド・ロールに名が出たせいだ。

「最終日だったかな、琵琶湖《びわこ》浄化のシミュレーション、よかったじゃない」

和磨がいった。

琵琶湖でも水深の浅い部分を菱で埋め尽くし、毎年刈り取った場合、湖の水質がどこまで回復し、かつ収益になるか。CO_2排出量削減にはどれだけ寄与するか。そんなシミュレーションも番組の第三夜では行われた。琵琶湖の富栄養化も近年顕著なだけに、企画は好評であった。

「今日もね、国交省から菱関係の話があって、少しは前進した」

「国交省に行ってたの」

「そう。東京湾、大阪湾をはじめとして、各都市の運河部でも、菱を植えられないかっていう話が持ち上がってるのよ」

沙紀は霞が関を訪れ、技官たちを前に菱のレクチャーを頼まれた。

埋立によってできた運河部は、河川とは異なり、港湾の一部として捉えられているため、むろん直接の管理者は港の管理者である地方自治体だが、国交省マターとなっている。

「京浜《けいひん》運河なんかの水質は、佐賀や福岡で菱を栽培しているクリークとさほど変わらないの。

菱が棲息できるかどうかの試験を、横須賀の研究所で始めたいそうよ」

「いいな。でも、航路とバッティングするんじゃない」

運河部には、船舶が通る。浮き草が邪魔になるとすれば、栽培の許可は下りないだろうと和磨はいう。沙紀も承知のことだ。

「浙江省で運河に菱を栽培している例が、番組でも紹介されていたでしょう。沿岸部の栽培池と航路をきちんと分ける手だてがあるのなら、実現できるだろうって」

「そこまではっきりいうからには、乗り気なんだろうな。前例に基づいて、っていうことか」

「中国まで皆で視察に行きたいって声が出たわ。お偉いさんまで含めて」

「好きだからなあ、お役人さんは。視察旅行が」

「今回のことは国のためになるわよ。ぜひ行ってもらいたい」

「同行するの」

「それもいいけど……」

時期によるわね、と沙紀は曖昧にいった。気に掛かって仕方がない、ある仕掛けの成り行きが先に控えている。

思いはそちらに及ぼうとしたが、沙紀は話題を変えた。

「夢みたいなことをよく考えるの。海に直接繋がる農地や干拓地の末端には、蓮を植えて蓮根を採る。淡水湖や、汽水域から運河には菱を植える。蓮も菱も、いずれも容易にバイオ燃料化できるし、窒素やリンを吸ってくれるから水質が良くなるでしょ。海域には干潟と浅場を造成し、浜にはアマモの群落を作って、魚の揺りかごにする。それから、もう少し沖の沿岸部では……、海苔《のり》やワカメを育てる」

「海藻にも、浄化能力があるからな」

やはり、昔とった杵柄《きねづか》で、和磨も海洋環境への関心は高い。

「あらためて、海苔はいいって思ったわ。三番瀬《さんばんぜ》の漁師さんが、海苔研究のエキスパートを紹介してくれてね。けっこうパワフルなのね、海苔も」

かつての江戸前の海――隅田川の河口から品川北にかけての海――には、全国きっての海苔漁場があった。海苔は窒素やリンを水中から吸収して取り上げる力が強い。

「海苔養殖が盛んだったことで、江戸前の海が相当きれいに保たれていたともいわれてる。そのうえ、いまは海苔の品種改良が進んでいて、少しぐらい富栄養化しているところでないと、むしろ育たない品種になっているると、専門家はいうの。昔よりも海苔の浄化力は上がっているわけ」

ところが、いまでは残念なことに、隅田川以西では海苔が作られていない。主力生産地だった品川から大森《おおもり》にかけての漁業権が返上させられ、海苔養殖地は埠頭《ふとう》に変わってしまった。

「いまでも、お台場《だいば》あたりには、海苔養殖場を復元できるはず。水質浄化のためにだけでも、海苔を大量に養殖して東京湾から負荷を取り除くことを、提唱していかなきゃと思ってる」

「でも、お台場は港湾区域だ。漁業は無理だと、都は決めつけてるぜ」

「そこは管理者の判断しだいよ。港湾区域のなかでも漁業をしているところがあるじゃない。東京なら東京都の港長、つまり都知事の判断でしょう。航行の邪魔にならない部分に、新たに漁業権を認め、海苔の養殖場を復活させることもできるはず。そのぶん、生物の力で汚濁の負荷をずいぶん緩和できると思うの。コストだって低く済むし、沿岸域保全と再生の一環として、漁業者にも仕事を出せる」

「沿岸域の再生か。それはいい名目かもな。陸地方向から、段階的に汚濁負荷を減らしていくわけだ……」

「ずいぶん違ってくるわよ、それだけでも」

「……あ、おい、姉貴っ」

話のさなかであったが、窓外を眺めるともなく街に目をやっていた和磨が、途方もない声を上げた。

「あれ見ろよ、あれっ」

ガラスに額をつけんばかりにして、和磨の指さす方向には、オフィス街の電光掲示板に輝く文字の連なりがある。

ニュース速報が、ボードをゆっくりと流れていった。

〉〉〉・・諫早湾の調整池に、古代にゆかりの菱が群生？　漁師が発見　夢のバイオ燃料が大量に自生か・・〈〈〈

第三章

一

すさまじい勢いで、ことは動きだしていた。

諫早湾《いさはや》の調整池内に、降って湧いたように現れた菱《ひし》の群生――夢のバイオマス・エネルギーの出現――に、国じゅうが沸き返っている。

有明海《ありあけかい》――諫早湾、調整池からの中継は、各局問わず、ひっきりなしに続いていた。取材目的の船が日数をおかずに出され、撮影クルーが乗り込んでいる。

溢れんばかりの笑みを浮かべた女性キャスターが、今日も現場からのレポートを電波に乗せる。

「不可思議な自然の営みが、かつてない規模の恩恵を、ここ諫早湾にもたらそうとしています。新たなバイオ燃料の雄として熱い注目を浴び、いまではその種子が入手困難ともいわれるウォーター・チェスナット。ダイヤモンドの輝きを放つその菱の幼生が、調整池の底一面から見つかっています」

画面が切り替わる。

水面に浮かび上がってきた地元のダイバーたちが、ピースサインを出している。全国ネット、某局のクルーとして雇われ、撮影に協力している一行だ。

喜びを隠しきれないというように、彼らは白い歯をこぼした。

「凄いことになってますよ、池の底は」

「菱が芽吹いてます。ひげ根を敷き詰めたみたいに毛羽《けば》立って、そよいでる……！」

続いて、水底の様子が映し出される。泥から頭を擡《もた》げ、蠢《うごめ》く菱の芽。

「菱の群れは、にわかに掘り起こされた埋蔵金にもたとえられ、諫早湾の起死回生の手がかりともいわれております」

キャスターは朗々と声を上げた。

「菱のエネルギー利用は、これまで干拓地《かんたくち》に費やされてきた不毛なコストの回収に繋がるのみでなく、地元を潤し、自然再生の先駆的事業になる可能性を秘めているのです。その行く末は、地元ばかりではなく、国家の明日をも占うものになるでしょう……」

レポートは続く。

「地元が浮かれるのにも無理はありません。諫早湾干拓といえば、思い返されるのはマイナスのイメージばかりでした。干拓の計画が持ちあがった時点からおよそ半世紀、総事業費にして二千五百三十三億円をかけながらも、科学技術分野の〝失敗百選〟に選ばれるなど、悪評続きだったのです。全国有数の干潟が埋め立てられ、有明海の子宮といわれた稚魚のゆりかごは消えました。潮受《しおう》け堤防《ていぼう》で閉め切られた調整池の水質は悪化し、ここから諫早湾に放出された水が、有明海にも影響を及ぼしてきました。皆が胸を痛め続けてきたのです。ところが、厄介者《やっかいもの》扱いされていたその池が、いまやドル箱に変わろうとしているのです……」

調査報道のためとあっては、取材要請を断るわけにもゆかず、潮受け堤防を管理している農水省の九州農政局も、報道陣の多くを受け入れていた。

ダイバー兼カメラマンが水中からの映像を送ってくるかと思えば、定置カメラを水中に構えての、菱の生育日誌的なインターネット中継も始まっている。

菱を初めて発見した漁業関係者のインタビューも、しきりに流された。

「天恵やなかとか。めったになかことばい」

彼らを代表して、地元漁師の崎津正治《さきつまさはる》氏が頬を綻《ほころ》ばせた。

ことの発端《ほったん》は、あたりで漁業を営む数名が、ヨシ植栽《しょくさい》に関する定例の調査で調整池に入り、汀《みぎわ》に繁茂する菱の群れに気づいたことであった。

「農水省さんは、これまでも水質浄化の目的で、池のほとりにヨシを植え、生《お》わしとったばってん……」

諫早湾の調整池には、水質浄化の抜本的な対策として、農水省主導でヨシが植えられているという。

ヨシの植栽は、諏訪《すわ》湖、琵琶《びわ》湖、宍道《しんじ》湖をはじめ、富栄養化の懸念される湖で盛んに行われている再生の常道だが、調整池では目に見えるほどの効果は上がらなかった。ヨシは水面から三、四十センチほどの汀ぎりぎりにしか生えず、それより深いところでは育たない。広大な池に比べて、ヨシが生育可能とされる面積はほんの気持ちばかりで、結果も知れたものであったと、崎津漁師は話した。

「そん点でも、あん菱なら良かばい。二千六百ヘクタールの水面に、そのうちびっしり生えよる思うとっと」

調整池の底は遠浅《とおあさ》で、菱が群生するのにちょうど手頃な深さである。

「そいで、伐採《ばっさい》したあと、燃料やら焼酎《しょうちゅう》にもなるっていうとでしょう。ヨシより効率的ばい」

ヨシにせよ、水質浄化が目的の場合には、毎年伐採しなくては意味がない。水中で枯らし、腐らせたのでは、逆に富栄養化を促進してしまう。例年刈り取る手間が求められるが、ヨシは活用の方法が少ない。

その点、バイオマス・エネルギー化の道が開けているうえ、焼酎をはじめとしたアルコール飲料の原料としても売れる菱ならば、採算が読める。

環境関連企業の『トラパ』によって菱伐採の手法が簡便化されたことも、盛んに報じられていた。

「こぎゃん良かもんが、ひとりでに生えてきよった。……天は、おいたちを見捨てとらんとよ。農水省さんにも余禄になるばい」

崎津氏の同様なコメントは、各局で何度も繰り返し放映された。


「……よっしゃあッ」

久保倉恭吾《くぼくらきようご》は、両の拳《こぶし》を握りしめ、人目もはばからず、ガッツの雄叫《おたけ》びを上げている。

——俺、やったんだ。あの、どうしようもない腐《くさ》れ池をさ、いま、光らせてる。とうとう動かしている。ことの流れを前へ、前へ……って！

目の前に、扉が開けている気がした。そして、あれほど強固に見えた壁を打ち砕き、風穴《かざあな》を開けたうちの一人は、自分にほかならないのだ。

調整池に菱をひそかに投下した者の一人が自分であったことを、恭吾は感謝した。成し遂げたことへの自負が、心を熱くしている。変容しつつある現実のひとつひとつに、恭吾は酔った。

「浮かれすぎるなよ」

川上秋乃《かわかみあきの》が、敏腕マネージャーらしく自制を求めた。まだまだやることがあるだろうと、その目がいっている。

二人は、スタジオの控え室でスタンバイしていた。

「それにしても、地元の漁師さんのコメントは、気が利いているな」

秋乃がモニタを見ながらいった。久保倉恭吾が進行役を務めているニュース・エンターテインメント『ジス・イーズ』でも、むろん、菱の続報を追っている。

「崎津さんでしょう。彼のコメントは、谷崎《たにざき》さんがある程度仕込んだっていうじゃないですか」

「うん。ああいっておけば、視聴者は、農水省の水質浄化事業のライン上に、菱の採取があるように受け取るだろう。ヨシから菱に作物が変わったにすぎない。農水省にも大いにメリットがあるとしておいたほうが、今後の流れがスムーズにゆく」

本番です、と、スタッフが呼びに来、恭吾は収録に入った。

グラフィック化されたタイトルが画面に流れる。

〝時を超えた夢――古代からのサプライズ・ギフト〟

スタジオのテーブルセットには、コメンテイターとして、九州大学文学部で教鞭《きょうべん》をとる歴史学者、森園克明《もりぞのかつあき》教授が座っている。教授は、菱が諫早では古代ゆかりの生物であったことをいち早く見出し、古くから地元の特産物であったことを、世間に強く印象づけた識者である。

久保倉恭吾が教授のプロフィールを紹介したあと、アナウンサーが教授に問うた。

「森園先生。このたび諫早湾の調整池に出現した菱の群生ですが、菱が佐賀から長崎のあたりにかけて、古代から生えていたというのは本当なんでしょうか」

「そうですね。ぼくは遺伝学的なことには詳しくないので、品種については断言できませんが、専門の史学的に申しますと、菱はあのあたりにあったと、史書に記述がございます。古代、長崎県諫早のあたりは肥前国《ひぜんのくに》の一部でした。肥前国には、珍しく風土記《ふどき》が残っております」

「風土記といいますと、奈良時代の史書ですよね？」

「おっしゃる通り、風土記は奈良時代に、元明《げんめい》天皇の詔《みことのり》によって、各地の情勢や地域の産物などを把握する目的で諸国に作らせ、中央政府に報告させたものです。ただ、その後も作られた節《ふし》があり、成立年代は特定されていませんが、『肥前国風土記』に関しまして有力なのは、七四〇年以前にはできていたという説です。もっとも、各地の風土記の多くは散逸し、残っておりますのは、全国でも常陸《ひたち》、播磨《はりま》、出雲《いずも》、豊後《ぶんご》、肥前の五か所のみなんです」

「そういう意味では『肥前国風土記』は貴重な史料なんでしょうね」

「当地の地形、地勢も記されていますし、そこで生きた古代の人々の暮らしぶりや知見《ちけん》、ものの見方などをうかがい知るのには欠かせないものといえますね」

「そこに、菱が登場しているんですか？」

「奇《く》しくも、というべきでしょうか。この『肥前国風土記』には、菱が多く生える場所として、高来郡《たかくぐん》が挙げられております。古代の高来郡は、いまの長崎県北高来郡から諫早を経、島原半島《しまばらはんとう》一帯に至る南高来郡のあたりを指すんです」

「つまり、いま話題の有明海——、諫早湾に面したあたりですね」

アナウンサーが念を押す。

「ええ。そこには、満潮になると常に海水が入ってゆく池があり、蓮や菱が多く生えていると書かれています」

「海水が入る池ですか。まさしく、汽水域《きすいいき》ですね。どことなく、いまの調整池を連想させます。現状では淡水ですが、水門が開いて海水が流入すれば、調整池も汽水域になると聞いてます」

「『肥前国風土記』に菱が登場するのは、この高来郡の記述だけです。それだけに、このたびの菱の群生には、感慨深いものがありますね。古代よりゆかりの土地に、ゆかりの植物が育つ。これこそ地元の誇り、お国の誉《ほま》れですよ」

「諫早湾に、ふるさとの自然史が再現されたのですね」

「その通りです、時を超えた、古代からの贈り物なのかもしれません。いにしえの夢が、現代になって、この憂き世の情勢を反転させる形で花開くなんて、ロマン以外の何ものでもないと、ぼくは思います……」

〝まほろばの夢〟

〝古代のロマン〟

〝いにしえの奇跡〟

感傷的な惹句《じやつく》が似合う話題だけに、報道番組のみならず、文化や生活を扱う番組でも、好んでこの話題が取り上げられている。

続くコーナーでは、菱研究の第一人者、伊万里弘道《いまりひろみち》教授と恭吾がスタジオで向き合った。『ポジティブ・スパイラル』の放映により、バイオマス・エネルギーとしての菱がクローズ・アップされてからというもの、伊万里教授には取材からビジネスのアプローチまで、要望が殺到してい、諸事多忙であったが、そのなかを、恭吾のためには特別に時間を割《さ》いてくれている。

久保倉　先生、諫早湾の調整池に繁茂し始めた菱は、遺伝学的にはどういう品種なのですか。

伊万里　日本在来で、九州地方に見られる品種です。（テロップに菱の学名が流れる——Trapa japonica Flerov）

久保倉　在来植物の遺伝子攪乱《かくらん》の心配はないわけですね？

伊万里　もとより土地柄にふさわしい種《しゅ》です。周辺の生態系を乱す心配は、まったくありません。

久保倉　潜水調査によれば、調整池のほぼ全体に見られるそうですが、急に自生し始めたのでしょうか。
伊万里　人目につかないところで、いつのまにか生え始めていたのかもしれませんね。以前にお話ししましたように、菱は繁殖力が強いものです。一粒の種《たね》がおよそ六平方メートルに広がるとの試算もありますから。
久保倉　すごいカバー力なんですね。
伊万里　土地柄が合っていたのかもしれませんね。もともと有明海の周囲はデルタや水郷地帯で、菱が群れ咲く自生地でしたから。
久保倉　この品種が育って、実が生《な》って――、秋に収穫したと仮定すると、どのくらいの量が見込めますか。
伊万里　この日本在来種は小粒ですから、一ヘクタールあたり三、四トンでしょうか。あの調整池の広さは二千六百ヘクタールでしたね。めいっぱい採れたとすれば、積算上では七千八百トンから一万四百トンとなります。まあ、その前後といえましょうか……。
久保倉　調整池の水質が、すでに改善されはじめています。定期的に調査に入り、データを採取してきた長崎大学の研究室によれば、これまでに平成八年から十九年にかけて上がり続け、いっこうに下がる兆しのなかった化学的酸素要求量《COD》の減少が、初めて見られたといいます。
伊万里　菱はまだまだ栄養塩を吸って生長しますから、実ができる頃までの経過に期待したいですね。
久保倉　見果てぬ夢が続いてゆきそうで、楽しみです。

二

現状打破の風は、水面下でも吹きはじめていた。

「実は、とうとう農水省から内々に打診がありました」

『トラパ』の谷崎孝二郎《こうじろう》が打ち明けた。

「本当ですか」

住之江沙紀《すみのえさき》は、思わず声を上げ、川上秋乃と顔を見合わせた。

三人は、東京湾の海上にいた。沙紀のクルーザーは、外聞をはばかる話にうってつけである。

時々刻々と、波はロゼのシャンパーニュ色に暮れなずみ、入日を受けての船影は、長く濃く後方へと曳《ひ》かれてゆく。

遠目に見る大都市の外周は、ほの白くおぼめいている。光で綴《つづ》られた織物のような街、華美を極めた街。

——海は。

母性的にすべてを受容してきた。何代にもわたり、土の上で営々と暮らす人間の送り出す水を選り好《よごの》みせず呑み、融《と》かしてきた。

いま、沙紀はその海を眺めて、傷ましいと思う。ここ百年ほどのあいだに、急激に変わることを余儀なくされ、弱りはじめた海の姿を。

——豊かな海を、せめて少しでも取り戻したい。

勢い込んで、沙紀は谷崎の次の言葉を待った。あれほど遠く、あり得ぬことのように感じられた諫早湾の再生が、夢から現実に成り変わろうとしている。吉兆にほかならなかった。

「想定内のことではありますが」谷崎は明かす。「いま、彼らはせっぱ詰まった状態なんですよ」

「どういうことさ」

面白いことを聞いたというように、秋乃が身を乗り出した。

「いますぐにでも菱収穫の手筈をつけておかなくては、秋から先に、ひと騒動持ち上がることになるからです」

このまま菱を放置しておいたと仮定すると、やがて茎が伸び、水面に独特な菱形の葉が浮かぶことになる。初夏には花が群れ咲く。白く細やかな花だ。いずれは秋から結実が始まる。

「そのまま菱を調整池内に放置しておいたらどうなりますか」

「刈り取らずにということ？」

秋乃が尋ねる。

「はい」

「あ、そうか」目を輝かせ、秋乃は膝を叩いた。「水中に放っておいたら、冬場に枯れた葉や余分の実が腐り始めるな。厄介なことになる」

「その通りなんです。手をこまねいていたら、いずれは、あの調整池のなかは、いままでいちばんまずい状態になります。富栄養化が極限まで進んでしまう。至急に対策を取らないと、池の水は汚水に変わります」

「考えるだけでも、恐ろしいことだわ」

沙紀は眉をひそめる。なにか笑い飛ばせないものが残った。調整池いっぱいに広がった菱の茎葉と、およそ一万トンにも及ぶ菱の実。その落ち着く先によって、様相が天と地ほども違うのだ。

採集され、加工されれば資源になるが、放置されれば富栄養化の原因となり、汚水の源となる。いまさらながら、手がけてしまったことが両極端の面を持ち合わせていることにたじろぐ。

「ですから、『トラパ』に相談が持ち込まれたんです。菱採集のための網を調整池に張りめぐらす手はないものか、と」

「あ、例の採集網?」

『トラパ』は菱採集の新方式を開発し、実用化している。

「ええ。網を張るなら、まさしく、いまのうちなんです。菱の芽がまだ育ちきらず、芽先が編み目をすり抜ける大きさのうちに、水中に網を張りめぐらさなければならない。この機を逃せば、あとは採集期になって、大量の人手に頼るほかありません」

「たらい舟で採集することになるんだ……」秋乃が舌を出す。「そんなことになったら、たまらないもんな。……っていうより、無理だよな、一ヘクタールや二ヘクタールじゃなくてさ、何たって、二千六百ヘクタールあるんだから」

「菱は、こうしているあいだにも日に日に生長していきます。もはや看過していられないところまで来ているんです」

「現段階で、刈ってしまおうという話にはなっていないんですか」

沙紀の口をついて出た懸念に、谷崎は応じた。

「結実する前に伐採……ですが。いまそんな手に出たら、非難ごうごうですよ。調整池は目下、世間の注視の的ですから。現段階では、あの菱が水質に寄与していることも見えていますし」

「でも、もともと批判には慣れっこじゃないか。あの役所はさ」

秋乃もまぜかえした。

「いずれにしても、無理なんです」

思わず、考えもなく呟く沙紀に、谷崎は苦笑して、噛んで含めるようにいう。

「なぜです？」

「住之江先生らしくもないですね。いいですか。菱はすでに根付いているんですよ。茎を伐採したところで、完全に取り除くことはできません。翌年にまた芽を出すでしょう。どうせ例年伐採するということならば、実ができてからのほうが利得が期待できます。逆に、パーフェクトに根から除去するには、土中《どちゅう》を掘り起こすしかありません。あの池の底を掘り返せば、いままでに積もったヘドロを巻き上げることになってしまいます。そうなったら、汚濁《おだく》の地獄ですよ。水域の環境保全に逆行する結果になる。農水省にそんなことができますか」

「あ」

指摘されてみれば、谷崎の論は明快だった。

――先行きは、計算し尽くされているんだわ……。

『トラパ』には成算があるのだと、あらためて、沙紀は驚かされた。

いったん池に投じられてしまった菱の実は、水底の土中で着々と根を張り、容易には排除できない。

二千六百ヘクタール分は、放置するにはとてつもない分量だ。

いっぽうでは、メディアに押され、菱のおかげで水質が改善されたことが知れ渡り、いずれは調整池がドル箱になるとまで騒がれている。

取れる道は限られていた。

「……で、いよいよ彼らも重い腰をあげたわけか」

「菱の簡便な採取に対応できるのは、当社だけですから。うちの開発した採取機ならば、採《さい》実《じつ》とともに、網の上部にあたる茎葉を伐採する機能があります」

谷崎はしたり顔である。

「何といってきたんですか」

「マスコミが、菱の富栄養化の可能性に気づいて騒ぎはじめないうちに、早急に手を打ちたいと」

「つまり、池に網を張りはじめたいと、向こうから頼んできたわけだ。よしっ、やったじゃないか」

声を弾ませ、秋乃は握った手に力を込める。「でも、どうなのかしら」飛び上がる思いの半面、沙紀にはまだ気がかりが残っている。「そうはいっても、役所には相応の予算がないはずよ」

『トラパ』に菱の採取とバイオ燃料化とを依頼すれば、相当の費用がかかる。それをまかなうための予算は、どこから拠出されるのだろうか。

今年度の予算は昨年末に組まれてい、春先に思いがけず降って湧いたような菱の群生に対処するための費用など、どこにも見込まれていないだろう。かき集めたところで限界がある。

「おっしゃる通りです。正面きって来られたら、とても折り合える話じゃありません」

「え、そうなの」思ってもいないことを聞いたと、秋乃が眉を上げる。「じゃ、どうするのさ」

「ですから、うちに持ち込まれたのは、表立《おもてだ》っての依頼じゃありません。内々の相談なんです」

「あ、そういってくれればわかりやすい」

マネージャーという仕事柄、交渉ごとに慣れている秋乃には、さすがに話のなりゆきがピンときたようである。

「つまり、先方が泣きついてきたってことか」

「まあ、ソフトにいえば、落としどころがある話ってことです」

「どう決着させる気なの」

「持ち出しでも構わないんです、うちは。ただ、むろんそれでは済ませません。条件を付けます」

谷崎は打開策を明かした。

「ことは、『トラパ』が率先《そっせん》して申し出たという形で進めます。調整池の菱を燃料化して出た利得は、全額寄付します。国と地元の長崎県、加えて諫早市に。ただし、そこから実質の経費を差し引いて、ですが」

「ボランティアじゃないか、それじゃ」

秋乃は目をむく。

「そこが重要なんです」

「なぜさ。『トラパ』は丸損じゃないの」

「まず、あそこの調整池に簡単に手をつけることは、役所の事業としては無理でしょう。民間のビジネスというだけでも、ちょっと難しい。うちは無償という形でもないと」

「どういうことなの」

「簡単にいってしまえば、これまでも行われていた、水質浄化のためのヨシの伐採。あれを進めた形ととってもらえればいいだろうと。うちは、優先してあのあたりの漁業者に仕事を出します。どのみち、伐採の作業には船が必要なんですから。それで予算にも響かず、利得が出るのならば、役所もこれを摑《つか》まない法はないでしょう」

ふと、遠くを見る目つきをして、谷崎がいう。

「お二人とも、諫早周辺の海辺を歩いてみたことがありますか。小型の漁船が、あちこちに何十艘《そう》と、打ち捨てられたように引き揚げられ、錆《さ》び付くままにされてるんです。さほどの傷みもなく、まだまだ海に出られるのに、仕事がない。地元には仕事が必要なんです。いよいよ干拓工事も昨年で完工してしまいましたからね。付随していた公共事業も終わりを迎えた。そこに、船を再び利用できる事業が見つかれば、どうです」

「どこも飛びつきたいところだよな。それはそうだけどさ」

「この話は、有明海再生の精神にも矛盾していない。水産資源の回復と漁業の振興、双方に寄与する。もちろん、うちも損はとりません。諫早湾の再生は、いまや国じゅうの注目の的でしょう？　そこで牽引《けんいん》となる働きをしたとなれば、宣伝効果は絶大です。これから打って出る世界の市場を考えれば、じゅうぶん引き合うんです。インパクトが大きいし、シンボリックな話ですからね」

ビジネスとしても、むろん折り合うと、谷崎は胸を張った。

「それに、水辺の資源としてクローズ・アップされている菱伐採ビジネスに相乗りしたいという企業は引く手あまたです。出資の申し出も殺到してます。船を使う仕事で――湖や運河をはじめ、河口から沿岸にも無縁ではないだけに――、海洋土木《マリコン》建設の大手からの引き合いもいくつか来てます。たとえば――『洋々《ようよう》建設』からも」

『洋々建設』で環境再生部門を任せられている取締役の住之江和磨《かずま》は、沙紀の弟だ。和磨が菱ビジネスに手を挙げていることは、沙紀も聞いている。

谷崎は、ほかにも一流企業の名を列挙した。業種もさまざまだ。

「この件をビジネスとして成り立たせようと思ったら、いま、引き返せない流れを作ることが先決なんです。初めは無償でも、つきあってさえいれば、今年の秋口から始まる役所の各種予算の検討では、コストが折り込まれてゆくはずですから。しだいに元は取れていきますよ」

沙紀の胸には、さまざまな思いが去来した。

橋場慎二《はしばしんじ》が、かつて温暖化防止の予算不足を嘆いたときのせりふが思い起こされる。

〝すべては金なんだ。ことの原動力となるのは……〟

まさしく、いま、役所の予算を補い、すべてを反転させようとしているのは、見捨てられかけていた植物の菱に、新たに生じたプレミアムであった。

――始まったんだ、待ちに待った再生が、とうとう……！

「……で、『トラパ』が先方に持ちかけた交換条件というのは……？」

沙紀は尋ねた。無条件では引き受けないと、谷崎がいった〝落としどころ〟が気になる。

「それに関連してなんですが、川上さんにご相談があります」

「何」

「『ポジティブ・スパイラル』の続編を企画していただけませんか。特別のゲストがインタビューに応じてくれる手筈になってます」

「ゲスト……？　誰さ」

「大臣です」

「……本当かよ」

聞いた瞬間に、秋乃は胸の奥からの声を洩らした。沙紀にも、熱いものがこみ上げてくる。

この問題について語るとすれば、農林水産大臣であろうことは、自《おの》ずと知れている。

「お一方《ひとかた》だけではありませんよ」

思いがけないことを、谷崎は告げた。

「……？」

「もうお一方、出演していただける予定です」

——もう一人とは……？

「そのことについては、住之江先生にも、近々お話があると思いますよ」

ゲストの立場を明かし、二人を驚かせたあと、谷崎は冗談めかしていった。

「どのみち、我々が播《ま》いた種なんですから、この手で刈り取らなくてはね……」

三

「どうかしたのか」

男が、何かを確かめるように目をのぞき込んでくる。

「顔色が悪いみたいだ」

「気のせいじゃないの」

腕枕を外し、沙紀は男の下唇を舌で拭《ぬぐ》った。誘われたように、唇が重ねられてき、身を預けきって睦《むつ》みあう。満ち足りた時間が、際限もなく続くかと思えた。

わけもなく、こうなることは分かっていた気がした。

迷いがなかったわけではない。佐分利幹生《さぶりみきお》にしても、それは同じであったかもしれない。

年齢の差が大きかった。

――これも。

偶然のなしたことだという気がする。その一方で、なにか自分の意志とは別のところで、引き寄せられることが定められていたようにも思う。

佐分利の書生、筒井方正《つついよしまさ》と私用で落ち合う約束をしていたその日に、ひょんなことから、沙紀は佐分利と会うことになった。

筒井に急用ができ、約束が先延ばしになった。そのかわりに、筒井は副知事との面談をアレンジしてあるといってきた。

下準備もなく、急なことに戸惑《とまど》ったが、副知事にもにわかに空き時間ができたと聞き、トートバッグを探った。次のレクチャーの折にはと考え、副知事に見せるための動画をUSBメモリに入れてあった。短い時間でも、都の要人が海のありように耳を傾けてくれると聞けば、その機を逃すのは惜しい。沙紀はレクチャーを引き受けた。

筒井に指示された通り、世田谷の住宅街をゆき、リムジンをマンションの駐車場に待たせた。

セキュリティの整ったこのマンションに、佐分利副知事は勉強部屋を借りていると聞いた。

「急で悪いね」

応対に出たのは佐分利その人だった。

「とんでもない。お時間をとっていただいて光栄です」

部屋に通された。執務室とも書斎ともつかないが、スチール製の書棚で大半は埋まっている。向き合った二台のデスクと椅子が便宜的に置かれ、あとは喫煙コーナーなのか、窓に向かったローテーブルとソファが一台あるのみで、応接というほどあらたまった家具類はない。

「じゃ、始めますか」

部屋に一人であることの体裁を、佐分利は取り繕おうとせず、茶を出そうともいわなかった。常ならば筒井がい、来客などの用を足しているのだろう。その筒井が所用で出ていることは、沙紀にもわかっている。

「今日は動画をお目に掛けたいんですが」

USBメモリを沙紀が見せると、佐分利はすぐに応じた。

「ノートタイプで構わない？」

パソコンがローテーブルに移され、パネルが開かれる。

沙紀はソファに掛けてキーボードを操作し、動画のファイルを開いた。佐分利も並んで掛け、画面に見入った。

小刻みに波立った海面が、ディスプレイに現れる。

「これはどこなの」

「東京湾です」

「あ、台場《だいば》あたりか」

ＣＸ局の、特徴のある球体を持った建物が遠景に映った。昼日中《ひるひなか》で、空は晴れ渡り、海の色は濃緑《のうりょく》だ。

「船から撮《うつ》してます」

画面は、海面のアップになった。

「よくご覧ください。これが何だか、ご存じですか」

沙紀の視線を、副知事は追い、画面に行き着く。しばらく見続け、困惑したように首を傾《かし》げる。

「ずっと波の様子じゃないか。何の変哲もない」

「見てください。ここ」沙紀は画面を指し示した。「海の表面が、間をおいて泡立《あわだ》っているのがおわかりですか」

「……うん？」佐分利は目を瞬いた。「そういえば、空気が上がってきてるのか」

径は十五から二十センチ程度だろうか。ぼこり、というように、海面が盛り上がり、口を開いては閉じる。

「いやに人工的だな」

「そう思われますか」

「ああ。海底から空気が湧いてるの？　そんなことがあるのかな」

「自然に噴出しているわけじゃありません。これは、水が送り出されてき、ここで空気とともに海に排出させられている様子を撮《と》ったものです」

「水が送られてきているって……、どこからなの」

「お台場の沿岸です」

「すぐ近くじゃないか。いったい、何のためなんだ」

「強制浄化です。ご存じありませんか」

「聞いたことがないな」

「水中に装置を設置しているのは、東京都だっていうのに……？」

「本当か」

画面に対して見開かれた目を見て、佐分利は知らないと、沙紀は思った。

「〝お台場を泳げる海に〟というキャッチフレーズのもとに、知事が据え付けさせた海水浄化施設です。だけど、茶番《ちゃばん》ですよ。湾内の再生に携わっている者なら、誰もが知っています。

かかっているのはランニング・コストだけで、効果がなきに等しいことを」

「どういうことなんだ、それは」

佐分利の声が鋭くなった。

「オリンピック招致《しょうち》を睨んでのことです。知事はお台場あたりの海を、格別に綺麗にしたいんです」

「それはまた、どうして」

「お台場あたりの海辺は、種目として、トライアスロンの競技場に想定されているんです。もしも開催地が東京に決まったら、という仮定のもとにですけど」

「それは聞いたことがあるな。少なくとも、競技の会場が、都内の各地に想定されていることは知っている。しかし……、トライアスロンと、この装置がどう結びつく？」

「いまのままの、あのあたりの水質では、選手たちから悪評紛々《あくひょうふんぷん》となることが見えています。透明度といい、匂いといい、とても競技で泳ぐ海にふさわしいレベルじゃないんです。国際的な晴れ舞台になることが仮にあったとして、そんな体《てい》たらくでは恥をかくことになる。各国でさまざまな海を経験してきたトップアスリートたちに、ありのままの東京湾を見られるのが怖いんでしょう。それを小手先《こてさき》で変えようと、強制浄化を始めたんです。汚名をまともに受けるのは、都知事ですからね。それだけは避けたいのでしょう。みっともなさにも程がありますものね」

「そうはいっても、水質の浄化プロジェクトには違いないんだろう。何らかの効果は出ているんじゃないのか」

さすがに、佐分利は副知事らしく、都政をフォローしようとする。

「効果ですって？　論からして無理がありますよ。それを現実化してしまったのですから、愚の骨頂《こっちょう》です」

つい、沙紀は攻め込む口調になる。

「台場沿岸の水をピンポイントで吸い上げ、濾過膜《ろかまく》を通して懸濁物《けんだくぶつ》や有機物を漉《こ》し取っては、また海に戻す。その繰り返しです。児戯《じぎ》にも等しいことだと思いませんか。相手は大海原《おおうなばら》ですよ。あたりの水質には変化がありません。業界では、不毛な事業の筆頭格として、揶揄《やゆ》されてますよ」

「それが本当なら、泥縄《どろなわ》だな。体裁《ていさい》を調《ととの》えるための濫費《らんぴ》じゃないか」佐分利は苦さの混じった深い息をついた。「ぼくは不明を恥じる。これは自戒だ」

依怙地《いこじ》な男のようでいて、佐分利は時折り、少年のような素直さを表情に出す。好ましいとは思うけれども、それだけで容赦するような沙紀ではない。

「確かに、不勉強でいらっしゃいますよ。この問題では、都は労組とさえもぶつかってますから」

相手の立場が立場なのだ。押せるときには押しておかなければ、ことはいい方向に向かってゆかない。

自分にいい聞かせながら、沙紀はさらにつけ加えた。

「浄化装置を一年中動かしても意味がないのは、役所の内部でさえ周知のことなんです。コストに窮し、いままでは海の汚濁が激しい夏場だけに限って、間歇《かんけつ》運転のようなことまでしているんです。いずれにしても、現知事が就任してからのプロジェクトです。現知事には、首都圏として東京湾というかけがえのない海を沿岸に持っているという認識が薄すぎますよ。だから、見栄のために巨額の費用を投じてしまう。プラントの建設にも維持にも総額数十億の予算が費《つい》やされ、いまだにランニングコストが嵩《かさ》んでいる。批判が湧き起こりはじめてます」

「判った」

「善処を覚悟されたということですか」

言わずもがなと思っても、追いつめるようなことが、すらっと口をついてしまう。むきになりやすい。もっと事態に即応できれば、TVショーのコメンテイター等も務まるのだろうし、人との仲も続くのだろうがと、沙紀は自分でも、自身の融通のきかなさが可笑《おか》しくなる。

「そう責めないでよ」

さすがに、副知事はさらりと流した。だが、つき放しはしなかった。

「やるときは、やるさ」

「ごめんなさい、私……」

沙紀も、自省の表明にためらいはない。気づけばすぐに謝す。こちらが誤っていれば、前言撤回《ぜんげんてっかい》も辞さない。相手に伝わらなければ、心中の思いには意味がない。

「私、いつも、惜しいと思うんです。だから、言葉が痛烈になっちゃって」

「惜しいって、何が」

「たとえば、予算です。強制浄化のプラントに何十億もかけるのなら、ほかに手だてがあります。同じ予算で、何ヘクタールの浅場《あさば》や干潟《ひがた》ができたことかと思うと、いてもたってもいられません。水をきれいにする目的は同じでも、効果は永年続くんですから、格段の差ですもの」

「浅場や干潟か。どのくらいの費用でできるものなの」

「三十億なら三十ヘクタール、四十億なら四十ヘクタールできますよ。おおよその見当ですけど」

「一ヘクタール、一億か」

コストを耳にしたとたんに、佐分利の表情が変わる。

「存外に、廉《やす》いな……」

一度瞑目《めいもく》し、開《あ》いた男の目は、沙紀が見直すほど生気に満ち、何かに向かいゆく顔になっていた。いつのまにか、遥か遠くに目は放たれている。

──この人も、夢をみているんだ。

自身に埋蔵されている力を、惜しげもなく夢のために費やす人がいて、沙紀は、ともすればその力に、あっけなく捕まえられ、連れていかれてしまうことに気づいた。

佐分利は聡明で利にも敏《さと》い。現実的なことに対し、さまざまな手法で処してゆける男である。その同じ人間が、海空《かいくう》の光芒《こうぼう》のような世界を脳裏に描き、翼を願っているのだと思うと き、人というものに秘められたまばゆい側面に思い至らずにはいられない。

空漠とした世界に、光る手がかりを残そうとする人に、シンクロナイズしたいと沙紀は願う。自分もそうでありたいと。

──ポジティブに。

志気を感じさせる朗々とした声で、佐分利がいった。

「住之江さんは、知っているからこそ気軽に干潟造成の予算を口にしたんだろうが、ぼくにすれば大いに意味があることなんだ。海洋土木建設《マリコン》のご令嬢にして、国交省の秘蔵っ子──いや、鬼っ子──とでもいうべき学者さんがいうのだから、ほぼ間違いない概算だろう。案外と、ぼくらは実質的な金額にうとくなってる。それがネックになって、方向を見失う」

「予算のたとえなら、こんな話もあるんですよ。昨年、東アジアサミットで、総理はアジアに向けた環境対策円借款《しゃっかん》をおよそ二千百八十億円ぶん、約束しました。ダボス会議では途上国に五年間で一兆一千億円を支援すると表明してます。むろん、外交政策は大切ですから、一概《いちがい》にには比較できないにしても、その予算を国内に振り向ければ、一万一千ヘクタールの干潟ができます。いまの諫早湾調整池の四倍にあたる広大な干潟ですよ。国内の環境政策を優先したくもなります」

「コストを知ることは大事だな。ぼくの立場でできることの形が、目に見えてくる。何ができるのかが、よく分かる」

「お台場あたりをきれいにしたいなら、強制浄化装置を稼働させるよりも、浄化能力の高い海苔《のり》を近場で大量に養殖させ、海浜から遠浅に覆砂《ふくさ》をしてアサリなどの貝類を育て、漁業者に取り上げさせることのほうが、よっぽどましです。水産にも寄与しますし、コストも安い。知事の裁量《さいりょう》でできることですよ。むろん、目的は観光として、もとを取ったって構わないんです」

「〝海洋王国〟か。不思議だな」

「はい？」

「〝海洋王国〟って、住之江さんはいったよな……。君を見ていると、物語のなかにしかあり得ない海と国との姿が、間近にあるような錯覚に陥《おちい》る」

佐分利はディスプレイに目を注いでいる。画面に広がる台場の鈍《にぶ》い波を見ているのか、あるいは中宙《なかぞら》をか。

「虹の光彩が、藍壺《あいつぼ》みたいな入り江に落ちて。長汀曲浦《ちょうていきょくほ》に寄せる悠久の波。そんなものを信じているのか、君は。それとも、物事《ものごと》を彩《いろど》ってゆく気質《たち》なのか」

「海は、深くて……」

答えが、曖昧《あいまい》になった。海のことを答えればいいのか。自分にまつわる何かを、なのか。

沙紀はいい淀《よど》んだ。

「よく行くの？　海の現場には。……船でか。ダイビングなんかもするのかな。日焼けしている」

佐分利は眩《まぶ》しそうな目をした。

……と、そのとき、ふいに。

あらゆる電源が落ちた。

――停……電？

そう思う間もなく、いつのまにか深まっていた闇に驚いた。目前にある窓外《そうがい》の住宅街も暮れている。単調な景色が、電灯が消えたとたんに見知らぬものになり、沈黙の帳《とばり》にとらわれた。

暗がりに居並んで座《ざ》したまま、見えるはずのない幻の光景を眺めたままの時間が、どれほどあったのか。

立ち上がってしまえば、ことなきを得ただろう。が、立ちたくなかった。呼吸が浅くなる。

佐分利がどんな目で自分を見ていたか、気づいていなかったといえば嘘になる。

――あ。

肩まで手をさしのべかけた佐分利が、一度、ためらったのがわかった。だからこそ、次に引き寄せられたときには、意志的なものだと感じとった。

行き惑《まど》った。

かすかに身じろいだ瞬間、沙紀の半身は、男に巻き取られていた。

以来、逢うのは二度目になる。副知事は独《ひと》り身《み》だ。先方が本気かどうかは知らないが、つきあっても、世間にはばかる必要はないはずだ。

顔色の悪さを佐分利に指摘されたが、沙紀の気がかりは、佐分利との仲に関係したことではなかった。

脅《おど》されている。

警察に通報するかどうかを考えている。しなければならないと思った。だが、するには、蛮勇《ばんゆう》を振り絞らなければならない。どこまで自分をさらけ出せるのか、沙紀には確信が持てないでいる。

不安に、心臓が高鳴ってゆく。

ここ一週間ほどのあいだに、沙紀は携帯電話の番号を新しく入手し、必要な相手先には通知した。機種を変えても番号のポータビリティが浸透しているこの頃では珍しいことで、皆が戸惑い、何事かと連絡してくる。わずらわしいが、そうせずにはいられなかった。

——誰が、あんなことを……?

もう忘れかけていたようなことが、にわかに再び起こった。

独特のヴィブラート・モードで携帯が震え、ディスプレイには橋場慎二の名が現れた。亡霊からのはずもなく、誰かが彼の携帯を使ってしているだろうことは確かだ。

かつて、二度ほど同じことがあったが、慎二の四十九日の頃から、ぴたりと止んだ。警察か家族か。おそらく彼の携帯はそのいずれかの手元にあり、理由は推《お》し量《はか》る術《すべ》もないが、着信履歴を頼りにかけてみていたのかもしれないと、沙紀は自分を納得させていた。

その着信が、何か月ぶりかにあり、三度目のそれには、卑劣なおまけがついていた。着信と同時に、携帯のファイルに送られてきた動画を目にして、沙紀は呻いた。

血の気がいちどきに引いた。

卑劣だと思った。おぞましかった。頭を抱え、悪態をついた。

ディスプレイ上に現れたのは、自分の寝顔——、もっといえば、誰かと何かを分かち合った後の、しどけなく無防備な仮睡《かすい》の姿態——なのだ。

撮られた覚えは、むろん、ない。

片ほうの肘《ひじ》を曲げ、自らの手枕《てまくら》にし、やや仰向《あおむ》き加減で眠る自分の、締まりのない顔。糊のきいたリネンの白い枕になだれ落ちる髪。携帯で撮ったらしく、頬から顎先へ、首筋から鎖骨にかけてと、視点が少しずつ移動する。スタンドの光を受けてあらわな肩先。画面はさらに、胸の丸みのほうへとレンズが向けられるさなかで消えた。

途切れ方に嫌らしい含みが見えて、吐き気がこみあげた。

自分のことだからよくわかるが、このときの沙紀は、何も身につけずに眠っていたはずである。

〝これだけではない。あんたの録画はもっと……〟

そういいたげに切れている。

撮られた覚えのない動画。けれども、撮影した人間には思い当たる。

橋場慎二、そうとしか思えない。

だが、たとえそうだとしても、本人から見せられていたとすれば、笑って許したに違いないことだ。

少なくとも心を通じ合わせ、情をもって交《か》わした日々のなかで、男のしたことである。沙紀とて快楽がなかったわけではないし、ふざけ半分で、眠る男のありのままの姿を、携帯で撮っておこうかと考えたこともある。

自分たちだけのこととして、愛《いと》おしんでくれていたとすれば、微笑ましいことで済むかもしれない。

だが、それが他人の手に落ちたとすれば違う。

安息の記憶が、にわかに自責の念に満ちたそれに変わる。同時に、自分が限りなく安っぽく感じられた。

あるいはと思う。このことのために、橋場は誰かに脅されていたのだろうか、と。

——橋場君は私と同じくらいに……、いや、それ以上に自尊心の強い人だったから。

考えるのも嫌だが、もっと露骨な画像が残ってい、そのまま携帯が誰かの手にわたったのだとすれば、橋場はそれを晒《さら》されることを恥じたであろう。

妻にも隠すだろうし、当の沙紀にも打ち明けられない。まして中央官僚の世界だ。スキャンダラスなことは汚点になる。

自分が環境のフィールドで、各種の再生委員を任じられている学者であることや、海洋土木《マリコン》産業『洋々建設』の創業者、住之江国重《くにしげ》直系の一族であることを、沙紀は苦々しく思い合わせた。

マスコミの餌食《えじき》になれば、プライヴェートとはいえ、面白おかしく取り上げられ、揶揄されるであろう。

一方では、そんなはずがないとも思う。橋場はそんなに弱い男ではなかった。一度火の手が上がっても、大波を乗り切れたのではないかとも。仕事絡《がら》みで便宜をはかりあったことなどはなく、その意味では胸を張れるはずである。

——だけど、私ならどうなの。どうするだろう？

画像は沙紀に向けて送られてきたのだ。送り手は、ターゲットを変えたということなのか。同じ火の粉が、自分に降りかかってきたのかもしれないと考えた。

——私に、こらえる力があるのだろうか。

相手はもう亡くなっているだけに、道ならぬ色恋沙汰《ざた》をあげつらわれるのは、辛いが仕方がない。橋場の妻の怒りも受け止め、大学での講義のほうも、胸中はともかく、持ち前の厚顔で乗り切れると思う。

——ただ……。

海洋環境の仕事やイベントで関わっているNPOの、なかでも自分を慕ってくれている子どもたちの顔を思い浮かべると、彼らやその親たちに顔向けできないという思いが強まる。

橋場にも、確か小学生の子がいた。その子に騒動の余波が及ぶとすれば、とてもしのびない。

——〝悪い人〟になり下がるのか、私は……？

それに加えて、最も気にかかるのは、いま関わっている『ポジティブ・スパイラル』関連の仕事——久保倉恭吾へのレクチャー役を自分が務めていること——や、佐分利副知事への影響であった。

恭吾や佐分利の前途を曇らせることだけは、したくないと思う。

——そう思いながらも。

現実に、佐分利との関わりを絶ちたくない自分がいた。

ファザー・コンプレックスぎみなのかもしれない。五十代の佐分利とは、十と幾つか離れている。慎二のときとは異なり、佐分利には、ただ包まれていてもいいのではないかと思わせるところがある。

久しぶりに、沙紀には楽に呼吸ができた。何も知らなかった幼児の頃に戻ったように、強い存在に、手を引かれていたかった。

約束の地など、幻だとはわかっている。それでも、住之江沙紀というパッケージから離れ、ただ何もかもを許されて、身を委《ゆだ》ねられたらと願う。

ともに進みたいのではない。大人の女になりきったいまでも、彼らが自ら切り拓《ひら》き、築いた秘密基地のようなところへ、半《なか》ば強引にでも、連れて行かれたいのだ。

思い返せば『洋々建設』のドンといわれる父の住之江為俊《ためとし》には、そんなところがあった。その父に、形の上では反発しながらも、実質的には寄りかかり、甘えている、微妙な自分のあり方を、沙紀は男との関わりに重ねてみる。

「……そんなに複雑じゃないわ」

思わず言葉が口をついて出た。

「何が」

佐分利に問い返される。

「考えてただけ。私、単純に恋したみたいだと……」

男の腕に、また加わった力を感じながら、沙紀は放恣《ほうし》になっていった。分別のつかない頭のなかで、途切れ途切れに先行きを思う。動画を送りつけてきた目的は何か。ゆすりの類であるとすれば、相手は何を求めているのか。金品くらいしか思いつかない。ふんだんにあるそれが、別に惜しくはないが、いちばんばかげたことだ。金を出せばよけいにつけ込まれ、ことが大きくなる。そんな愚かなことはしない。でも……。

思いが行きつ戻りつするうちに、何もかもが朧《おぼ》ろになり、現実が遠のいていった。

四

「住之江さんのところには、妙な電話が掛からなかったでしょうか」

予期せぬ質問に、沙紀はぎくりとした。

沙紀が答えないので、橋場可帆《かほ》は困ったように続けた。

「私の携帯に、橋場の携帯から着信があったんです」

心臓が飛び出しそうになる。身がすくんだ。

「携帯……ですか」

うまくものがいえない。唇が震えているかもしれなかった。

「主人の携帯、海でなくなったんだと思っていたんですけど」

二人は、早稲田にあるリーガロイヤルホテルのラウンジにいた。ここで筒井方正と会い、打ち合わせることになっている。ホテルは大学に近い場所柄から学者のステイも多く、そのぶん観光やビジネスのせわしさが薄い。こみいった話でも落ち着いてでき、沙紀はよく使う。

橋場慎二が設立しようとしていた財団の目的を聞かされているはずの筒井は、どうせなら関係者の顔合わせを兼ね、三人揃おうといってきた。

「誰かが主人の携帯を持っているんじゃないかと思うの。おかしいんです。着信したとたんに切れちゃって。かけ返すと電源切れてるとかって。誰かに拾われでもしたのかな。薄気味が悪くて」

私にも同じことがあったと、喉元まで出かけたが、沙紀にはいい出せない。

動かない頭を、めいっぱい回転させようとする。可帆は本当のことをいっているのか。いや、ひょっとすると橋場慎二の携帯は可帆の手元にあり、彼女は沙紀の画像を見つけ、意趣《いしゅ》返《がえ》しをしているのかもしれない。

——でも、そうではないとしたら？

橋場の携帯を入手したのは誰なのだろう。考えはまとまっていかない。

「警察には？」

「……それが」

可帆はためらい、沙紀はただ待った。思い切ったように、可帆が向き直る。

「妙な画像が送られてきて」

沙紀は固まった。動悸《どうき》が襲ってき、頬《ほお》から血が引く。

と、可帆は意外にも顔を伏せ気味にし、小声でいった。

「……寝顔なのよ、私の」

「え」

耳を疑った。

「あんなもの、橋場が撮っていたのかと思うと嫌なんですけど、たぶん何も着てないときに撮られてたみたいで」夫婦のことだからか、可帆はやや恥じらいながらもオープンにいう。

「見せたくないの、警察なんかには」

「でも、脅しだったら……」

「そんなの、脅しにならないでしょう。うつぶせ寝してる山の神のいびきなんて」

可帆はおどけぎみにいったが、笑える話ではない。自分にも同様のものが送られてきているとも、沙紀にはいえない。

「いつなんですか」

「一週間くらい前」

「調べられないのかしら、携帯がどこにあるか。警察ならできるのでしょう」

「電源が入っていれば、エリアは突き止められると思うんだけど。じゃなければ無理でしょう。橋場はGPSをつけていなかったし」

待つほかないと思った。相手がどう出てくるか、それ次第なのだ。

——それにしても。

自分の知らなかった橋場の一面が、沙紀には哀切に思えた。女たちの寝顔やからだ。それぞれを保存し、取り置きたくなる男のあてどなさやさびしさ、自信のなさがわからないではないのだ。

ただ、そうあってほしくなかったとは思う。過去は幻想のなかにあるほうがいい。

「ごめんなさい。大丈夫。妙なことになるようだったら、刑事さんでも呼ぶから。たいしたことじゃないのかもしれない」

沙紀がはかばかしい答えをしないせいか、可帆は話を切り上げた。ちょうど、筒井が座席のブースに向かってきつつあるところでもあった。地味ながら、格のあるグレンチェックのスーツ姿だ。

「住之江先生、いつぞやはすみません。急に予定を変更していただいて」

「いえ」

「可帆さんとは、お電話でご挨拶だけは」筒井は如才《じょさい》なく、それぞれに必要なだけの礼をとる。

「財団のことですが」

飲み物を置いてウエイターが去るのを待ち、筒井は本題に入った。

「私も、お二人にはゆっくりご説明に上がりたいと考えていたのです。橋場君にとって、財団設立は夢でしたし、私も本腰を入れるつもりでいます。この財団が、日本の海を変えてゆくと、私は本気で思ってます」

「財源はどうするおつもりなんです」

沙紀が尋ねた。

「そのことからお話しするつもりです。実は、私たちは、コンセプト特許を含む幾つかの特許を出願中なんです」

「私たち……とは、筒井さんと主人ということでしょうか」

可帆がいう。

「そうです。その特許によってもたらされるであろう利得を、財団の資金にあてる予定です」

光沢の深い鞄から、筒井は革製のポートフォリオを二部取り出した。書類が挟まれている。財団の財産目録であった。

「むろん、これは素案ですが」

ざっと目を通してゆく。

「……あり得ない」

可帆が呟いた。沙紀も、同様な感想を持ったところだった。資産が二億というのはともかくも、例年調達される見込みの金額が、半端ではない。

「これは、数値の記入ミスですか。それとも悪い冗談なの」明らかに、可帆も数字を見ているようである。「こんな額ってないでしょう。これでは、中ぐらいの市の年間予算なみじゃないの」

「成算があります。最低限で見積もっているつもりです」

「まさか」

沙紀には、見過ごせない点がほかにもあった。事業として調達される資金のほかに、出資者として企業名らしい名が幾つか挙がっている。著名な名は見あたらないが、なかに『トラパ』の社名がある。

「これは……どういう？」

聞いてみずにはいられなかった。沙紀の目が、社名の上に注がれているのを見てとり、筒井がいう。

「諫早湾のほうが順調に進んでいるようで、私も嬉しく思ってます」

「どうなっているの……？」

考えていたレベルとは天と地ほども違う、財団の財源。それだけの巨額の資金をもたらすという特許のなかみ。それらを使って運営されようとしている『日本海域再編成振興財団《にほんかいいきさいへんせいしんこうざいだん》』の目的。菱の新たな可能性によって、急伸張し始めている環境調査会社『トラパ』と、財団の関わり。

筒井に尋ねたいことは、むしろ山積するばかりで、沙紀も可帆も、当惑にとらわれたまま話の先を待った。

ラウンジはさほど混んでいないし、席と席とのあいだも広く取られていたが、筒井は注意深く周囲を見回し、あたりをはばかるようにいった。

「場所を変えませんか。部屋を用意しています……」

五

ライトが眩しい。

住之江沙紀は瞬きを繰り返した。テレビ番組への出演は苦手だ。照明が目を射るように照りつけてくる。ドライアイ気味の沙紀の瞳は、熱気混じりの光に耐えきれない。

こんなところで、よく長時間堪《こら》えられるものだと、番組のメインキャストである久保倉恭吾や、同じテーブルセットについている政治家たちを眺めた。

『ポジティブ・スパイラル』の生中継コーナーが始まっている。

続編として制作されたこの回の呼び物が、いよいよ始まろうとしていた。スペシャルゲストとして、番組は大物政治家の二人を迎えている。

一人目のゲストは、農林水産大臣の基山宗平《もとやまそうへい》。基山はかつての首相の僚友《りょうゆう》とされている男で、農水大臣に任じられたのは二度目になる。

現農水大臣への就任には、しがらみがあった。政治資金絡みの騒動で前々大臣が自殺し、後継の農林水産大臣までも、同じく後援会にまつわる資金管理のまずさから引責辞任。この顚末《てんまつ》が選挙に大きく影響し、前総理の辞任の遠因となったことから、ゲンが悪いとみられ、引き受け手がいなかった。

内意を問われた何人かが、体《てい》よく断ったことから、古株の基山にお鉢が回った。基山が甘受したのは、党への義俠心《ぎきょうしん》のようなものからと見られている。

そうはいっても、かつて務め上げたことのあるポストゆえ、業界については一定の心得を持ち、けっして付け焼き刃ではない。

「基山大臣」

久保倉恭吾が、話を振り向けた。

「ぼくらには、諫早湾がかなり輝いて見えてますよ。いきなり現れた宝の山って感じじゃないですか」

恭吾はわざと、いつにもまして軽い口調で問いかけた。イタリア仕立ての薄手のシャツがさまになっている。グラビアのなかから抜け出してきたような男が浮かべる笑みに、誰もが吸い寄せられ、座がぐんとくだけた。

エンターテインメントのなかに人を引き寄せる力が、恭吾にはあって、彼と話していると、ドラマの——あるいはこの世の——主人公になれている気がすると、誰かがいったことがある。

ゲストをひときわ輝かせるのはそのせいか。

いまも、不思議にことが尖《とが》らずに、座が和《やわ》らぎはじめていた。スタジオのセットの作りも明るい。

基山も苦笑ぎみながら、雰囲気にうまくのってみせる。

「時流のおかげで、農林水産大臣の私も、汚れ役からヒーローへ転身できますかねえ」

スタジオ内に、好感的なさざめき笑いが満ちた。

基山の発したこの一言で、この日の流れは決まったようなものであった。

「わが農水省のなかでも、これからは農水業を、バイオマス・エネルギー事業のためにおおいに発展させる方向性が打ち出されているんです。コーンにせよ米にせよ、農作物の採集活動に変わりはありませんから。菱の登場は、その可能性を水産物にまで及ぼすものといえましょう。漁業者を含む水産業者、それに、エタノールとなれば、われわれが管轄しております発酵の事業者にも朗報ですよ」

「水もきれいになっていますね」

恭吾が水を向ける。

「私も先般、視察に出向いたばかりで、現況を目の当《ま》たり《あ》にしてまいりました」大臣は、自ら現地に足を運んだ身軽さを強調した。「自然の恵み、自然の驚異には謙虚な気持ちを持たねばならないと、あらためて感じ入りました。これは農作物や水産物に払う畏敬《いけい》の気持ちと同様ですが。古代ゆかりの植物が、問題解決の糸口になるのなら、素晴らしいことではないでしょうか」

「これは、仮にということですけど」前置きして、久保倉が切り出した。「菱の生長と採取のおかげで、水質の改善が成功した暁には、調整池潮受け堤防の水門は、これから先、開かれるのでしょうか」

「開くことにやぶさかではないのですよ……」

場がどよめいた。

番組を借りて、農水省の方向転換が発表されたも同然である。大臣が番組等で口にする約束は、すべて実現されるわけではないのがこの世の常だが、それでも重みは値千金《あたいせんきん》である。

ことの方向性を示し、省内にはっぱをかけ、睨《にら》みをきかせることができる。

恭吾は追い討ちをかけた。

「政治決断と伺ってよろしいんですか」

「むろん、洪水対策や、干拓地の農業用水確保等の諸方策は必要ですがね。長期開門調査までは、この私がお約束いたします」

基山は潔《いさぎよ》かった。

現場のスタッフたちから、ごく自然に拍手がわいたくらいである。

——潔すぎるほどだわ。

沙紀は心中、大臣の言葉のうちに含まれた、省内トップ官僚たちの思惑《おもわく》を感じ取っていた。予算とのかねあいなのだ。

大臣が口にした洪水や用水の対策費用は、およそ六百三十億円と見込まれているが、それを帳消しにする秘策があるのだ。もちろん、そのほかにも、菱のバイオマス・エネルギー化が、民間企業の『トラパ』によって無償で出されることが下敷きにある。

秘策の根回しのために、もう一人のゲストが出演を承諾してきていた。

出演者たちや局アナが、基山大臣の英断を、さんざん褒《ほ》めそやしたあと、件《くだん》のゲストが紹介された。

「もうお一方《ひとかた》のゲストは、国土交通省の八城道隆《やつしろみちたか》大臣です」

「どうも」

八城がクールな微笑で応じた。整った顔立ちに、細身のスーツをこなれた感じで着る八城は、女性層の人気も高い。

国土交通省大臣の八城は二世議員で、首相候補としても、幾度か取りざたされたことのある若手のホープ。与党派閥のリーダーでもあり、政策に通じた博学の士であった。

「八城大臣は、自然再生の政策に詳しくていらっしゃいます。諫早湾調整池の整備にも、今後国交省が関わる部分があるという指摘を、専門家から聞いたのですが」

恭吾が誘いをかけた。

「わが国交省では、従前《じゆうぜん》より河川《かせん》や港湾の環境保全に力をいれております。水辺環境システムの再生・健全化といった観点から、調整池の来《きた》るべき未来にも、まことに大いなる関心を抱いてございます。調整池には本明川《ほんみようがわ》と申します一級河川が流れ込んでおりますから、わが省にも関わりは大いにあるわけです」

弁舌《べんぜつ》とうとうと、八城は述べた。

「本明川の河口から港にあたる水環境の管理者というわけですか」

「はい。ですから、開門調査結果の次第では、調整池部分を浅瀬と干潟に戻すべきだという声が、省内から上がっております」

「本当ですか」

久保倉恭吾は大げさに声をあげ、目を輝かせてみせる。ことは打ち合わせ済みなのだが、恭吾の表情には喜びがにじみ出ている。

「国交省では、もとよりの長期目標として、全国の沿岸の港湾区域に、千九百ヘクタールの浅場と干潟造成をしたいと発表しております。いずれは、そのうちの千ヘクタールほどを諫早湾で実現できるかもしれません」

「壮大な夢の実現ですね。あれだけの干潟が復元できたとなれば、それこそ世界のレベルでも画期的な再生事業として、評判になるんじゃないのかな」

恭吾は褒めちぎり、プランを思い切り持ち上げた。八城も満足げだ。

「私はかねて、海域に関わる自然再生事業では農水省さんとゆるやかに連携しなければと考えております。事実、本明川ではすでに、川本来の姿を取り戻すための川づくりが始まっております。その延長線上に、河口部があり港があるのです」

「水の流れは海まで、一続きと考えておいでなのですね」

「まさしくそうです」

八城が干潟再生の表明ともとれる発言をしたところで、沙紀に話が振られた。

「今日は、環境海洋学がご専門の住之江沙紀先生においでいただいています。先生は、海の環境保全や再生プロジェクトのアドバイザーとして、活躍なさっています。今日は、調整池を干潟に戻すことによる、経済的なメリットについてお聞きします」

「住之江です」

恭吾の紹介で、沙紀にカメラが向けられる。

「住之江先生は、干潟再生が相当、国の予算にも寄与するとお考えなのですね」

「いま八城大臣がお話しになったように、千ヘクタールの干潟が再生できたとすれば、国交省だけで予算が一千億円節減できたのと同様な効果があります」

「え、一千億円も。そんなに効果があるんですか」

　恭吾はのけぞってみせた。

「はい」沙紀は請《う》け合う。「干潟を新たに造成するとすれば、一ヘクタールにおよそ一億がかかります。ただし、これは計算上の話で、いまは干潟造成のための砂が払底《ふってい》していますから、現実的には、すぐに着手できるかどうかは難しいところです。その点、諫早の調整池はそもそも浅場ですし、自然に砂がたまる地勢ですから、手をかけるのは最小限で済みます。調整池の一千ヘクタール再生によって長期予算に盛り込まれている予算ぶんを、およそ一千億円浮かせれば、別の有益な干潟造成事業に振り向けることができるのです。たとえば、干潟を保持しながら洪水対策にも対応できる浮上式の堰《せき》やゲートの研究開発や試作にも、予算を向けられるでしょう」

　恭吾は大きく頷いて同意を示す。

「大きいですね、それは。自然再生のためには新技術が必要な時代ですから」

「農水省の長期計画にも、三千ヘクタールの干潟を造成する予定があります。調整池二千六百ヘクタールのうち、残る千六百ヘクタールを農水省が再生すれば、省の目標の五割以上にあたりますし、千六百億円のメリットになりますよ」

沙紀も、肝心なところは微妙な言い回しをしている。沙紀の発言は学者個人の意見であり、いわば提示なのだが、役人にとっては省を代弁しているようにも聞こえるように気を配った。八城や基山が言及できないところまでを、沙紀は補ってゆく。

諫早湾の調整池の水門を開け、いずれは干潟に戻してゆくだけで、双方の省が掲げているいっけん不可能な干潟再生目標の半分以上が達成されるのだ。

「合わせて二千六百億円のメリットですか……」

莫大な金額を、繰り返し口にすることで、恭吾はことの大きさを強調し、視聴者に印象づけてゆく。

「それだけの予算が節減できて、しかも閉じられ汚れていた池が開き、諫早湾と有明海が蘇《よみがえ》る。いきなり目の前が広く開かれた感じです。急転回ですね。大臣お二人は、まさしくヒーローですよ」

恭吾にほめちぎられ、大臣たちは頰を綻ばせている。

沙紀には、ふたつの省の思惑が透けて見えている。

——農水省と国交省にとっても、ここが妥協のしどころだったんだわ……。

調整池を誰が将来管理するのかが、あいまいになっていると、沙紀は地元のNPOから聞かされたことがある。干拓工事が完了してしまったいま、農水省がいつまでも池の管理に絡んでいるわけにはいかない。県か諫早市に管理を任せたいところだが、水質の悪化がたたり、調整池の水質改善と維持に莫大な予算がかかることが確実視されていた。将来の長きにわたって赤字の累積が見込まれることから、県も市も、逃げ腰になっていたというのだ。

地元が調整池のもたらすマイナス面におびえていたのも当然であった。諫早湾と似た形で農水省が干拓事業を行った児島《こじま》湾では、水質改善のためにすでに五千億円が費やされ、それでも顕著な効果が上がっていない。思うだにぞっとする事態であった。

そんななか、農水省の頼みの綱は、池のなかに一級河川の本明川と、二、三級の川が数本流れ込んでいることであった。このことからすれば、一級河川の管理者である国交省や、二、三級河川の管理を受け持つ長崎県にも、一定の管理責任を投げてしまえるのではないか。

そう読んだ農水省側と、できれば責任を引き受けたくない国交省、および地方自治体とのあいだで協議が延々と重ねられているさなかであったのだ。公有水面《こうゆうすいめん》、つまり現状では海として扱われている調整池部分を、河川登録するか否かについても、同じく協議は続いていた。

マイナス予算をネガティブに押し付けあい、醜悪なにらみ合いになるところを、干潟への再生プランが救ったともいえる。

干潟への再生で巨額の予算が浮くメリットが出てくるほか、菱の当初の伐採からバイオマス・エネルギー事業化までが民間のコストで行われ、引き続き例年の利得も見込まれ、漁業者と業界にも仕事が途切れない。汚濁化の元凶という汚名が濯《そそ》がれ、自然再生のトップランナーとして印象づけられることも、プラスポイントになる。

行き詰まりに打開点が見えたいまこそがチャンスであった。計算高い官僚たちが、妥結《だけつ》の機を見逃す筈がない。

——ここで折り合わなかったら、どこで折り合うっていうのよ。

沙紀は狂言回し役として、メリットを視聴者に匂わせ、先行きを提示する役を引き受けた。むろん、国交省の官僚トップからも内々に話があり、彼らとも下打ち合わせができている。

急転直下、ことが運んだのには、そんな理由もあった。

『ポジティブ・スパイラル』の収録兼生放送が終わり、大臣の退出が告げられると、あたりは色めき立った。

各局の報道部からしい記者や、基山大臣、八城大臣の番記者たちが、カメラマンをともない、スタジオ外の廊下にまでつめ寄せてきていた。

「基山大臣、番組内でのご発言は本当ですか」

「水門の長期開門を約束されたんですか」

「有明海の再生を進められると受け取ってよろしいんですか」

「ご説明下さい、大臣っ」

「八城大臣、国交省の干潟再生案についてひと言《こと》下さいっ」

フラッシュが光る。記者たちが手に手に掲げたＩＣレコーダーが一斉に動く。

久保倉恭吾と住之江沙紀は、騒ぎをよそに、まだ控え室を出ていない。

「報道合戦が始まったわね」

「住之江先生……」恭吾が、興奮冷めやらぬ顔でいう。「現実じゃないみたいだ。俺、やりきったよね？　大臣から言質《げんち》を取ったんだよね？」

「もちろんよ。あなたは、力の限りやったと思う。それも、最高のことをやり遂げたのよ。誰もがやりたくても、何十年間もできなかったことなのよ」

「ニュースが楽しみだな」川上秋乃が沙紀にじゃれつき、肩をぶつけてくる。「あんたたちも、当分追い回されるんじゃないの」

「久保倉君は、コメントを用意しておいたほうがよさそう。私は心配ないわ。VIPじゃないから」

二人にねぎらわれても、恭吾は、まだ手放しの表情にはなっていない。油断できないというように、眉頭《まゆがしら》にちょっと皺《しわ》を寄せた。

「なんか、不安なんですよ。このままことが運んでくれるのかなって。……結局はダメだった、なんてことにならないかって」

「ううん。だいじょうぶ。動いてゆくわよ、現実が」

沙紀はきっぱりといいきった。

――これで終わりじゃないわ。

諫早湾の再生が、これから急激に始まろうとしているトレンドのワンステップに過ぎないことが、沙紀にはわかっていた。

——変わるんだ。世の中の明暗は、確実に……！

今日の収録を滞《とどこお》りなく終え、有明海のダメージ回復につながる一大プロジェクトを成し遂げた充足感とは別に、沙紀は解放感に満ちていた。早稲田のホテルで筒井方正が描いて見せた、財団の来るべき未来図が念頭を離れない。

この先には、沙紀すら予想もしていなかった変革が控えている。もっとも大きなサプライズが。

息苦しい慨世《がいせい》のときは終わった。歴史的な転回のときが来ている。あたかも、巨大な定めの重い輪を、目に見えぬ誰かが軽々と動かしたかのように、上昇気流の渦は、すでに始まっていた。

いまはまだ秘されているが、新しい翼を得たことに、皆が気づきはじめるときまで、もはや秒読みの段階にあるといっていい。

——私たちは。

思えば、時流さえ動かしているように思える自分たちも、同じ流れに巻き込まれただけといえるのかもしれない。ことが後戻りすることは、もはや、ない。

秋乃が人払いを解《と》くと同時に、プロデューサー、ディレクターを筆頭に、スタッフたちが感極まった様子でより集まってきた。口々に歓声を上げ、祝いあううちに陶酔し、気持ちがひとつになってゆくのがわかった。部屋からはみ出すくらいに人の輪が渦を巻き、拍手がわいた。

「キョウゴ、キョウゴっ」

連呼が始まり、突然、誰かが恭吾を担《かつ》ぎ上げた。

「胴上げだァっ！」

わっと場が沸き、控え室からスタジオへと、犇《ひし》めく一同に運ばれ、恭吾は空中を弓なりに舞った。膨《ふく》らみながら沸き返る一団にあおられ、揉みくしゃにされ、ようやく下ろされたときにも、いまだに浮遊しているような、半ば夢心地の顔をしていた。

「……なんか、ぐっときた」

恭吾が、テレビのスクリーンでは絶対に見せない、歪みきった唇でいった。


「おいっ、見ろよ」

ふいに、誰かが頓狂《とんきよう》な声を上げた。

注意を促《うなが》され、皆がモニタの方に顔を向けた。

電子音が、繰り返し短く鳴った。他局のニュースが流れているさなか、白抜きの字で太字の速報テロップが入っていた。

東京都知事・桜井世志樹《さくらいよしき》氏が心不全にて急逝

皆、いちどきにひそりとなった。続いて、ざわめきが、スタジオ内を走った。

「何、信じらんない」

「いくつだったっけ、彼」

「確か……七十八かな」

「若くお見受けしてたけど……」

あちこちで声が上がる。

年齢からすれば、ないことではないが、これまで知事には病の予兆などなかった。骨格豊かで胸が厚く、視線の強い男で、身辺に漂わした威圧感が先に立つ。いまだにタフ・ガイで通るように見えていた。それだけに、不意のことに思える。

局の誰かが、報道局の方へと駆けもどっていった。携帯で連絡を取りはじめているスタッフも増えている。

プロデューサーが、自局のチャンネルに切り替えた。こちらも、ちょうどニュース速報が始まったところである。

「ただいま、緊急のニュースが入って参りました。東京都知事の桜井世志樹氏が今晩八時五十分、心不全のため東京都新宿区の慶應義塾大学病院で死去しました。七十八歳でした」

キャスターが粛々と報じてゆく。

「桜井知事は、本日夕方頃から体調不良を訴え、検査のため入院。その後、にわかに容態《ようだい》が悪化し、息を引き取られました……」

六

思いがけないことになった。

――選挙戦になる。

住之江沙紀は、リムジンのバックシートで、ニュースに見入っていた。

どの局も、都知事の急死をトップで報じている。桜井都知事の経歴や業績が、次々と画面を流れてゆく。

そもそも今期限りでの勇退を表明していた人だし、沙紀には桜井知事に対する期待感がなかった。

年齢からして、桜井世志樹はやはり高度成長期に生きた人である。国際貿易や商社が華やいだ頃に幻を見た名残《なごり》なのか、思考の原点をそこに置き忘れでもしたのか、開発主体の行政から踏み出せず、新しい衣に着替えることが、生涯できなかった人であったと思う。

図式的にはわかっていたとしても、若い頃に抱いた夢は忘れ得ぬことで、そのままを現況に応用するには無理がある。世代は新たになっているのだ。世界各国より食糧やモノをかき集め、運送のため地球を何周も周回することに燃料を費やす。そんな浪費の時代は終わらせ、フード・マイレージを短くしていかなければならない。——いま、誰かが変えていかなかったら。

大都市東京にも、変容のタイミングが来ているのだと沙紀は思った。

ご本人には悪いが、知事の急逝は、やはり時局そのものの期《ご》するところなのではあるまいか、と。

諫早の調整池長期開門のスクープは、おかげで二番手に甘んじた。とはいっても、内容のあることだけに、時間の尺《しゃく》はそう削られず、ニュース中盤の見せ場にじっくり報道されている。基山大臣のひとことが、大きく扱われていた。

〝有明海再生に政治的決断〟

〝長期開門調査を基山大臣が約束〟

画面の下部には、キャッチフレーズがつけられている。

某局では、海洋環境学者としての自身のコメントが十数秒間流れて、沙紀はこそばゆい思いをした。

『ポジティブ・スパイラル』控え室外には、知事急死の事態にもかかわらず、久保倉恭吾や沙紀のコメントを取るために残っている記者たちが何人かいて、二人は取材に応じた。番組のなかで触れたことの繰り返しではあるが、他局で流してもらうには、画像も撮らせる必要があった。

メイクが浮いていると、沙紀はぼんやりと思った。やはり、ゴッド・ハンドのケイジに直してもらってから退出すべきだったか、と。

スタジオ入りするときにはケイジの魔法がかかっていたが、ライトにさんざん照らされたせいで、台無しであった。

――でも、どうでもいい、そんなこと。

些事《さじ》にすぎないと思った。首都の行政を動かしていた人が亡くなったり、ことが大きく急転したりする、そのダイナミズムに気持ちが傾いてゆき、女性らしく身なりやしぐさを構うことが、いつも後回しになる。

それでも、唐突にそれなりの時間が欲しくなることがある。

――しばらく会えなくなるのに。

佐分利が思い浮かんだ。

と、ソフトにではあるが、リムジンにブレーキがかかり、車がゆっくりと停《と》まった。家の近くまで戻ってきているが、まだ停まる場所ではない。

「川村さん、どうかしたの」

インターフォンで運転手に尋ねる。

「申し訳ありません。前方に人がおりまして、先に進めませんでした」

そのまま少し待ってくださいと川村はいい、ドアの開閉音がした。様子からすると、いったん降りたらしい。

少しして、川村が戻った気配があった。

「開けて宜しいでしょうか」

インターフォンを通じ、前後を隔てているスモーク・ガラスを下げてよいかと、川村が聞いてきた。

「いいわ」

ガラスがオートモードに入り、少しずつ開いてゆく。運転席から名刺が渡された。

「沙紀様にご用の方だそうですが……、いかが致しましょうか」

見れば、れっきとした大手出版社の名刺である。『蛍窓社《けいそうしゃ》』で著者として遇されれば、名声には箔《はく》がつくといった類の老舗《しにせ》で、文芸やノンフィクションにも力を入れているいっぽうで、硬派の総合雑誌や週刊誌を抱え、ジャーナリズムの雄としても定評がある。

相手は雑誌『週刊エクスプレス』の記者であるらしい。

どんな用件かと、沙紀は頭をめぐらせた。『ポジティブ・スパイラル』が放映されたばかりである。調整池にまつわる一件であれば、進んで話したいところであったが、慎重になった。

アポイントも取らずに車を待ち伏せるなど、出方が常道ではないのが気になる。

「どんな方？」

津山耕太《つやまこうた》という名に目を落としながら、川村に尋ねてみた。

「物いいは柔らかいのですが、やや強引な方ですね、私の印象ですが」

川村の感じ方は信じられる。沙紀は機転を利かせた。

名刺には、津山の携帯の番号が記されている。沙紀は座席を動かずに、非通知で津山を呼び出した。

「『週刊エクスプレス』の津山さんですか」

「……はい？」

相手は戸惑ったようである。

「住之江です。私に何かお尋ねのご用でしょうか」

「え、じゃあ、東京大学の住之江先生でいらっしゃいますね。初めまして」さすがに、記者はすぐに察した。「津山と申します。お伺いしたいことがあるのですが、降りてお話し願えませんか」

「テーマをお聞かせいただけますか。準備がありますので。私、ご質問に即答できないたちなんです。できれば日を改めて……」

「いや、単刀直入に申します。住之江先生は、佐分利副知事といつから懇意にしていらっしやるのですか」

切り込んできた刃先は、鋭かった。胸先をえぐられ、沙紀は答えに詰まる。

「私どもの雑誌の次号に、あなた方の記事の掲載を予定しています。住之江先生。都知事の急死をどうお考えですか。副知事は知事選に出馬されるんですか」

追い討ちをかけるように、津山は質問を投げかけてきたが、沙紀の頭には入ってゆかない。

〝あなた方……〟と、津山が口にしたそこだけが、耳の奥底で鳴り響く。

記者は私的な交際を匂わせ、確証があるようないい方をしている。佐分利は著名なだけに、常から佐分利のプライヴェートを張り込んででもいたのか。いずれは都知事にという男であれば、その日常の行動までもが、世間の関心事となる。わからないではないが、いざ我が身のこととなると面《おも》はゆい。

同時に、佐分利にとっては、にわかに大切なときになっている。佐分利自身の口から本意を聞かされたことはないが、出馬は既決のことのようにいわれてきた。

いつかはあるだろうと思っていた節目が、知事の死で繰り上げられ、すぐそこに到来しているのだ。彼にとっては一世一代のときであろう。佐分利をわずらわせたくない思いが先に立つ。

〝やるときには、やるさ〟

そういった佐分利に、沙紀は東京湾の明日の姿を重ねている。湾岸を大きく占めている一大都市、東京都トップの決断によって、海に関する施策《しさく》は、まだまだ大きく動く可能性を秘めている。

「副知事とはたびたび会っていらっしゃるんですか、先生っ」

沙紀の答えが返らないために、記者の語尾には激しさが増してゆく。

おそらくは、佐分利の勉強部屋に出入りしているところを見とがめられたのであろう。海洋環境学者として、佐分利に自然再生についての諸問題をレクチャーしているといえば、それで済むことなのかもしれない。その可能性が高かった。

ところが、レクチャーの面会にせよ、内聞にといわれているため、そう説明することもできない。

「副知事のお考えに関わることだと考えますので、私からはお答えできません。佐分利副知事にお尋ねください」

「それはないでしょ。副知事は公人なんですよ。誰となぜ会っているのかは、世間の関心事なんです」

記者は、畳みかけるようにいう。

「私から申し上げられるのはそれだけです」

沙紀は携帯を切った。

「車をどう致しましょう」インターフォンで川村が聞いてくる。「このままでは走れませんが」

「悪いけど、あなたから記者さんにいっていただきたいの。どいてくれないと通報するとでも」

記者のフォーン・ナンバーを、川村に告げた。

スモーク・ガラスが上がる。電話が功を奏したのか、リムジンは動き出した。とたんに、窓外が断続的に光った。フラッシュが焚《た》かれたのだろう。

――雑誌に載せようと、あたしの写真を狙っているのだ。

ため息が出た。専門のフィールド以外のことで、自分が話題になることに。

――今日のところは、これで乗り切れるとしても……。

屋敷への出入りや移動は車で済ませられるだろうが、学内はそうはいかない。大学は広く開かれてい、記者が構内に入るのは簡単だ。カメラも小さくなっているし、どこで撮られてもおかしくない。場所をわきまえず、接触を試みられもするだろう。今後が思いやられた。

――しばらくは、休講にするべきなのだろうか。

それもおかしいと、考えをめぐらせる。ことから逃げれば、よけいに勘ぐられる。

佐分利に尋ねなければと思う。せめて進講していることをオープンにしてよいものか、と。学校にも迷惑がかかることが予想されるが、副知事の要請でブレーンに近いことをしているとなれば、納得してくれるだろう。

――それだって、保身《ほしん》には違いないんだけど。

自己嫌悪にかられる。といって、好んでプライヴェートまでをさらすつもりは、毛頭《もうとう》ない。それにしても、週刊誌の発売はいつなのか。佐分利のところにも、同じ類の問い合わせがいっているのか。

不安は募ってゆく。

電話は繋がらなかった。話し中のシグナルが続く。それもそのはずで、副知事のもとには、知事の死去にまつわる連絡が殺到しているに違いない。

蛍窓社の記者が来訪し、副知事について尋ねられた旨のみメールを入れておく。筒井にも、副知事の件で雑誌が取材に来たことは知らせた。佐分利が忙殺されているようであれば、書生の筒井を通じてのやりとりになるかもしれない。

いずれにしても、いまは週末だし、次の講義までには四、五日の間がある。それまでには何らかの答えがあるだろう。手段を講じるのは、それからであると覚悟を決めた。

メディア対策について考えるうちに、ふと思いついて、沙紀は秋乃に連絡を入れる。

「おう、沙紀ちゃーん、どしたの」

電話に出た秋乃は、少し酔っているらしい。下町の、馴染みの店にでもいるのだろうか。

「今日はお疲れっす。祝杯やってましたーぁ」

秋乃の声には、まだ興奮の余韻が残っている。

「ごめん。楽しんでるとこに」

「何か暗いじゃないの。こっちに来いよ」

「ちょっと聞きたいことがあって。『サンド』はマスコミ対策に強いって本当なの」

「ああ、けっこうパワフルよ、うちは。人気タレントが多いでしょ。だからさ、どの局にも睨みきかせてるんだ」

「出版社にも睨みがきくの？」

「社によるけどね」

「『蛍窓社』には？」

「あ、あそこは無理。堅い本ばかりで、タレントを使う雑誌がないから、芸能事務所のいうことなんか、耳も貸さないんだ」

「そうか……」

「何かあったのか」

「ううん、いいの」

話しながら、自分の姑息《こそく》さにあきれ、腹立った。力を頼って記事を握りつぶそうとするなんて、柄《がら》にもなかった。

「それよりさ、沙紀先生。本当にこっちに来れない？　あんたにメール入れようと思ってたんだ」

「ちょっと行けないけど……、何なの」

「いま、話が盛り上がってるんだ。都知事が死んじまったろ？　それでさ、ＮＰＯから連絡があったのよ」

「……？」

「皆がさ、出せっていうのさ」

予感が走った。まさかと思う。だが、あり得ない話ではない。

――待って。

息を呑み、ものをいいあぐねているうちに、秋乃はすぐ切り出した。

「恭吾を都知事にって話が持ち上がってる。立候補させたいと」

――やっぱり……！

「ＮＰＯからそんな要請があったあと、野党からも打診があってさ。聞き捨てにできる話じゃないだろ」

沙紀は呻いた。

〝久保倉恭吾を都知事に〟

そう声が上がることは、見えていた。

いまのいままで思い及ばなかった自分のほうが、どうかしている。いまの久保倉恭吾なら、野党はおろか、与党にしても、喉から手が出るほど欲しい候補だろう。

恭吾にはうってつけの話であった。

「乗り気なの」

「当たり前だろ」

「……久保倉君は？」

「やりたいといってる」

「どこから出るの」

「だからさ、あんたと相談したいんだよ。たぶん無所属。あたしはそう思ってるけどさ、沙紀はどうなのよ」

意欲といい、知名度といい、若さといい、人品骨柄《じんぴんこつがら》までも、恭吾なら申し分ないのだ。

『ポジティブ・スパイラル』の一件で、恭吾は一躍、ヒーローになってもいる。

「あいつもさ、海に骨埋《うず》める気らしいよ。ちょっと待って。ここにいるんだ、奴も」

恭吾の弾んだ声が流れてきた。

「住之江先生、参謀になってくださいよ。やりますよ、ぼく」

答えに詰まった。佐分利副知事に、強力な対抗馬が現れようとしている。

――何てことなの。

沙紀は天を仰いだ。

第四章

一

都知事選挙の立候補締切期限が、三日後に迫っている。

都知事の座に最も近い男と目されてきた現副知事の佐分利幹生《さぶりみきお》は、いまだに出馬を表明していない。

「状況どうなのよ、沙紀。佐分利さんの出馬はあるの？」

川上秋乃《かわかみあきの》に詰め寄られ、住之江沙紀《すみのえさき》は返事に窮した。

「それが……、まだ、わからないのよ」

「何なんだよ、嘘だろ。煮え切らないな。まさか、あんた、知ってるくせに隠してるんじゃないよね？」

電話口から、秋乃の苛立《いらだ》ちが伝わってきた。

「それは違うわ。私だって、釈然《しゃくぜん》としていない」

沙紀にしたところで、佐分利の真意が摑《つか》めていない。

与野党の候補者は、迷走しながらも、ようやく絞られていた。与党は前回の知事選にも出馬した都市計画の専門家、岩谷仁志《いわたにひとし》に推薦を決め、野党第一党は、これまで二県の知事を経験してきた現参議院議員の飯沢孝彦《いいざわたかひこ》を擁立した。

両候補はいずれも、ぎりぎりまで決まらなかった。岩谷に関しては会派によって与党内が分かれ、分裂選挙寸前となった。他方、野党第一党は独自候補を立てるかどうかで、終盤まで手間取ったと、メディアでは報じられている。

それというのも、表立って党の色がついた候補の旗色が、近年の都知事選では芳《かんば》しくなかったからだ。無党派の候補がかえって強い。

そのうえに、現時点では、とうに立候補を表明した久保倉恭吾《くぼくらきょうご》の評判が独走している。恭吾への支持を打ち出しているのは、いずれも市民グループやネットワークで、サイトを介した勝手連《かってれん》も、日に日に増えている。

そんなことから、与野党の擁立・推薦した候補は、いわば表向きで、佐分利幹生が無所属で出馬表明をした暁には、与党、あるいは野党が彼の隠れた支援に回るのではないかと深読みをする評論家もいた。

メディアの論点は、都知事候補の本命ともいえる佐分利幹生が出馬するのか否かに絞られてき、彼に関する報道は、毎日のように繰り返されている。

〝佐分利待ち〟ムードをかきたてることが、彼の戦略なのだと指摘する者もいた。真打《しんう》ち登場の演出なのであるという。かと思えば、彗星《すいせい》のように登場した久保倉恭吾の勢いに押され、佐分利幹生は臆《おく》したと見るむきもある。

さまざまな憶測をよそに、佐分利は沈黙を決め込んでいた。

「はっきりしないなあ。だいたい、水くさいんだよ、あんたは」秋乃はけんか腰でくってかかる。「本気で恭吾に肩入れしてくれるの？　それとも副知事サイドにつくのかよ。どっちなんだよ。住之江沙紀先生が副知事にも環境関係のレクチャーしてたなんて、聞かされてなかったもんなあ。あんたたちが親密だとか何とか、スクープ記事で初めて知ったんだからね、あたしたち」

「仕方がないでしょ。先方から口止めされていたもの」

前都知事の桜井世志樹《さくらいよしき》が急死するやいなや、後継者候補との前評判が高い佐分利の人となりに焦点を合わせた記事が、メディアをにぎわした。

そのなかで『週刊エクスプレス』は、〝佐分利副知事の『勉強部屋』にリムジンで通うセレブ系美女の意外な『正体』〟と題した記事を抜き、巻頭のモノクログラビアのページまで見開きで割《さ》いた。

いっけん、佐分利の女性関係を匂わせるフレーズが人目を引いた。グラビアには、マンションの駐車場でリムジンから降りる沙紀の全身があった。同じ駐車場に別の車で現れた副知事のショットも載っている。いつのまにか隠し撮りされていたらしい。グラビアだけを見れば、いかにも密会といった風情であった。

記事のほうには、沙紀を大学の構内で写したらしい上半身のカットや、望遠で狙った表情のアップまでもがレイアウトされている。学内にまで追いかけてきた記者の傍若無人《ぼうじゃくぶじん》さに、舌打ちせずにはいられなかった。

とはいうものの、センセーショナルに打たれたタイトルからすれば、記事の本編はたわいないものともいえ、『蛍窓社《けいそうしゃ》』の記者に取材攻勢をかけられ、戦々兢々《せんせんきょうきょう》としていた沙紀は、幾分か胸をなで下ろしている。

佐分利副知事の勉強部屋に現れた〝セレブ系美女〟は、東大の准教授であること、米国留学の経験があり、専門は環境再生、とくに海洋の専門家で、種々の再生委員を務める学者であることなどが明かされている。

クローズアップされているのは、住之江沙紀なるその准教授が、海洋土木産業『洋々建設《マリコン》』の創業者・住之江国重《くにしげ》の孫にして、現社長・為俊《ためとし》の〝令嬢〟であることだった。運転手つきリムジンや、住之江家の屋敷の規模などにも、興味半分に触れられている。

マリコンの『洋々建設』は、国交省との結びつきが深い。その国交省を、佐分利幹生はおもに陸上交通の分野で締め上げ、音《ね》を上げさせてきた実績がある。海洋環境学者とはいえ、いわば仇敵《きゅうてき》ともいえる国交省の身内を〝侍《はべ》らせて〟いることはいかがなものか。あるいは、さすがの副知事も、住之江家の莫大な資産には目が眩《くら》み、令嬢を手なずけようというのか。

そんな論調の皮肉めいた言い回しを、記事はしていた。

雑誌はジャーナリズムに気概をみせる『週刊エクスプレス』だけに、一方的な揶揄《やゆ》には終わらず、当事者である佐分利の言い分も、申し訳のように載せている。

「住之江先生は、環境問題のプロフェッショナル。温暖化防止対策の参考までに、自然再生の講義を願っているだけ」と、副知事の素《そ》っ気《け》ないコメントがついていた。

やけに長い時間の講義であったなどと、思わせぶりに書かれはしたが、さらにプライヴェートな関係に関しては、記事はそれ以上踏み込んでいない。

沙紀の懸念していたその先までは、捕捉されていなかったのだろう。

「……ったくなあ。信用されていないんだな、あたしらは」

副知事との接点を知らせていなかったことを、秋乃に責められた。

「いう必要なかったでしょ、あのときは」

恭吾が都知事選に出馬する日の到来など、沙紀とて予想していなかったのである。

――仮に、二人が候補として並び立ったとすれば……。

いうまでもなく、激戦になるだろう。

恭吾の巻き起こしている旋風は相当なものだ。いっぽう、佐分利には政治を動かすリアル感がある。

どちらを選ぶか。沙紀には自分の気持ちの揺れがもどかしい。すべては仮定にすぎず、佐分利はまだことを定かにしていない。

沙紀にも本意は明かされていない。書生の筒井方正《つついよしまさ》を通じ、『週刊エクスプレス』の記事対策として、レクチャーの口止めを解くと連絡があったのみである。

情を交わした自分も、いまは蚊帳《かや》の外に置かれているらしい。

――あたしは、久保倉君サイドの人間と見られ、警戒されているのだろうか？

沙紀が久保倉恭吾の指南役《しなんやく》に近い存在であることは、『ポジティブ・スパイラル』等の番組から佐分利にも伝わっているはずだ。

――でも、そんな度量《どりょう》の狭い人じゃない。

ほかに理由があるのだろうか。佐分利が出馬をしないなら、恭吾に勝ち上がってほしい。佐分利の出馬に関する情報が欲しいのは、沙紀も同じだ。出馬するなら、やはり佐分利に一日《いちじつ》の長《ちょう》がある。

――どうする気なの。東京を、東京湾を。海を……？〝やるときは、やるさ〟って、そういっていたじゃない。

もどかしさがこみあげる。

沙紀の思いをよそに、秋乃はいい募った。

「こっちはしゃにむに働いているってのに」

確かに、秋乃は恭吾のために、八面六臂《はちめんろっぴ》の活躍ぶりであった。

久保倉恭吾が所属する大手芸能事務所『サンド』を説き、都知事選への出馬を承諾させたのを皮切りに、凄い馬力で、秋乃はクライアントを説得して回った。

タレントの恭吾には、立候補を表明したその時点から制限がかかり、テレビ出演はできない。番組はすべて降板しなくてはならなかった。コマーシャルも、むろん放映が見合わせになる。

契約上の問題になるところが、円く収まったのには『サンド』の力もある。CFのキャラクターには、恭吾と同格の『サンド』のトップタレントへのスライド案が出された。だが、何といっても、ものをいったのは豪腕マネージャー、秋乃の粘《ねば》り腰《ごし》と業界での顔で、なじみの大企業は、結局は代案を受け入れ、むしろ自発的に恭吾の応援に回ってくれた。都知事選出馬ともなれば、今後、恭吾のネームバリューはさらに上がる。芸能の場に戻った暁の〝復縁〟までも見込まれたのか、どこも比較的スムーズに話がまとまったという。

「でもさ……」秋乃は気になることをいいだした。「なんか、妙な話が耳に入ってきてね」

「どうしたの」

「産業界の大物が動いているって噂が立っているんだ。恭吾のコマーシャル降板が問題にならないのは、そのおかげだって」

「誰かが久保倉君をバックアップしているということ？」

「妙な話だよな。心当たりがないし」

「誰なの」

「名前までは出ていないんだけどね」

選挙ともなれば、さまざまな風聞がつきものだ。その一種なのだろうかと、秋乃はいった。

「でも、あたしもバカだよな。対立陣営に荷担するかもしれないあんたに、こんな話までしちまうなんて」

国立大学の教員である沙紀には、どのみち、表立っての運動はできない。教育公務員と見なされるため、政治的行為が禁止されているうえ、学問の府で持ち得た地位を選挙運動のために使うことは許されていない。

副知事へのレクチャーをしていることが、週刊誌の記事によって明らかになったため、気を回した大学側から、それとなく釘をさされてもいる。

ゆえに、秋乃のいう〝対立陣営への荷担〟は、沙紀の個人的な信念の問題を指している。さらには、その結果として現れるサジェッションの軽重《けいちょう》が問われているのだ。

――あと三日。

日数は限られていい、結果はいずれにせよ知れる。

どちらに傾いても、嬉しい悲鳴といってもいいのだ。変える意欲を持ち、手法を心得た者が首長になれば、都政は変わる。

都知事候補として名乗りを上げて以来、現時点まで、久保倉恭吾は圧倒的に有利な状況だ。

もとより極めて著名であるうえに、事実上、諫早湾《いさはやわん》潮受け堤防長期開門の容認を農林水産大臣から引き出したことを、皆が評価している。

露出の点でも恵まれている。各メディアは、立候補者を平等に報道しなくてはならない。とはいうものの、知名度の高い恭吾の映像や記事は、どう控えても多くなる。

恭吾の優勢に押され、ほかの候補がみな泡沫《ほうまつ》のように見えた。

本格的な選挙活動に入るのは公示の後であるが、殺到している密着取材の依頼をさばくのも、秋乃にはお手のものである。

態勢という点でも、整いはじめていった。脇を固める布陣《ふじん》も錚々《そうそう》たるものだ。ひとすじの光明に吸い寄せられたかのように、人材が集ってくる。番組のキャスターを務めていたあいだに、恭吾の人脈は各界に膨《ふく》らみ、財産と化していた。都庁マンから転出した有能な人材やOBもNPO絡みで取り込み、政策づくりも進んでいる。

「じゃ、何？　副知事からは、あんたのところにも音沙汰《おとさた》がないわけ？」

「そうなの」

「あきれたね。そんな奴のために、義理立てする必要なんかないだろうに」

「そんなのじゃ、ないんだけど」

「じゃ、何なのさ。恭吾じゃ不満ってわけ。仲間じゃなかったの、あたしたち」

秋乃の声はますます尖《とが》りかけた。

つもりだ。


「それは違う。私は何も出し惜しみしていないもの」

持ち合わせた知恵だけは、分け隔《へだ》ても何もなく、恭吾のために惜しみなく供出《きょうしゅつ》している
秋乃はまた何かいいかけ、途中でふと語調を変えた。

「沙紀、あんた、まさか……」

沈黙があった。

何にせよ、沙紀が反論しようと口を開きかけたとき、秋乃が機先《きせん》を制し、男ばりの口をきいた。

「分かった。とにかく、公示日まで待つよ。武士の情けだ」

携帯は、そのままふつりと切れた。同時に、インターフォンの呼び出し音が鳴る。

このところ、外出が億劫《おっくう》になっている。記事で取り上げられて以来、興味本位で追いかけてくるメディアもあり、気ぶっせいな日々は終わっていない。沙紀は自邸のシアタールームにこもりぎみになった。

相手は和磨《かずま》であった。

「あ、姉貴、そこにいたんだ。ちょっと、いまからそっちに行くから」

ふだんは鷹揚《おうよう》でちゃっかり屋の和磨には珍しく、切迫した声である。

シアタールームの重めのドアが慌ただしく開かれ、冷たい風が入ってきた。

「困ったことになってる」

和磨は眉を寄せている。困惑が、瞳に浮いていた。

「何なの」

「親父が、株を売るっていい出したんだ」

「どこの株を」

父の取引状況や総額を詳しく把握しているわけではないが、企業の株を相当数持ち、運用させているのは、どの資産家も同じことである。

世間では世界同時恐慌とまでいわれる株安状況が、年頭以来収まらない。これに伴う思い切った売買は、むしろつきものであろう。

それにしたところで、住之江為俊《ためとし》の懐がさほど痛むわけではあるまい。父の管理は手堅く、磐石《ばんじゃく》なのだ。

——叔父さんならばともかく、父さんならば仕損《しそん》じない。

沙紀はちらりと思う。

叔父の住之江為次《ためつぐ》が、会社経営の二番手に甘んじたのは、単に兄弟の年齢順からのことではないと、沙紀は耳にしている。祖父は資質を重視するたちで、為次には株の才がなかった。

まだ十代にして、父ら兄弟は祖父から平等に数十社の株を与えられた。二十八になったとき、運用の成果が試され、父の堅実さに比べ、叔父の株には目減《めべ》りが激しかった。それが会社でのポストに影響を及ぼしたと聞いたことがある。

「父さんが売る株なら、私も乗っちゃおうかな」

冗談のつもりで、沙紀は軽口を叩いた。

「よせよ」

和磨はきっとなった。

「何なの、怖い顔して」

「汚ねえんだ」吐き捨てるように和磨はいう。「そんなこと、やるかっての、普通。あのクソ野郎」

いうなり、和磨はサイドテーブルを拳で叩いた。こんなに感情を露《あら》わにする弟は見たことがない。

「親父がさ、叔父貴にぶん取られそうなんだ。『洋々建設』の持ち分八パーセントを寄越《よこ》せといってきたらしい」

「何ですって」

耳を疑った。父の住之江為俊は『洋々建設』の筆頭株主でもある。父の持ち株はおよそ三十六パーセント。沙紀と和磨が八パーセントずつ持たされている同社の株を加えれば、家族で会社の過半数を占める割合だ。

叔父は、二十パーセントかそこらを持っているはずだ。

「そんなはず、ないじゃない……」

父の株が叔父に最低三パーセント譲られると仮定したとき、『洋々建設』の経営方針は、多かれ少なかれ、叔父の意見に左右されるようになる。家族が団結したとしても過半数を割り、逆に、ほかの株主のすべてが——投資ファンド、証券系ファンドや法人を含む一般株主が——叔父に与《くみ》すれば、万が一のときには買収防衛さえもおぼつかないことになるのだ。

それが八パーセント渡るともなれば、父と叔父の株数はほぼ拮抗《きっこう》してしまうことになる。叔父が筆頭株主になるかもしれない。

「売るとは名ばかりで、実質的には譲れといっているんだってさ。実権をむしり取られるようなものだ」

和磨は苦《にが》りきっている。

「父さんは、何て？」

沙紀は思いをめぐらせる。父が叔父に何らかの弱みを握られたのだろうか。経営面のことか。

「親父、俺に頼むっていったんだ……」和磨の声が、幾分かうわずる。「何としても調べてくれと。親父が俺にさ……。あんな顔、見たことなかった」

あの父が、和磨に弱みをさらしたのだとすれば、よほどのことであろう。沙紀も奮起した。

「手伝うわよ、あたしも。何から調べればいいの」

弟は俯《うつむ》きがちの顔を動かさず、瞳だけをいったん沙紀に向けたが、すぐに困ったように視線をそらした。

「どうしたの」

「姉貴に聞かなきゃなんない」

所在なげに、彼は首を振る。

「何でも聞いて」

「そんなこと、いうなよ」和磨は頭を抱え、苛立たしげに、カウチに沈み込んだ。「俺……、ああ、やっぱ、言えねえ」

やがて上げられた顔は険《けわ》しかった。目は、感情を封じ込めようとしている。口はのろのろと開き、彼は胸にあることを押し出すように舌にのせた。

「寝顔を見せられたんだ、親父」

「え」

「姉貴。あんたの相手の誰かが、ひどいことをしたみたいだ」

全身がこわばった。ほとんど息ができないほどに。

どういえばいいのか。何をいえばいいのか。生涯で最悪の瞬間だった。

沙紀は暗然とした。

ムービー。姉貴の寝顔。携帯で撮ったものだろう。

和磨の話は、聞こえているのに聞こえない。声が遠のいたり、戻ったりしているようだ。

——あの動画が、叔父の手に落ちたというのか。

心を許した男と情を交わしたあとの仮睡《かすい》。肌もあらわな自分の寝姿が、脳裏に再現され、怖気《おぞけ》をふるった。

——なぜ。どこから出たの。いったい、誰が……？

考えも形をなさない。

「叔父貴、それをちらつかせたんだ。脅されてるんだよ、親父は」

和磨は腹立たしげに続けた。

「誰なんだ、ムービー撮ったのは。心当たりを聞かなきゃならないんだ。いまの恋人なの？　それとも元彼か。親父の話じゃ、叔父貴は、相手は家庭持ちだっていったらしい。こんなことが世間に知れてもいいのかと」

胸の底から、苦いものがこみ上げてくる。そこを抑えて、沙紀は懸命に自分を立て直そうとした。

かつて、同窓で心理学者をしている友人に聞いたパニック対処の方法を思い起こし、大丈夫と自分にいい聞かせ、大きくゆっくりと呼吸する。

心理学者はいっていた。

たとえ心にどんなに衝撃を受けても、十分間我慢をすれば、人間は気を取り直すことができるものである……、と。

誘拐に遭ったとしても、高所恐怖症の人間が塔の高みに登らされたとしても、十分間その場にいれば、ショックが相当緩和される。十分という時間は、何人もの被験者を対象に、同じ状況下における実験を重ね、求めた平均値だという。

そう聞かされて以来、打ち砕かれそうな現実に出くわすたびに、沙紀は努めてその〝十分セオリー〟を認識し直すようにしている。

いずれにせよ、しばらく堪《こら》えればパニックは去る。人はそれほど、強く生まれついている。どんなに弱く見える人でも。

――だから、私も……!

繰り返し、心に刻もうとする。

――強くなろうと努めようとしなくても、ヒトは強いのだ。打たれ強さも回復力も、誰にも備わっている。

実験に裏付けられたポジティブな力が、たいていの人間と同様に、自分にも備わっていることを、沙紀は信じた。

――へこたれるのは、よそう。

「そんなの、犯罪よ」言葉が自然に口をついた。「恐喝にあたる脅しだわ。とり合う必要ないのよ、父さんだって」

「けど、父さんは折り合う気だぜ。娘のこととなれば、放っておけないんだよ。だから、俺に、経緯《けいい》を調べろっていったんだ」

あの父が、折れるというのだろうか。

「父さんが？　そんなの、あり得ない。会社は私物じゃないでしょ。そんなことくらい、判らないはずがない」

「あれでも、親だからだろ」

「卑劣だわ、叔父さんも」

怒りがこみ上げてくる。

「身内だから、できるんだ。波風立てずに、内輪で収めようとかいってさ。父さんだって、揺れるさ。血を分けた弟だからな、憎さばかりじゃないだろうし、親父、最近気弱になってきているしね」

母に先立たれた父からは、確かに昔の居丈高《いたけだか》さが薄れつつある。

「年も年だし、いちどは叔父貴に社を引き継いでもいいと、思っているのかもな」

『洋々建設』の後継者は、和磨であると見なされている。ただ、年齢順や常務という職柄からいえば、叔父の為次が中継ぎを務めてもおかしくなかった。創業者一族でもあり、むしろ順当とする向きもあるかもしれない。

「俺、それならそれでいいと思ってた。会社でのポストやマネジメントに執着があるわけじゃないし。けど、こんなやり口されたんじゃ、無理だろ？」

「訴えるわ、あたし」

「何の証拠もないんだ。そんなの、叔父貴だって抜かりはないさ。親父だって、やりとりを録音してたわけでもないし」

「今後の経緯《いきさつ》を録《と》ればどうなの」

「身内を訴えるなんて、会社全体のダメージになる。曲がりなりにも、叔父貴はうちの常務を長年やってきているんだぜ。住之江一族のいがみあいなんて、業界への体面だって悪い」

「あたしのことで父さんを脅すなんて、そんなにまでして……なぜ、株が欲しいの」

　表向きだけかもしれないが、父と叔父とは、さほどの不仲だったわけではない。経営方針にこそ多少の食い違いはあったにしても、いがみあってはいなかった。二番手に甘んじていたことが、根深い恨みになってでもいたのか。

「そうなんだ。親父も、そのへんが割り切れないっていうんだ。会社の株を渡すのだって、強《し》いられたのでなければ、やぶさかでなかったのかもしれないね。でも、叔父貴は焦ってたみたいだと。だから、親父も即応はしなかった」

「――理由があると？」

「俺もそう思った。だから、当たりをつけはじめたんだけど、このところの世界恐慌で、叔父貴がかなりダメージくらってるって噂が出てきた」

株式の最安値が続いている。株の持ちようによっては、誰が大きく打撃を受けていても不思議ではない。

「調べてほしいって親父はいってる。いざとなったら叔父貴の要求に応じるのは簡単だけど、この裏に何があるのかを探り出せって」

「……そう」

「仕事のほうでもさ、いま方向転換されたくないし、俺」

和磨は『洋々建設』の取締役として、海洋環境再生部門を率いている。海をいじりまわしてきた海洋土木産業《マリコン》『洋々建設』が、時代の要請に合わせて申し訳のように設けている環境優先セクション。さほど利益の上がらぬ部門に和磨が力を注いでいることを、父はいまのところ大目に見てくれているが、叔父がトップに座れば、切り捨てられかねない。

「いまが踏ん張りどきなのにさ。そうだろ、姉貴？」

——そうなのだ。

上昇の機運は、すでに始まっている。

——あと少し、待てば。

環境再生にまつわる状況は決定的に変わる。

沙紀はもどかしさに苛《さいな》まれた。筒井方正に聞かされた未来図を、明かしてしまいたくなる。

『洋々建設』の環境部門も、想像以上に躍進することが予想される。

——だけど、まだ早い。

弟にといえども、まだ、先行きを話すわけにはいかない。

莫大な金額が絡むことだけに、慎重になる。力のある情報をいま耳打ちすれば、和磨は先走りしてしまうかもしれない。

ただ、方向性を匂わせておくほかはなかった。

「環境部門を切り捨てるなんて、時流に逆行してるわ。菱《ひし》の一件でも分かるように、環境優先の流れは見えてるし、ビジネス面でも今後はどんどんシフトしていかないと」

「だよな。けど、探り出すといったって、姉貴の気持ちもあるじゃない。プライヴァシーも。俺、姉貴のプライヴェートは詮索したくない。けど、事情が事情だし」

和磨は目を伏せがちにいう。沙紀は目を上げた。

「構わないわ。私も知りたい。なぜ、こんなことになったのか。誰のしわざなのか」

「結果が怖くないではない。けれど、決着をつけるときが来ているのかもしれない。

「姉貴がその覚悟なら、俺、調べるよ。見当はついてるの？　録《と》った奴には」

「亡くなってるのよ」

「……何だって？」

弟の顔に、驚きがはりついた。

「亡くなってるって、どういうことさ」

「寝顔を録られた動画があることは、知っていたわ……」

自分の知る限りを、沙紀はかいつまんで話した。

動画は、昨年東京湾で自死したと見られる、橋場慎二《はしばしんじ》が録ったと思われること。その橋場の携帯から、彼の四十九日の頃までに、二度、着信のみがあったこと。つい先日、三度目のコールで件《くだん》の動画が送られてき、脅迫かと怯えたが、要求らしいものは何もなかったこと。橋場の妻、橋場可帆《かほ》にも同様に、情交のあとのものらしい可帆の寝顔のムービーが、故人の携帯から送られてきたこと……。

聞きながら、和磨は何かを思い巡らせているようであった。

「いつ頃送られてきたんだ」

「さあ……。正確には覚えてないの」

「着信履歴見られる?」

しまい込んでいた以前の携帯を、沙紀は出してきてチャージした。心当たりの着信を拾ってゆく。

「橋場さんという人が亡くなったのは、いつなんだ」

弟に問われ、沙紀は、もはやすっかり忘れていたその日を、手帳を繰ることで特定できた。

橋場の命日は、警察によって示されたものだときいている。司法解剖などによって割り出されたものだろう。

和磨は書き留めた日時を並べ、じっと眺め入る。

「一度目の通信は、葬儀の日っていったよな」

「確か、そうだったわ」

「命日からちょうど七日目に当たってるなあ……。二度目の着信はさ、数えてみると、ちょうど四十九日じゃない？」

「え、そうかしら」

四十九日を過ぎたころだと、沙紀は思い込んでいたが、指摘されて指を折る。

「本当だ。いわれてみれば」

遺族から香典返しが送られてきていたので、四十九日は過ぎたと思っていた。でも、志は早めに送られてくるものなのだ。

「三度目は？　姉貴、何か思い当たることないのか」

着信履歴が示す日時に目をやり、はっとした。

「誕生日だわ……」

「誰の」

「……故人の」

橋場慎二のバースデイさえ、自分の意識からはすでに飛んでいた。そのことに、沙紀は驚いた。

そもそも、表立って会える日ではなかった。それでも贈り物を見繕《みつくろ》ったりはした。橋場の存在がこの世から消えたとたんに、そんな心の動きも自然に霧消《むしょう》していた。故人の誕生日は祝うものではない。少なくとも沙紀の意識からは、すっぽりと欠落していた。

――こうして人は、しだいに亡き人を忘れてゆくのか。

ふと、寂寥《せきりょう》を感じた。こんな羽目《はめ》にでもならなければ、もはや思い出すこともなかった記念日に。

和磨は考え込んでいる。

「俺、ちょっとあたってみるわ」

「何か判りそうなの？」

「ひっかかることがある。調べてみてから話すよ」

「頼むわ」ため息をつき、沙紀は勇気を振り絞って尋ねた。「聞きたいことがあるの」

「何」

「父さんが見たムービーの内容……、ひどいものだったのかどうか」

顔が火照《ほて》り、声が掠《かす》れる。自分のところに送られてきたそれよりも、露骨な動画を目にしたのだとしたら、父には酷《むご》いことだ。もちろん、自分にとっても。

脈絡もなく、カプチーノの湯気を吹き冷ましていた父の姿が浮かぶ。上唇にできた加齢ゆえの縦皺《たてじわ》が。丸まった背が。

和磨の顔も、腹立たしげに赤くなった。沙紀には、弟が無表情になろうと努めているのがわかった。

「ひどくは、ない。けど、ほかにもあると匂わせられたって」

沙紀は唇を噛んだ。なすすべもなく、事態をどうすることもできない怒り。

「直接対決するわ、あたし、叔父さんと」

「姉貴なら、そういい出すんじゃないかと思ってた。でも、待ってよ。ことを荒立てる前に、背景を突き止められるかもしれない。しばらく、姉貴はこの話、聞かなかったことにしといてくれ。そのほうが、父さんのためでもあるだろ……」

いい置くと、和磨は何か期するところがあるのか、足早に出て行った。

二

「おじいちゃんも、足元に気をつけて下さいよ」

アクアシューズを履いた子どもたちが二十人ほど、池のなかをそろそろと動いている。深さは膝ほどまでしかなく、膝までのパンツやスエットでも水に入れる。なかには水着の子もいた。

たも網《あみ》を持った指導員が、目にもとまらぬ速さで網をふるう。生き物が掬《すく》われ、透明な小ぶりの観察ケースに移された。

子どもは夢中で生き物に見とれている。うちの一人の幼児の足元がおろそかになったのを、つきそいらしい老爺が、背後から支えてやろうと寄り添ったのはよいが、自らもふとバランスを崩しかけた。

麦わら帽子が傾き、よろけたところを、ＮＰＯの女性が腕をとった。

「池のなかは、思ったよりも滑りますよ。藻が育ってきてますから」

注意を受けて、老爺は姿勢をただし、品よく頭を下げた。

「これはどうも。恐れ入ります」

「どういたしまして」

「それにしても、いるもんですなあ。こんな都会に海老《えび》が出現してるんですねえ。いやはや、驚きました」

おっとりとした口調でいう。

「ユビナガスジといいます。その稚エビなんですよ」

我が意を得たりと、女性が解説する。

「しかし、こんなところに池がありましたかねえ」

老爺は首をかしげた。ここは横浜の再開発地に隣接した、海沿いの埋め立て地である。

「おいでになるのは、初めてですか」

「息子に急用ができまして、孫を連れて行ってくれと命じられましたもので」

「池じゃないんですよ、ここは」

たも網を持っていた指導員が口を挟んだ。

「ほう」

「海から潮《しお》が入ってきてますから、満ち引きがありまして、海みたいなものです」

「海ですか。これがねえ……？　水溜《みずた》まりのように見えますが」

「埋め立て地を海に戻す実験中なんです。護岸の一部に管《くだ》を通し、海水がこのプールに導き入れられてます」

「それは奇特な試みですねえ。埋め立て地を海に戻すんですか。開発してしまった土地が、簡単に戻るものなのかねえ」

「このプールは、埋め立て地の一部を掘り込んで造った水場です。海水を導入して何週間もしないうちに、海老やハゼが棲みつきはじめたんですよ。いまでは、こうして子どもたちを招いて観察会を催せるくらいに、生き物が湧いてます」

「しかし、東京湾でねえ。これも自然再生とかいう、あれですか」

老爺は感慨深げだ。

「海と結ばれた人工的な潮溜《しおだ》まりなんで、即座に干潟《ひがた》なみとまではいきませんが、生き物は蘇ってきてて、湾内の生態系ネットワークに組み込まれはじめてますよ。でも、まだまだ水場が狭くて。もっと大がかりにできるのが理想なんですけど。ここみたいに地主さんの物分かりがよければいいんですが」

「……地主さんとは？」

「ここは『華菱《はなびし》』グループの工場が移転したあとの遊休地なんです。まだ今後の利用の予定がないらしく、その間は実験用地にしてもいいと、提供してくれてるそうです。本当なら、将来は地方自治体か国が跡地を買い上げて、タイドプールをそのままに残せるといいんですけどねえ。海に面したところほど、再生のポテンシャルは高いんですから」

「ふむ。こんな埋め立て地でも、海老の子や稚魚が湧くんですか……」

子らの呼ぶ声がして、指導員はきらめく輪のなかに戻っていった。

水面がさざめく。

「あ、パパだ」

老爺の連れている子が声を上げ、池からそろそろと出て行った。水しぶきを跳ね上げたりしないのは、躾《しつけ》の賜《たまもの》か。

「すみません、お父さん」

老爺の息子らしき男が、遅れて合流してきた。

しばらく観察会を礼儀正しく楽しみ、この親子三代は潮溜まりをあとにした。

「あの人たち」NPOの誰かが、彼らを見送るともなくいった。「素人なのか通《つう》なのか、謎ね」

「なぜ」

「ウエアが、水辺のプロのアドバイスを受けたみたいに決まってた。おじいちゃんまで、辻《つじ》堂《どう》あたりでしか売っていない、湘南《しようなん》テイストのセレクトショップのシャツで、ナイキのアクアシューズ、輸入モデルがさまになってたし」

疲れ切った子どもは、広いバックシートで夢のなかである。

「いかがでした、うちの潮溜まりは」

「うむ。少々狭いな」

老爺は麦わら帽子を脱ぎ、かけ慣れたボストンタイプの眼鏡をケースから取り出した。トレードマークの眼鏡をかけると、顔つきがにわかに変わる。

事情通なら、一目で経済界の重鎮にして〝御意見番〟、筒井玄治《くろはる》と見るだろう。

車は、山手の屋敷街に入り、鬱蒼《うつそう》とした一角に乗り入れられた。人々が〝ここは『華菱倶楽部』なんですって〟と仰ぎ見る、明治期からの迎賓館である。

「護岸に穴を通すだけで、生態系があれほど変わるのか」

感嘆まじりの玄治の呟きに、筒井方正が応じた。

「防災のための護岸にも、しだいに生態系に配慮したものが出てきています。あれは国交省の技術ですよ。災害管理のために人手を加えるとしても、護岸造成や改修のときには、そういうものを必須として取り入れなければ、先はありません。技官たちは自然再生の技術開発に躍起《やっき》ですけど、なかなか現場に浸透していかない。いまの日本に足りないのは、環境の変化に応じるための、役所の現場レベルアップと、政治的な力です」

「……それに、財源か」

「もちろんです。現況では、先刻のタイドプールのように、心ある市民団体の力を借りて細々と実験するのがやっとなんです。だからこそ……」

方正は先をいわずにチューダー調の庭を見据えた。二人はサロンに続くドーム型のシガールームにいる。洋館も庭園も、手入れが万端行き届いている。

「ことは、予定通りに進んでいるのか」

「順調です。お父さんのほうは」

「いよいよ転換期かな。みな、内心ではそう思っているんだ。お前がその扉を開くのなら、私も手をこまねいてはいない」

筒井玄治は、日本を代表する財界系団体「経雄連《けいゆうれん》」の特別顧問である。『華菱』のかつての主軸のひとつであった重厚長大産業分野に、筒井玄治は功績を残し、いまでも内政分野に顔を利かせている。

玄治の経営していた企業には、元総理や与野党の大物の親戚筋が、好んで籍を置いていた。旧財閥系の企業は、有力者の姻戚を社友とし、悠揚《ゆうよう》と飾っておく場でもあったのだ。その縁で、家族ぐるみの親密なつきあいをしている政治家も多い。現首相とも、二十年以上のつきあいだ。

――我が父とはいえ。

方正は、父の端整な横顔を眺めた。存在感がある。財界を思うがままに遊弋《ゆうよく》し、世間の荒波を乗り切ってきた。

――動かすのは難しい男だ。

穏やかな物腰のわりに、時代に関する嗅覚は鋭く、根幹から揺るがさなければ動こうとしない。

金をいやというほど持ち、名声も友も仲間も、力さえも……、すべて手にしている男なのだ。

めったに動かないその男が、いま、その気を起こし、根回しを精力的に進めている。

方正は思う。

父を動かしているものは、おそらく、世間をも――いや、この世界をも揺るがすだろう、と。

——この私も。

方正自身もまた、金を渇望したことはない。裕福という記号的なものが付されているにせよ、生きる者その他無数のうちの、一でしかないことに甘んじて、生涯を終わるはずであった。

だが、いかなることか、いつのまにか、彼はことの核心部にいた。おのが意思によって招来《しょうらい》したわけではないのに、時代を動かす梃《てこ》にも似たものが、手のなかに預けられていた。

これも運なのだろうか。

幸運なのかどうかは未知数だが、そのことが、いまを生きる糧《かて》になっていることは確かなのだ。変革の先陣となって前途を切り拓《ひら》き、現実を動かすほどおもしろいことはない。

自分たち親子が唯一手にしていないものはといえば、未来である。与《あずか》り知らぬはずであったその未来が、自分の処し方によって、果てしなく開ける可能性が見えていた。

——そのためならば、労を惜しまない。

そう決意した自分と同様に、父にも同じ一点が見えているようだった。

病み疲れ、ただ衰亡へと渦巻く風が、つかの間の凪《なぎ》を経て、光を得、輝かしい風に変わる。物事がネガからポジへと反転する、その一点を、方正は鮮やかに刻みたいと願う。加えて、ことを具体化してゆく術《すべ》に、父の筒井玄治は長《た》けている。

「プラントが稼働するまでには、案を詰めたいものだが」

玄治はもらした。政財界の対策こそ、老練な彼の腕の見せどころである。

「あと二週間もあれば、プラントの方は始動できるでしょう」

方正が静かに応じる。

「奴らの方はどうなんだ。邪魔が入る気遣いはないのか」

「いずれは、また仕掛けてくるかもしれません。でも……、いまは小康状態を保ってます。彼のおかげで」

「そうか」何かを呑み込む表情で玄治がいった。「彼には気の毒だったな。気の置けない友だったのだろう」

「僕にも責任があります」

方正の脳裏には、橋場慎二の顔が浮かんだ。

――そうするほかなかったのだ、あのときは。

真実を打ち明けるタイミングを逃したばかりに、彼は海へと散った。筒井方正には、忸怩《じくじ》たる思いがある。悔やんでも悔やみきれない。橋場に報いるためにも、ことを成し遂げたい。心が逸《はや》った。

別室で寝《やす》んでいる我が子へと、思いは走る。

成長したとき、あの子は何を拠《よ》り所《どころ》に生きるのだろう。ただ、眩《まぶ》しさのなかに置いてやりたかった。自分にはそれができるのだと、方正は確信しつつある。

ひょっとすると、ここのところ、父にも同じ思いが強くなっているのではないかと、方正は再び父の横顔を盗み見た。

三

ふと菱の画像が目にとまり、沙紀は、ディスプレイのなかにミニサイズで流していた地上波チャンネルをピックアップし、大画面に切り替えた。

諫早湾の調整池が大写しになる。

水の面に、草色の花紋がくまなく散り敷かれている。陽光を受けて葉脈《ようみやく》が透かされ、波《は》影《えい》のあいまあいまに金色の影を落としていた。

菱の群落はどこまでも続き、果てを知らない。

調整池でエコ・ツアーが始まったことが、プライム・タイムのトピックスとして報じられている。

ライフベストを身につけ、カヌーで池を漕ぎゆく親子らしいショットが映る。笑顔がクローズ・アップになった。

池の一郭が整備され、ツアーガイドつきのカヌーで回れる。水平線の彼方まで、菱また菱が連なり閃《ひらめ》く景色は圧巻だ。

菱は順調に育っている。『トラパ』はすでに採集網を設置し終わり、いまは若葉が池を覆っていた。

「これから、菱は花の時期を迎えます。白い菱の群れ咲く姿は、訪れた人の目を楽しませることでしょう……」

ナレーションが続く。

花の時期を前に、菱が窒素やリンを蓄えはじめたのか、池の化学的酸素要求量《COD》も減り続けている。水質が少しずつ改善されているうえに、余禄のように観光収入が上がり始めており、実が成る今秋には、たらい舟での体験収穫も予定されていると、メディアは報じていた。

――諫早湾の再生が話題になるたびに、多くの視聴者が、久保倉君を連想する。彼の票に繋がる……。

沙紀の思いが都知事選に向かいかけたとき、慌ただしくノックがあった。

入ってきたのは、ビジネス・スーツのままの和磨であった。家に戻ってきたばかりらしく、息を切らしている。

沙紀と目が合うやいなや、和磨は大丈夫だというように微笑み、頷いた。顔には安堵《あんど》の色が満ち、声は活気づいている反面、目は疲労のためか落ちくぼんでいる。

弟が自分のために費《ついや》してくれた労力に、沙紀は思い至った。

和磨は肩で大きく息をつき、呼吸を鎮《しず》めてから切り出した。

「判ったよ」

ビジネスバッグから、雑に綴《と》じられたプリントの束《たば》が取り出された。

「こういうわけなんだ」

いぶかりながら、沙紀は渡されたプリントをざっと眺める。

ネットのサイトをコピーしたものらしく、下部にはウェブのアドレスが入っている。

「……自殺サイト？」

自殺サイト。コミュニテイ。チャット。プリントにはそんな文字が躍《おど》っていた。

「……いま説明する。あのさ、何か飲むものない？」

襟元《えりもと》を緩《ゆる》めながら、和磨はカウチの端に掛けた。

沙紀はキャビネットからブラックブッシュを出してやった。弟はアイリッシュ・ウィスキーが好きだ。氷は昔ながらの氷室《ひむろ》を持つ酒屋から、かち割りにしたものを配達させている。

透明度が格段に高い。

「姉貴にあのムービーを送りつけた男が判ったよ」

ウィスキーを注いだだけで、氷が軽い音を立てる。

「誰なの」

「橋場慎二だ」

当惑した。橋場が死んだことを、和磨に話さなかっただろうか？　もちろん話したはずだ。

それとも、まさか、橋場が生きているとでもいうのか。

「むろん、本人なんてことはあり得ない」酒で唇を湿らせ、和磨はいった。「だけど、送り主は橋場氏なんだ。ほら、このサイト見てみてよ」

いったんは沙紀に渡したプリントのなかから、和磨は目当てのコピーを探り出した。

『エーデルワイス』と、サイト名がある。

「俺、故人から着信があったたって聞いたとき、どっかで聞いた話だと思ってさ。調べてみたんだ」

『エーデルワイス』のページを、沙紀は読み進む。

〝私を忘れないで――空からのメールサービス〟

あなたがにわかに旅立ってしまったとき。さよならもいえずに、とり残されるあの人に。

時には思い出してほしいあの人に。

天空のあなたに代わって、『エーデルワイス』がメールやメッセージをお届けいたします。

「これは……？」

「そうなんだ。こっちもコンセプトが近いサイトで……」

『メモリアル・フォーエバー』、『黄泉《よみ》ぽすと』のプリントページを和磨は示した。

「この手のサイトへは、自殺サイトからリンクで飛べる」

明かされてみれば、謎めいた話でも何でもない。

死者が、生きている家族や友人にメールを残す。考えてみれば、この手のビジネスはいくらでもある。

「予告なしで、しかも、届いたのが動画だったから驚いたかもしれないけど」

死を宣告された病人が、遺族宛の手紙やメールを遺《のこ》し、死後の記念日などに届いたという話はよく耳にする。自分の死を予見《よけん》しているという意味では、自殺も同じだ。

「姉貴や奥さんに、時には自分のことを思い出してほしいと、彼は願ったんだろう」

初七日、四十九日、誕生日。メモリアル的な発信の日時がヒントになって、サイトにたどり着いたと、和磨はいった。

沙紀は絶句した。

――なぜ、そんなことを。

「逆効果だよな。でも、何もいえないこともあるんじゃないか、人間って」ブラックブッシュを、和磨はあおった。「俺のこと思い出してくれなんて、なんか、かえって押しつけがましくてメールにできないし、自分の動画なんかもナルシストっぽくて嫌だろ。俺の想像だけどさ、女性の寝顔ってさ、菩薩《ぼさつ》みたいだもんな。すがりたくなるんだよ。こんな君を心に抱いてたってことを、いいたかったんじゃないのか」

「気が知れないわ」

ソファにへたり込む。簡単に納得できることではない。

「そんなものをサイトまかせにしたわけ？　どこかのサイトに、彼が自分の携帯を預けたってことなの？」

「自分でプログラムを作れれば、それで済んだんだろうけど、でなければ、知り合いに頼むわけにもいかないだろう。自殺を考えてる人間に向けたサービスで、携帯を預かり、死後にそこから発信するっていうのを見つけた。その運営元からの流出かもと思って調べさせたら、ビンゴだ。叔父貴にムービーのファイルを売りつけた犯人、見つけたよ」

「売りつけた？」

「叔父貴は誘いに乗って、あの動画ファイルを百万で買った。携帯ごと」

「ひどいものね」サイトに潜《ひそ》む危《あや》うさを思い知らされた。人の弱い部分につけ込む。死にゆこうとする人間にさえも。「でも、そんなこと……、どうやって白状させたの」

「調べていくと、例のサイトの運営スタッフのなかに、恐喝まがいのことをしている奴がいてね」

和磨の説明によれば、ことの次第はこうだった。

自殺者のなかには、恨みを抱いて死にゆく者も少なくない。報復の意味から、死後にメールを送り、恨む相手を震え上がらせたいと思う人間もいる。その心情を逆手に取り、依頼者の事情をことさらに掘り返し、本人なり相手なりに恐喝を仕掛けるスタッフの存在が、チャットであげつらわれていた。

「橋場氏の動画ファイルは、そいつの目についたらしいんだ。奴は姉貴の顔、ついこの間の『週刊エクスプレス』で見たんだと。で、住之江財閥の娘だと知った。金になりそうだと思った」

確かに、週刊誌の記事には沙紀の顔写真が載った。

「そいつなりに、ない知恵を絞ってさ。うちの社のこと嗅ぎまわって、叔父貴に目をつけたってことだ」

無茶な話だ。だが、成り行きの話に乗る方も乗る方ではないかとあきれる。

「ずいぶん買い叩いたものね、叔父さんも」

叔父は父に『洋々建設』の株八パーセントを要求した。その原資が百万とは、いくら何でも安すぎる。

「それでも、相手にとっては御《おん》の字だったんだ。姉貴、もう心配ない」

「どういうこと」

「橋場氏には、常識があったってことさ。あのファイルは、あれ以上のものじゃなかった。橋場氏の携帯には、下劣な動画は入っていなかった」

「でも、叔父さんは……」

沙紀はいいさした。叔父は父に、動画がほかにもあると匂わせたのではなかったか。

「こけ脅しさ。恐喝材料としては、しょぼかったんだ。安心していいよ、姉貴。送られてきたもののほかに姉貴のムービーはない。サイトの奴がそう請け合った」

「本当なの」

肩の力が抜けた。放念しそうになる一方で、頭では別のことを追っている。

——人間は、身勝手なものだ。

先立った橋場慎二からメッセージを送られても、薄気味悪さばかりが先に立ち、彼のアニバーサリーだなどとは思いつきもしなかった。送られてきた寝顔の像にしたところで、もっと露わなシーンが録られているのではないかと、慎二を疑うことしか、沙紀の頭にはなかった。

——俗っぽいのは、あたしの方なのだ。橋場君を信じていなかった。自分の暮らしが脅かされることしか考えていなかった。

あれほど長くつきあった人なのに……と、胸が痛んだ。空しさだけが残る。

「でさ。叔父貴のことだけど」

和磨のことばで、現実がまた迫ってくる。

「そう責めるなよ」

思いがけなく、和磨はそういった。

「どうして」

「俺も当初は頭に血が上ってた。だけど、考え直したんだ。人間のことってさ、黒白《こくびやく》はっきりつけるばかりが良しと限らないもんな。切り捨てたり、相手を排除したり、手ひどく罰したりすれば簡単かもしれないけど、そんなの、憎しみとかさ、ネガティブな感情を増幅させるだけじゃないのかって思う。それよりも、いい方向に持っていくことができるはずじゃない。姉貴にも……、こういったらわかるかな。ほら、環境再生にまつわる考え方で、『順《じゅん》応的管理《のうてきかんり》』ってのがあるでしょ」

自然に対処してゆくなかでは、たとえ目標を定めてアプローチしても、予想外の変化や、制御できない事態が起こることがある。そのときに慌てふためき、計画を投げ出してしまうのでなく、そうならないよう小まめにモニタリングし、必要があれば柔軟に、最良の手法を選定し直し、目標さえも修正する。こんなマネジメントを、専門用語では『順応的管理』といっている。

「人間だって、それこそ自然の一部で、生き物だからさ、この手法が使えると思うのね、俺は。誤ってたら、どこかを修正すればいいだろう」

モニタリングしていって、予想外の方向に進みそうだったら軌道をとり直す。

「環境の前にさ、人間関係だって〝再生〟できると信じたいの、俺」

「わかるけど、難しいことよ」

論としては頷けるが、感情が追いついていかない。

「いまは無理だよな。姉貴には。だから、俺、叔父貴と話した」

「え」

和磨の声は明るい。

スピーディにことを進める弟の気っ風《きっぷ》のよさを、沙紀はいまさらのように眩しく見た。昔から頓着《とんちゃく》することの少ない、陽性の子だった。

「叔父貴、平謝《ひらあやま》りだった。本当は、メディアに姉貴のムービー流すつもりなんか、なかったんだ。だって、大した画《え》がないってことは、叔父貴にも元からわかっていたんだからね。あの携帯を買ったのも、最初は姉貴のスキャンダルを食い止めてやろうと思ってのことだといってた」

「とても信じ難《がた》いけど」

沙紀はかぶりを振る。

「どんな人間にも、魔が差すのさ。佐分利副知事に姉貴が環境再生のレクチャーしているのが記事になったばかりだろう。それに都知事選。姉貴は、久保倉恭吾の指南もしているよな。〝住之江沙紀〟の名に付加価値がついた。あのムービーが、使えるもののように思えてきた」

「で、父さんに話を持っていった？」

「叔父貴、株安でこうむった大損のことで頭がいっぱいだった。親父が何とかしてくれると思ったそうだ。娘のことさえ持ち出せば、って」

身内への甘えもあったのだろうと、和磨は指摘した。

「株の負けなら取り返す方法があるって、俺、話したんだ。資金を貸してもいいっていった。菱ビジネスは、今後倍々ゲームで伸びていく。いまは身内で揉《も》めている場合じゃない。『洋々建設』の先行きは明るいんだ。谷崎氏の話では、近いうち……」

和磨は何かいいかけ、はっとしたように途中で口を結んだ。

彼が濁した語尾が気になって、沙紀は耳をそばだてた。

——弟も、何か知らされているのだろうか？

今後起こるだろうビッグ・ウェーブを。菱ビジネスに先鞭《せんべん》をつけ、目下独走中の環境調査会社『トラパ』にも関係するだろう〝あのこと〟を……？

「何かあるの」

それとなく聞いてみる。

「うん……、まあ、具体的なテクノロジーのこと以外は話してもいいかな。会社にとっても朗報なんだし、姉貴がサジェッションしてくれた件でもあるし」

和磨が話し出したのは、彼の率いる環境再生部門が投資している、バイオ発電モデルプラントの件だった。

「実は、アオサのプロジェクトが一段と進みそうなんだ」

『洋々建設』は、海岸に大量に流れ着く厄介者の海藻・アオサを原料にメタンガスを取り出す大手ガス会社のプロジェクトに出資している。

沙紀は環境優先事業の一環として、和磨にモデルプラントへの投資を勧めた。細々と始まった事業に利益は見込めず、叔父には「エコ系事業はお飾り。浜辺のゴミみたいなものからのメタンガスなんて、お話にならない」と揶揄されたものである。

そのプロジェクトに明るい兆《きざ》しが出てきたと、和磨はいった。

「アオサの難点といったら、拾った端《はし》から腐り始めることだよね。それに、時期によって資源量が違う」

アオサが打ち寄せて海岸一帯が覆われ、これが腐るとあたりにいやな臭気が立ちこめて、やがては海を過栄養化させ、汚すことに繋がる。アオサが堆積した下側は真っ黒な還元層《かんげんそう》となり、浜の動植物の生存状況を脅かす。

これを回収してメタンガス化するプロジェクトは、環境保全に確実に繋がる。

とはいえ、難点は多かった。

アオサは水分を大量に含んでいるため、日を置かずに腐り始める。乾燥させるか堆肥化するなど、前処理段階に手間がかかり、浜の近場にそれなりの場所もいる。システムの普及を鈍らせる一因であった。

また、夏場に爆発的に増え、冬場には姿を消すなど、季節によって収量が大きく異なり、場所によっては発生しない年もあるなど、自然まかせの原料供給にむらがあるのも困りものなのだ。

「それがさ、前処理のいい方法が見つかったんだ」

胸が騒いだ。

——もしかすると。

和磨が言及《げんきゅう》した『前処理』の手法とは、例のビッグ・ウェーブとも通じるものではないのか。

来るべきサプライズ。次代を動かす牽引力。その根幹となる技術の系統と、和磨の話には共通項がある。

沙紀の思いをよそに、和磨は声を弾ませる。

「一歩前進といったところだろ」

〝和磨、谷崎さんから何か聞いたの……？〟

弟の晴れやかな顔に誘われ、あやうく尋ねかけた。

——でも、もう少し待たなければ。

懸命に自分を抑える。

「まあ、とにかく」

あっさりと話題を変え、和磨は懐から携帯電話を取り出し、サイドテーブルに置いた。

「これがその携帯だ」

どことなく見覚えがあるブルーグレイのボディに目が吸い寄せられる。橋場慎二のものであった。

「叔父貴から取り上げてきた。姉貴から遺族に返したらどうかな」

橋場の妻、可帆の面差しが浮かぶ。彼女も故人からの着信に戸惑っていた。真相を知らせたほうがいい。もちろん、伏せるべきところは伏せて。

沙紀はほっと息をつく。

胸のつかえが下りたとたん、いまさらのように疲労感がこみ上げてきた。ストレスになっていたのだと思う。

「ほんとに助かった」

自分にも飲み物を作ろうと立ち上がったとき、和磨が声を上げた。

「あ、佐分利さんじゃない。いよいよ出馬宣言か」

沙紀は弟の視線を追った。モニタに流し続けていた地上波チャンネルに、記者に取り囲まれながら車に向かう佐分利の姿があった。

フラッシュが間断《かんだん》なく焚《た》かれ、黒塗りの車が閃光《せんこう》で白く飛んでいる。

――立候補の締め切り日は、明日……。

佐分利は滑り込みで立候補を表明するだろうと、世間は見ている。

都知事選では、立候補は後になればなるほど有利だと、ジンクスめいたことが囁かれているのだ。

今期もそうならないとはいえない。混迷をきわめた与野党の、新鮮みの薄い候補たち。政治的手腕は未知数ながら、ダークホース的存在の久保倉恭吾。

佐分利は悠々と後から出、ひと息で攻勢に出、風を摑むつもりなのかもしれない。本命とも見られる佐分利には、にわかに立つとしても、有能なブレーンや選挙スタッフを、即座に招集できるだけの人脈と力がある。

立候補表明は、最終日になるのか。その前夜ともいえる今晩も、佐分利には記者たちが張り付いている。

「副知事っ、明日ですね？」

「明日はどうされるんですかっ。会見は行いますか」

念を押すような質問が乱れ飛ぶ。移動中の中継らしい。

と、唐突に。車に乗り込む寸前で、佐分利が足を止めた。空《くう》の一点を見据えていう。

「ぼくは出ません」

唇を引き結んだように見えた。かと思うと、一瞬茫然とした報道陣を尻目に、すぐさま座席に滑り込む。

クルーたちは慌ただしく我先にと犇《ひし》めき追った。

「不出馬ですかっ」

「まだ、焦《じ》らすんですか」

矢継《やつ》ぎ早《ばや》に声が追いゆく。

「出ません」

佐分利はきっぱりと再びいい置き、ドアが記者らを振り切って閉められた。

「どうなってるんだ」

弟が呟いた。沙紀も、この期《ご》に及んで出ないといいきった佐分利の気が知れない。

〝出ません〟

——やるときは、やる。そういったのに。

明日になって、言《げん》を翻《ひるがえ》し、出馬することになるのだろうか。

「気を持たせすぎだよな、幾ら何でも。出ない、やっぱり出ます……なんて調子じゃ、優柔不断に見えてくる」

報道陣とのやりとりも、きわめて無愛想に見え、けっしていいイメージではない。

『瀬戸際の攻防……？　佐分利幹生氏、不出馬宣言か』

テロップが出され、先刻の様子が短時間に編集されたVTRが、繰り返し流れた。

モニタの上では、メールソフトが、相次いで着信のサイン音を立てている。知り合いからのメールが増え始めていた。副知事の動きに応じて友人らが見せる野次馬的な関心が、いまの沙紀には煩わしく思える。

携帯が震えた。メールも続々と入ってくるに違いない。電源を切ろうとして、発信者を確かめ、手を止める。

筒井方正であった。

「住之江先生。心配しないでください……」

開口一番、筒井はいった。

四

街が波立っていた。ビルの谷間を、ブルーの光彩が埋め尽くす。銀鱗《ぎんりん》にも、コロナのひとかけらにも似た発光体が、数限りもなく、暮れかけた街路を染めていた。手に手に振りかざされた光点は、ゆらゆらと宙を浮かび舞い、幾つもの漣《さざなみ》をつくった。小さな碧《あお》い焔《ほのお》が連なり群れて、海に近い拡《ひろ》がりになる。

久保倉恭吾は、光が犇《ひし》めく輪のただなかにいた。それはまた、人波のうねりの心臓部でもあった。選挙カーのデッキに立っている。

──夢幻のようだ。

恭吾は光の群れを眺め、いっとき我を忘れた。

青光りしている数え切れない明かりの正体が、発光ダイオードのペンライトであることはわかっている。つかの間の輝きなのかもしれない。それでも、自分に向けてかざされる無数の光はこよなく、恭吾には眩しい。

いつ、誰が始めたのか。

知らぬ間に、ブルー・ダイオードの静かなウェーブが、恭吾の街頭演説に寄り添うように始まり、いまでは光の輪が幾重にも彼を取り巻き、ミレナリオなみのイルミネーション・アートと報道されるほどになってきている。

「ありがとう……」

感極まった恭吾の呟きは、マイクを通して拡散された。

「この大都市をゆく人は、みなお互いに素知らぬ顔をしています。どうかすると、虚《うつ》ろな顔をしていたり、すれ違う人々のすべてに顔をそむけ、目が合わないようにしてしまうこともある。何を寄《よ》る辺《べ》にし、何に頼ってよいのか、互いにわからないのです。……でも、どうなんだろう？　人は見かけや行動だけでは計り知れないものです。人知れぬ心の底に、不思議に光り輝く部分が必ず埋もれているのではないかと、ぼくは感じています。人によってはそこへの道を見失いかけ、捜し始めれば迷子になるほど深いところに埋没してはいますが、老若男女を問わず、どんな人の胸底にも、地底湖のように透明でうつくしい青の部分があるんだと、いつの頃からか、ぼくは思い込むようになりました。それ以来、街ですれ違う人は、すべて蒼い小鳥を懐に抱えているのだとイメージするようにしています。……か弱い鳥です。心細さに戸惑う鳥です。ともすれば、見過ごされてしまう鳥です。でも、清らかで誇り高く、自ら光り輝く鳥なんです……」

　選挙カーを芯に、支持者や観客は立錐《りっすい》の余地《よち》もない。ライブ会場のようでもあった。

「……その輝く鳥が、いよいよ目覚め、互いに寄り添うところを、この場でぼくはいま、目《ま》の当《あ》たりにしている気がします。あなたがたの勇気であり、プライドでもあるものが輝くのだと、ぼくは信じています」

　久保倉恭吾に向けて、揺れるペンライトのほかに、無数の携帯電話が振りかざされている。フラッシュが間断なく閃いた。

「もどかしさから鳥を解き放ちませんか。再生した東京の空へ、東京の森へ、東京の海と品格漂う首都の町へ。ぼくの胸の小鳥もあなたに寄り添い、いつも心は一緒にいます……!」

　歓声がわき、口笛が鳴らされる。

　夕暮れどきの街頭演説に、恭吾のチームは可能な限り、運河沿いや川のほとりなど、水景のあるスペースを選んだ。

　自然に始まったこととはいえ、ブルー・ダイオードの波は、背景によってさらに映《は》える。そのことを念頭に、映像業界きってのロケハン・コーディネーターが選《え》り抜いたのは、水辺であった。水面に映る光彩は漂い揺れて、量感も質感も増し、現実から遊離した風情になる。もっとも舞台《ぶたい》映《ば》えするところに恭吾の立ち位置が決められているのは、いうまでもない。

　ただ、表立ってペンライトを奨励するようなことはしていないし、恭吾のスタッフはペンライトを持っていない。運動として聴衆を鼓舞《こぶ》することは禁じられている。

それでも、そもそもが衆目を惹きつける容貌の恭吾には、強烈な存在感がある。演出ばかりの出来事もあいまって、人々は酔いしれた。飛翔感覚を味わえる場所へなら、人は好んで足を運ぶのだ。

夕暮ればかりでなく、昼間の遊説《ゆうぜい》にも、水の色をシンボルカラーと心得、身につけるものやストール、ニット帽などを青のグラデーションで揃え、現れる支持者が出始めている。紺青から濃藍《のうらん》へ。水浅葱《みずあさぎ》、ターコイズ、サファイア、メタリック・ブルー。青の深浅が街頭を彩った。

いっぱいの人群れのなかを、自分の言葉が野火《のび》のように拡がってゆく。

思いが溢れた。伝わっているという実感があった。

ライブ・ステージの経験から、客席との間《ま》の取り方は身についている。

客が密集しているときには、早口でテンポよく話し、客と客との距離感がある程度開いているときには、ごくゆっくりと、大げさな身振りを交《まじ》える。それだけで、反応が違う。いつのまにか身体が覚えた芸であった。役者になる頃発声を習い、ニュース・エンターテインメントの進行役を始めたときに、集中して滑舌《かつぜつ》のトレーニングを受けたことも役立っている。

遊説が続いても、喉の消耗が不思議に少ない。

と、そのとき。

「首縊《くびくく》って死んだんだってェ、あんたの親父《おやっ》さん」

人だかりのなかのどこからか、唐突に大声で呼ばわる者がいた。

言葉の重さに、さざめいていた場がしんと静まる。

空気が固まり、沈黙が重くなりかけたとき、恭吾は口を開いた。

「避けてきてたんですけどね、その話は重いからって。これまで、ずっと逃げてたんですよ、ぼく」

あたりを見渡し、何度も頷きながら返す。

某週刊誌のスクープとして、久保倉恭吾の過去を詮索《せんさく》する記事が掲載された。三日ほど前のことである。

一誌で報道されたのを皮切りに、後追いしてきた出版メディアが数社。

恭吾の父が諫早の漁師で、家族を無理心中させ、自身は首を吊ったことが、〝知事選のトップタレント候補者に隠された過去〟などとして、大きく取り上げられた。

むろん、いまの恭吾に、そのことに関して知らん顔を決め込むつもりはない。都知事選の候補ともなれば、生い立ちからして詮索されるのは覚悟の上だ。

とことん調査され、切り口もさまざまに報道されてゆくことは、どのみち判っていた。

「干拓事業の影響で、自分の家族に起きたことを考えれば考えるほど、落ち込んじゃって。このネガ状況から抜け出すことなんか、どうせできないだろうって思ってました。有明海《ありあけかい》再生の話って、出口がなさそうでしたから。取り返しがつくはずないって思っていたし、ダメージを受けてしまった故郷の海も、見たくなかったんです。諦めてました。何にせよ、諫早湾が潮受け堤防で閉め切られて十年以上経ち、みなの話題に上《のぼ》ることさえ、なくなってきていましたし」

恭吾は頭を振り立てた。

「心のなかでは、わだかまっていたんだと思います。何とかしたかった。でも、できずに手をこまねいていました。何も知らなかったんです……ぼくは。恐ろしいことです。世間の状況を知ろうともしないで、ただ頑《かたく》なに、すべては変わらないと思い込んでいました。だけど、そうじゃなかった……」

決然と、彼は前を見据える。

「ものごとを変えてゆく力は、まだまだ、この世にあるんです。このぼくにも、そして……、あなた方のなかにも、まわりにも。報道番組に携わり、ニュースのバックグラウンドを固める調査にもふれ、インタビューをも重ねてゆくうちに、人との出会いや知識の力が、ぼくを成長させてくれました。画面の外から、見守ってくださった皆さんのおかげでもあります。皆さんもご存じのように、『ジス・イーズ』や『ポジティブ・スパイラル』での菱特集が契機となって、バイオエネルギー生産地としての池の可能性が見直され、諫早湾はいま、変わろうとしています」

声が弾んだ。

「農林水産大臣によって、諫早調整池、潮受け堤防の長期開門が、とうとう約束されたんです。そうです。死んだ親父はいま、よくやったぞと、天空の彼方で喜んでくれていると思います」

恭吾は空を見上げる。

〝そうだっ〟

〝よくやったっ〟

声援が飛んだ。

「不可能と思われていたことが、自然の力をも借りて、よりよい方向に展開していきました。首都東京にも、課題はたくさんあります。ため息をつきたくもなります。諦めかけたくもなります。でも、諦めることはないんです。ぼくは、けっして諦めません。未来は変わります。たとえば、東京の森や町だって、東京湾だって、必ず魅力的な姿を取り戻せます。もっと強くなります。ぼくも、あなた方も、東京も……！」

恭吾の言葉は、悲惨だった過去の苦しみから解放された体験と、現実の事象を前進させた自信に裏付けられているだけに、人の心をしっかりと摑んだ。

歓声と拍手は鳴りやまない。やがて、無数にも見える青の光点が、ざわり、とひときわ大きくうねりはじめた。津波のように。

――俺、この選挙戦に負けても、忘れない。

自分の世界は、永久に一変したのだと、恭吾は思った。あるいは、生きているうちに極楽《ごくらく》を見たのかもしれないと。

彼の眼底には、碧い波の残像が、鮮やかに灼きついていった。


細い路地《ろじ》で、リムジンが停められた。

「何かあったのかしら」

バックシートの沙紀は、インターフォン越しに尋ねた。運転手の川村の声が流れてくる。

「警察でしょうか。交通規制しているようですね」

かなりものものしく、スーツ姿の刑事らしき人員も配備されているようだ。迂回しますかと聞かれ、携帯を取り出す。

橋場可帆にコールする。

留守番電話になっていた。遅れるかもしれない旨を伝える。

「もう、事務所の近くまできています。でも、近くで何か起きたみたいで、道路が交通規制されてるの……」

橋場可帆が在籍している大手法律事務所は、中央区のオフィス街、複合ビルに構えている本拠の改築のため、一時的に飯田橋《いいだばし》の商店街、裏手あたりに居を移していた。

可帆から送られてきた地図は、川村に渡してある。高低のビルが入り組み、やや煩雑《はんざつ》な細道ばかりのさなかに、車は分け入ったところである。

掌のなかに携帯があるうちに、可帆からコールバックがあった。

「ごめんなさい。道がブロックされてるとしたら、うちのせいかも」

可帆は声をひそめていた。背後には慌ただしい気配がある。

「何かあったの」

「事務所荒らしみたい」

「あなたのところ？」

「そう」

「じゃ、日取りを改めましょうか」

「そのほうが有り難いです」

入手した橋場の携帯を可帆に手渡すため、会う約束ができていた。

「だけど、大丈夫なの」

「犯人が捕まったらしいわ」

「それで警察がいるのね」

「詳しいことは、いま話せないんだけど。ここにも彼らがいるの」

可帆はあたりをはばかるようであった。

「そうよね。了解しました」

法律事務所内で起きたことである。うかつに洩らせないようなことでもあろうと、沙紀は気を回す。

——どこに向かおうか。

時間が空《あ》いた。

バックシートのTVモニタには、都知事選に関する世論調査の結果が流れ、久保倉恭吾の独走が報じられている。

沙紀の胸中には、さまざまな思いがしきりに去来した。

また携帯が動いた。相手を見て出る。

「住之江先生」

筒井方正であった。

「ひょっとして、いま飯田橋あたりですか」

「どうして」

平仄《ひょうそく》が合いすぎて戸惑う。

「可帆さんのところのこと、聞いたんです。それで先生とのアポイントが流れたと」

それにしても情報が早い。いぶかる沙紀に、筒井は重ねていった。

「お手すきでしたら、早稲田までいらしていただけませんか。そのことでもお話があります」

法律事務所のトラブルにまつわることだと、筒井は匂わせた。

飯田橋から早稲田までは、目と鼻の先だ。新目白《しんめじろ》通り沿いのホテルへは、車なら十分そこそこだろう。

沙紀は応じて、リムジンをUターンさせ、規制されているあたりを離れた。

指定された階へ、沙紀は上がってゆく。エレベータの前で、筒井が待っていた。

「こちらです」

廊下を案内されて、部屋へゆく。このホテルのツインルームは、ほとんどがミニスイートのようになっていて、応接部分とベッドルームの間にドアの仕切りがあり、来客があっても寝室を気にせず応対できるつくりだ。書き物用のテーブルも造りつけでなく、クラシックなカードテーブルサイズのそれが別に備わっている。テレビも扉つきキャビネット内に収まり、目立たない。そのあたりも、ロングステイの多い学者に好まれる理由のひとつかもしれない。

筒井はプロトコルが身についている。礼儀正しく沙紀をエスコートし、ドアを開け、沙紀をまず室内に入れた。

「住之江先生がお見えです」

筒井がなかに声をかけた。思いがけなく、先客がいた。

佐分利幹生であった。

「やあ。久しぶりじゃない」

「いいんですか」

沙紀は目をみはる。

「何が」

言葉が出ない。

『週刊エクスプレス』の記事が出てからというもの、メディアにつけ回されていたことを思い出す。

当初は気に障《さわ》り、行動の一々に気を配ったが、そのうちにほぼ諦めた。気にしないようにふるまううちに、ここのところ、彼らの気配もなくなってきたように思う。

ただ、何とか平静を保つことができていたのは、佐分利と会う予定がなかったためでもある。今日も何の考えもなく、このホテルに乗りつけた。どこかの記者に尾行されていたかもしれない。

「筒井君、続きを話してくれないか」

佐分利は構わず沙紀を掛けさせ、筒井をも座に加わるよう促《うなが》した。

「ええ」

筒井も腰を下ろす。

「それで、確保されたのか。敵は」

「ようやく、ひと区切りつきました」

二人の様子からすれば、込み入った話の途中で、筒井は沙紀を迎えるために中座していたようだ。

「飯田橋の事務所荒らしの件なんです」

沙紀の当惑に気を遣い、筒井が説明を加える。

「可帆さんのところですか」

「警戒してもらっていたんです。荒らされるかもしれないと」

筒井が何をいわんとしているのかが呑み込めず、沙紀は続きを待った。

「相手が狙っていたのは、橋場可帆さんの私物なんです。いつかは彼女が脅かされるかもしれないと、私は考えてました。橋場君のことがありましたから」

筒井は亡くなった橋場慎二のことを口にした。

「橋場も……、あいつも盗まれたんですよ。同じ奴らのしたことです」

法律事務所が荒らされることを予測していたと筒井はいう。しかも、相手の見当がついていたらしい。

「誰なんですか、奴らって」

「私たちの鼻先を掠《かす》めてゆこうとしている奴らです。近いうちに、世界的な政策の転換期がやって来ようとしている。そのことに気づいた奴らが、成果だけを先に、自国に持っていこうとしていました。近代的な整備を先駆けて行うことは、それだけで莫大な利権となりますから……。どこの者にとっても、欲しいものでしょうけれど」

未来をひとくくりにする力。先がけてそれを手にしたものは、莫大な資産を得る。筒井はそんなふうにいった。

「可帆さんは、橋場の相続人です。ぼくらが出願していた特許も、彼女に相続されています」

そのことは、沙紀も財団の財産目録について説明を受けたときに聞いていた。筒井は橋場から書類を預かってい、可帆に渡した。

「あの書類のなかには、出願内容が含まれていました」

書類は、彼女が在籍している事務所の保管庫にしまわれていた。あの事務所には、保管庫内に、さらに個別のセキュリティで各自が案件を入れておけるキャビネットがある。守秘義務が課せられた世界だ。それぞれの弁護士がお互いの案件を目にすることのないように、管理は万全を期している。

可帆から聞いたのか、筒井は事情に詳しかった。

その保管庫に、侵入しようとした者がいた。事実、ことを起こしたところを捕えられたという。実行犯は、同じ事務所の弁護士であったらしい。セキュリティシステム管理会社の担当者も巻き込んでいた。

「買収されたのだと思います。相手方に」

筒井は明かし、あらためて過去から説き起こし始めた。

「橋場を死なせたのは、私なのです」

低く、ため息混じりの声で打ち明ける。

「特許の根幹ともなっているテクノロジーが狙われるだろうことは、わかっていました。実は、ことを聞きつけた中国の某メーカーが絡んでいることも。あいつに、そこから差し向けられた女が接近してきたことも……」

「中国、ですか」

沙紀は話の成り行きに眉をひそめる。

「ええ。たとえ日本で特許が下りたとしても、あの国は野放図ですからね。知的所有権遵《じゅん》守《しゅ》の概念は、まだまだ薄い。内容が洩れれば、即座に真似られてしまう。臆面《おくめん》もなく。いっぽう、私たちには、時間が必要でした。財団設立にかける準備期間、根回し、制度の移行にともなう待機……。もどかしかった」

説明は続いた。

「私は、相手の行動を逆手《ぎゃくて》にとってやろうと考えたのです。あえて防ぐことをせず、書類を盗んでもらおうと。橋場にはダミーの書類を渡していました。技術者の手で細部を巧妙に変え、その通りにことを進めれば最終的には失敗するように、仕込んだダミーです。でも……」

筒井は視線を落とした。目は苦渋に満ちている。

自分の手落ちは、ダミーであることを橋場に打ち明けていなかったことだと、筒井は告げた。

「愚かでした。私は。そのほうがリアリティがあると考えたんです。相手を欺《あざむ》くためには、まず仲間から……、と」

想定通り、書類は相手の手に落ちた。真実を打ち明ける間もなく、橋場慎二はそのことを苦に、海に落ちていった。

「そんな」

ひどすぎると思った。

――ことが成ろうとしている矢先に、行き違いで死ななければならなかったなんて。

「申し訳ありません。私の責任です」

連絡を取ろうとしたときには、すでに携帯が繋がらなかったと、筒井はいった。

「……でも、どうしてですか」沙紀は苦々しい思いでいう。「仮によそのメーカーに技術が流れたとしても、こちらのプランが根幹から揺らぐわけではないでしょう。真似されたとしても、それはそれで、良かったのではないですか」

「あんなことになるとは、私も。でも、相手方は、橋場が自殺を選んだことで、もはや技術が完全に掌中に入ったのだと信じ込んだはずです。以来、スパイ的な行為は途絶えましたから」

ただ、いずれはダミーであることがわかる日が来る。その暁に、万が一何かが起こるとすれば、可帆の周辺であろうことが推察された。

「人を張り付かせてました」

沙紀には窺い知れないが、資力と人脈のある筒井には、それなりのつてがあるのだろう。先刻見た限りだが、警察も動いていたらしい形跡があった。

「今度はもとをたどって、追及できると思います。相手先まで。それに……、プラントがいよいよ、始動しました。その時が来たんです……！」

話を先に進めかけた筒井が、つと胸に手をやった。

「ちょっと失礼致します」

断りを入れ、携帯を取り出す。着信があったらしい。

「はい。……ええ、ええ」

電話に応答しながら、筒井は席を立ち、廊下に出て行った。

佐分利と二人取り残されてみると、所在なかった。

聞きたいことがたくさんある。

「……どうして出なかったの」

思い切って、沙紀は切り出す。

都知事選が締め切り期限を迎えても、佐分利は立候補しなかった。出馬を見送った理由について、佐分利は明らかにしていない。憶測が乱れ飛び、かまびすしい報道が繰り広げられた。

〝久保倉恭吾の若さに負けた〟

〝タレント候補に人気が及ばず、腰砕けに〟

と、辛辣《しんらつ》なタイトルが躍り、佐分利に期待していた都民への裏切りと書く、鋭い批判の記事も出た。

「そのことで……」

佐分利がいいさしたとき、ちょうど沙紀の携帯が音を立てた。

「出るといい。今日はどのみち、このあと話そうと思ってる」

佐分利に促され、ディスプレイの表示に目を落とす。

川上秋乃からの着信だ。立ち上がり、ソファから離れて窓際のほうへゆく。

「はい……」

「沙紀。あんた、大変なことになってるよ」

秋乃は急《せ》いた調子である。

「何のこと」

「あんた、佐分利副知事と……、つきあってたの？」

「講義してることは知っているでしょ」

「そんなんじゃなくてさ」

秋乃は、彼女らしくなく、歯切れの悪いいい方をした。

「とにかく、いまスキャンしたデータを送るよ。見たら連絡ちょうだい」

——何のことだろう。

上の空で、少し待った。ネットを経由して、画像ファイルが送られてきた、沙紀は息を呑む。

タイトルが目に飛び込んできた。慌てて、拡大してみる。

〝独占スクープ！　本気愛？　密会デート？　佐分利副知事、噂の東大セレブ准教授との交際現場を目撃撮〟

送られてきたのは、雑誌のモノクログラビアであった。

愕然《がくぜん》とした。カーテン越しにではあるが、薄明かりのなかに浮かび上がったふたつのシルエットが重なっている。

背中に、冷たい汗が流れた。

媒体は『週刊エクスプレス』。

撮られたとすれば、相当以前のことだ。隠し球として持ち、掲載の時期を見計らっていたのか。

未発売の週刊誌でも、芸能事務所はいち早く見本誌を入手することがある。タレントのマネジメントのために、つてを頼って手に入れている場合もあるし、タレントが取材され、掲載されていれば、編集部に見本誌を要求する。大手事務所の『サンド』にも、その手の見本誌が毎週、発売前日に入ると、秋乃がいっていた。

本編には目を通すまでもない。センセーショナルなグラビアのこの写真が、明日発売の号の売り物なのだ。大衆の興味は一点に絞られるだろう。

血の気が引いていく。

——このことが、副知事に出馬を見送らせた原因なのだろうか。

「どうした」

佐分利に問われる。沙紀にはものがいえない。

——私のせいなの？

自分の存在が、佐分利を貶《おとし》めてしまったのか。頭が回らない。後悔の気持ちが押し寄せてくる。

かぶりを振った。どうすればよかったのか。何を話せばいいのか。佐分利は、このことを知っているのか。

佐分利クラスになれば、芸能事務所が掴んでいることと同等の情報は、すぐに入って来ているはずだ。ジャーナリストでもある佐分利に、誰彼から知らされないはずがない。マスメディア業界は、そういうものである。

あるいは、すでにこの記事に関するコメントを、記者が求めてきているのかもしれない。

思い余って立ちすくんだ。

と、ドアが開き、筒井が戻ってきた。

「副知事、いよいよです」

筒井は声を詰まらせている。動かない頭の片隅で、沙紀は、筒井の表情を珍しいもののように見ていた。普段はノーブルな筒井の目に、並々ならぬ輝きがある。

「発表されますよ、首相官邸から」

キャビネットの扉を引き開け、TVモニタを露わにし、筒井はいった。

「内閣が刷新《さっしん》されます」

第五章

一

内閣刷新《さっしん》にまつわるニュースは、一種の驚きとともに報じられていった。刷新といっても、内閣改造とは異なり、大臣の多くが交代させられたわけではない。大臣ポストのひとつが改められただけで、異動はごく小規模である。

なのに報道陣が沸き返ったのは、話題の人である佐分利《さぶり》幹生《みきお》が、やにわに国務大臣に起用されたためであった。

就任記者会見前の会場は、ざわついている。メディアの数もカメラ・クルーも、常よりはるかに多い。

「海洋政策担当大臣だって」

「それって、何なのよ」

記者たちのなかには、レジュメを手に、慌ててにわか勉強に精を出す組も混じる。佐分利幹生といえば、注目されていたのは東京都知事選との関わりばかりである。そこへ、いきなり大臣への任命があり、国政の主軸が絡んできたのだから、フィールドの異なる記者たちが戸惑うのも無理はない。

佐分利が任命されたポストは、海洋政策担当大臣である。

「耳慣れないよな」

政治記者のなかにさえ、そういって眉を寄せる向きがある。

「そりゃ、そうだよ。まだ、できたばかりなんだぜ、この大臣ポストは」

海洋政策担当大臣の新設と、初代大臣への発令は、平成十九年夏のことであった。ポストが設けられてから日が浅いうえに、初代大臣が国土交通大臣の兼任であったために、さほどのニュースにはならなかった。それでなくとも、内閣主導で特命担当大臣や政策本部絡みの大臣が置かれ、新設大臣が過剰ぎみの昨今では、それぞれの役向きに払われる関心が薄れている。

「どんなポストなの」

「ごく簡単にいえばさ……」

事情通はどこにでもいて、実情を説いて聞かせたがる。

「こういうことなのよ。日本は四方を海に囲まれた国なのに、海を統括的に管理する部署がなかったわけ。だからさ、内閣が総合海洋政策本部を立ち上げた。これまでは、海絡《がら》みのことには関係八省庁がばらばらに対応してきたのよ。漁業や漁港は農水省、海運や港湾の管轄は国交省でしょ。かと思えば、海域の安全管理なんかには防衛省も絡んでくるし。メタン・ハイドレードみたいな海洋エネルギーが絡めば経産省マターだよね。資源管理にしても海域の環境保全に関しても、縦割り行政の弊害が出てきてる。八省庁の権限争いの緩和を狙《ねら》って、内閣が海をテーマとした政治のイニシアチブを取ろうとしてるの」

「それで、成功してるの？」

「まだ始まったばかりだからな。でも、とにかく、今後は『海洋立国ニッポン』を目指すんだってさ。珍しく、この点では与野党ともに一致してるんだ。政策に関する立法も、与野党の横断的なメンバーで超党的に行われた」

「ふうん。意気込みはけっこう盛んなんだ」

「ああ。ただ、省庁のなかでは国交省が積極的で、海のことなら俺たちに仕切らせろ……って、身を乗り出してさ。舵《かじ》取りたがっている感じだったのよ。だから、初代大臣は国交相との兼任だったのさ」

「そこへ、首のすげ替えがあったわけか」

「そういうことになる」

「でも、どういうことなんだろうな。新大臣の佐分利は、むしろ国交省とは仇敵《きゆうてき》めいた仲じゃないの」

「まあ、民間出身の彼なら、省庁からは中立してるし、彼ならではのリーダーシップを買ったのかもしれないな」

「重石《おもし》を置くってことか？　だが、このポジションにリーダーを置き直すほどの意味があるのかな？　具体的に何をするセクションなのか、いまひとつ判然としないな」

「そこが問題なんだよ。海洋立国というキャッチフレーズは聞こえがいいが、この政策にはビジネス面でのアプローチが見えにくい。既得権益以外に、今後、海から誰がどんな利得を得るのか、海洋産業の新機軸が語られていない。そんなフィールドに佐分利を持っていったところで、使い損《ぞん》なんじゃないのか……、という声も出ている」

「結局は、うるさい男を黙らせておくためなのかもな。大臣ポストの大安売りで、味をしめさせようとしているのかも」

「しかしなあ。総理にしてみれば、捨て石を打っている場合ではないだろう。目玉なしの政局がこれ以上続けば、政権交替もあり得るというのに」

「佐分利にしても、肝《きも》の据《す》わった男だけに、お飾りということなら引き受けそうもないしな……」

官邸の意図があちこちでしきりに取り沙汰され、憶測が繰り広げられてゆく。

「おい、始まるぜ」

誰かが囁《ささや》く。

佐分利が袖から現れ、あたりがしんと静まった。

「このたび、海洋政策担当大臣を拝命致しました佐分利幹生です」

就任の挨拶が始まった。フラッシュがいっせいに光る。

「ご存じのように、わが日本は海に囲まれた島嶼《とうしょ》の集合体です。国土面積は三十八万平方キロメートルにすぎない。これは世界第六十位にあたる。きわめて狭い国です。ところが、領海と排他的経済水域《はいたてきけいざいすいいき》とを合わせた面積は約四百四十七万平方キロメートルで、世界第六位にまでランクアップします。海は、国土の十二倍あり、海洋面積では、日本はすでに、指折りの超大国といえるのです」

場内に吐息が洩《も》れる。

日本が海に恵まれた国であることを、あらためて知った感嘆と、周囲の海が広いからといって、どんな得があるのだと憮然《ぶぜん》と吐く息とが混じる。

佐分利の会見は続いてゆく。

「輸入物資のうち九十九・七パーセントまでが、各国から海路を運ばれてきています。海岸線の延べの長さも世界第六位と、きわめて長い。この天与の海洋をめぐる状況を、今後の国家経営に活《い》かさぬ手はありません。来《きた》るべき行く末の決定打となる可能性を、海は秘めています。これより先、国益の確保には、海洋の統合管理が欠かせぬものとなってゆきます。このことを念頭に、つい先年に内閣官房総合海洋政策本部が置かれたことは、残念ながら、まださほど世間には伝わってないようですが……」

会場には失笑が洩れた。

「国家の一大事ですから、総理大臣自らが本部長となりました。また、海洋政策担当大臣と官房長官が副本部長を務める運びとなっております。日本が今後、世界に先駆けて海洋立国のイニシアチブを取り、グローバル・ポジションを確立しようという現時点において、ぼくが海洋政策担当大臣の大任を仰せつかりましたことは、望外の喜びです」

普段から歯に衣《きぬ》を着せない佐分利にしては、大げさな言い方をする。

――国家の一大事とは大仰《おおぎょう》な。海が何ほどのものなのか。

そんな印象を持ったメディアも多かったようで、質疑応答では矢継《やつ》ぎ早《ばや》に質問が飛んだ。

「大臣。わが日本にとっては、首都のマネジメントもきわめて重要なプロジェクトだと思います。海洋政策本部には、それに引けを取らないほどの魅力がある……と、大臣はお考えになったのですか」

「もちろん都政を軽視しているわけではありません。けれども、海洋政策本部は、これから先、強い指導力を発揮し、間違いなく国の牽引力《けんいんりょく》となります。わが国のみならず、あるいは世界各国の経済産業や、環境政策そのものにも遠からず影響は及んでゆくと、ぼくは見ております」

場がざわついた。引き続いて、指名された記者が立つ。

「海洋政策とおっしゃいましても、具体的なテーマとしてはどのようなものをお考えなのでしょうか。国民にはあまり馴染《なじ》みのない響きですので……。海洋政策本部としては、特段のお考えがおありなのですか」

「特別に尽力すべき分野は多々ありますが、一に海洋資源。第二には沿岸の環境整備。これらはほぼ同等です。続いて航路の修復、補完と安全。それと並行して、水産業資源の三割増を目標に掲げます」

「数値を確認させてください。漁業資源の三割増ですか？　あまりにも無謀な目標値ではないでしょうか。現状の漁獲量は約五百七十六万トンあると聞いています。世界でも五本の指に入る水揚げ量ではありますけれど、漁業者の高齢化と石油燃料の高騰が響いて、漁獲量は例年漸減《ぜんげん》してますよ。この傾向に歯止めをかけることができるのですか」

「未来は拓《ひら》けるのです。そのための海洋政策本部です。手の打ちようは、むろんございます。具体的には今後、早急に詰めていくつもりです」

佐分利は語尾をひとつひとつ、はっきりといい切ってゆく。

また質問の手が挙がる。

「第一の懸案とおっしゃった海洋資源とは、メタン・ハイドレードや大深海《だいしんかい》の油田を念頭に置いておいでなのですか」

「安定的なエネルギー供給を目指すためには、未利用エネルギー資源の開発が欠かせません。ナショナル・プロジェクトとしての意識づけと、利用のための法制の策定等が急務と考えています」

小気味《こきみ》よく、佐分利は返してゆくが、皮肉な問いも浴びせられる。

「八省庁のリーダーシップを取るためには予算の裏付けが不可欠だと考えますが、その点はいかがお考えですか」

「海洋政策実現のための予算については本年度、一兆五千億円弱を要求しておりますが、今後は〝海域再編成促進税《かいいきさいへんせいそくしんぜい》〟の導入を強く求めてゆきます」

佐分利は強い語調で表明した。場内にどよめきが走る。〝課税〟というフレーズが佐分利の口から飛び出したとたんに、記者たちの目の色が変わった。

「大臣っ、どんな事業を対象に課税をお考えなのですかっ」

「それは特別会計ということですかっ」

「道路特定財源みたいなことにはならないんだろうなっ」

どさくさに紛れ、口々に質問が飛び交い、なかには野次《やじ》さえ混じる。

佐分利は自分の言葉が巻き起こした風を確かめるように、騒然とした場内をゆっくり見渡し、ひとところに目を据えていった。

「詳細は後日、海洋政策本部よりお伝えします。〝海域再編成促進税〟は、この国の恵み、豊饒な海を守るための税なのです……」

記者たちは、まだ何が何やら判然としないという面持ちで、佐分利の口元を一心に見つめている。

この国の未来を好転させる画期的なプレゼンテーションの、これが皮切りであった。

二

「こちらが、洋上刈取機《コンバインダー》になります」

アテンダントが、六十トンクラスの船を指し示している。パビリオン内に展示されているのは、試作モデルであった。

「このコンバインダーに、資源をいったん取り込み、積載量三万トンの備蓄タンカーに移送致します……」

新資源プラントの見学ツアーが行われている。

『華菱《はなびし》』グループ系列数社に菱ビジネスの『トラパ』、海洋土木産業『洋々建設』を中心とした出資で起《た》ち上がったプラントの拠点は、日本海に面した富山の湾岸部にある。

衝撃的な設立発表が、各種メディアに一斉に打った広告でなされて以来、見学の希望が各方面から殺到している。

敷地内のプラント脇《わき》には、ドーム型のパビリオンが設けられ、新資源に関する映像上映や、ガイダンスのための場となっていた。

公開に先立って極秘裏に訪れた客のうちには、時の総理も含まれている。政府の各種委員や各省庁のトップも、相次いで視察に訪れてきていた。

今日の視察グループは財界主流のお歴々《れきれき》ばかりで、アテンダントのほかに、スマートな男がエスコート役を買って出ている。筒井方正《つついよしまさ》であった。

今日の客らは手厳しい。

バイオマス・エネルギーとは相対する、石油業界を代表する面々も混じっている。

「これがその新資源です」

続いて案内された巨大水槽内のトンネル通路で、皆の足が止まる。

「へえ。思ったよりも大きいんだな……」

アクアスタジアムを思わせる水槽は、自然光がふんだんに射《さ》す造りである。水槽内に生きている暗褐色のそれは、海底を模した岩場から生《は》え、強化ガラスの天井を覆わんばかりに伸びている。仮根《かこん》によって岩場に固着し、きらめく水にそよぐ姿は生来のものだ。魚があちこちを行き来している。

「新資源というから何かと思えば、コンブみたいなものじゃないか」

ガラスのアーチを見上げながら、客が呟《つぶや》いた。水中の巨大な藻は、確かにコンブを思わせる。

「最大で何メートルあるのかね」

誰かが尋ねる。

「七、八メートルにまで生長します」

筒井が説明を買って出た。

「仮に地上に垂直に置けば、ちょっとしたビルなみの高さになります。この水槽内には、天然の姿を再現させてありますが」

「しかし、こんなものが頼りになるのかねえ」

「人類が生まれる遥か以前から、環境の激変に耐えて生き抜いて来てるんですよ――〝彼ら〟は。きわめて強い」

二十七億年ばかり前に、彼らの祖先が生まれた。魚介や魚の祖先の誕生が五億年前というから、それよりよほど前のことである。人類の出現は遥かに遅い二百万年前で、遺伝子の長さでいえば桁《けた》が違う。

「本来ならば、別の海藻でも構わないのです――我々の開発技術を用いれば」筒井は続けた。

「わが日本は海藻の宝庫です。世界でも類を見ない多様性を有し、千四百種を超える種が分布しております」

地殻変動などにより、日本列島の姿がおおむね形づくられたのが、およそ一千万年前。列島の周囲は暖流と寒流がぶつかる独特の海域であることに加え、南北に長く、変容に富んだ気候が海藻のバラエティを富ませた。

「その海藻のすべてが、新資源に——バイオマス原料になり得る日が、いよいよ到来したのです」

筒井は頬《ほお》を綻《ほころ》ばせた。

「しかし、驚天動地《きょうてんどうち》だな。いまだに信じ難い話だ」

お歴々たちは皆、とても納得がゆかないという顔である。

「おっしゃることは、よくわかります。どうぞこちらに」

筒井は一同をレクチャールームに誘《いざな》った。二百名規模のホールに、特別試写室なみの袖《そで》つきリクライニング・シートが並ぶ。ドリンクホルダーには、人数分の飲み物がすでに配られていた。

プロジェクターを駆使し、新資源開発の流れが音声で説明されてゆく。

「これまでにも、海藻資源化開発の試みが皆無だったというわけではございません。ただ、このところ二十年ばかりは滞《とどこお》っておりました。一九八〇年代に、いったん日米の共同作業として研究開発がなされたのですが、課題が多く、あえなく挫折した経緯がございます。そのことが一種のトラウマになり、予算もいったんは途絶えてしまったのです……」

当時は三つの課題が指摘されていた。

〝1〟という数字のタイポグラフィーがスクリーンに浮かんでは消える。

問題の一つ目は、藻場《もば》の造成技術が進んでいなかったこと。

「海洋プランテーションの方法が確立されておらず、養殖さえも思ったように進みませんでした」

続いて〝2〟という数字が明滅する。

海藻の輪郭を描いたイラストレーションが画面に現れる。うちの八、九割ほどがブルーの色で塗りつぶされた。

「海藻には水分がきわめて多いのです。水分の除去に関する手だてこそ、解決すべき最重要課題であったのです」

〝3〟のシーンでは、化学式がいくつか映し出された。

「これは代表的な海藻の構成成分です。当時は成分の分析手法が確立されておらず、これらの成分を活かし、エネルギーに転化させるための画期的な発想も、それを可能にする技術も不足していました……」

通常なら録音された音声の解説が続くところだが、筒井はひな壇《だん》から肉声での説明に切り替えた。

「いま、皆様がお越しのプラントでは、これらの諸問題をすべてクリアにしたうえでの運用が始まっております」

と、そこへ。鷹揚《おうよう》に挙手をして、老爺《ろうや》といってもいい男が野太い声を上げた。眼光鋭く、面魂《つらだましい》のある御大《おんたい》である。

「筒井君、具体的にはどうなんだ。化学式なんかはいいからさ。もっとわかりやすく話しなさい。どうやったら、海藻がバイオマス・エネルギーになるのかね」

石油メジャーのうちの一社の、日本支社代表のひと声だった。筒井方正が、経済界の重鎮・筒井玄治《くろはる》の長男であるということは、この場の誰もが心得ている。

「はい。実を申しますと、詳《つまび》らかにはお話しできません。とっておきの企業秘密でもありますので」

くぐもった笑いが洩れる。気をそらさぬうちに、筒井は核心に触れた。

「ただ、私どものワーキング・グループは、各種の実験を繰り返すなかで、海藻を過熱水蒸気処理方式で加熱してゆくと、カーボンブラック化以前の中間遷移体《ちゆうかんせんいたい》になることに着目いたしました」

「過熱水蒸気処理方式？　それは何のことだね」

「いわゆる気相《きそう》技術の応用です。水で物体を焼くというシャープのレンジ『ヘルシオ』が市販されていますね。あの種の技術です」

ほおっと、ため息が洩れた。

「海藻を水で焼く……？　そんなことが……可能なのか？」

〝気相技術〟は、昨今開拓され、伸張しつつあるテクノロジーで、一種ブームのようになっている。年配の財界人にも、さすがに言葉だけは浸透しているくらいだ。

「私どもは、気相技術を用いて海藻をオリゴ糖化することに成功したんです。ドライの中間遷移体を水に入れて、ある酵素を加えたところ、バイオエタノールができました」

筒井は黒い粉末の瓶入りサンプルと、液状のサンプルを場内に回した。

「液状のボトルのキャップを開け、匂《にお》いを嗅《か》いでみてください。アルコール臭がするはずです」

聴衆が唸《うな》る。

「先刻アクアリウムでお目にかけました海藻が、かくの如く変貌致します」

「何という海藻だっけな」

「ホンダワラです」

「余り聞かない名だな」

手元で機器を操作し、筒井はプロジェクターに日本全図を表示させた。海中で撮影したホンダワラの動画が映し出される。

「ホンダワラ科は……、わが国の本州沿岸、および四国・九州の北部にほぼ遍《あまね》く分布し、群生します。海の深さにすれば漸進帯《ぜんしんたい》と申しまして、水深四十メートルくらいまでの上層あたりに群落ができます。地方によってはナノリソ、ジンバ、モンバなどとも呼ばれてい、新芽には粘りけがあって、茹《ゆ》でて刻めばメカブによく似た食材になります」

画像は、大規模なホンダワラの養殖場に切り替わる。海洋プランテーションといった風情だ。

水深四十メートルより深い場所でも、纜《ともづな》を海底に設置し、網を張り巡らせることで大規模藻場が造成できることにも、筒井は触れた。

「このホンダワラの藻場造成技術は、京都府立海洋センターによって確立されました浮体式のものです。ホンダワラ科の海藻はきわめて大型で、生長が速いのです。むろん、技術的にはコンブやその他の海藻でもバイオマス・エネルギー化が可能なのですが、コンブの全長が五十センチほどであるのに対し、ホンダワラ科には七、八メートルになるものもあり、生産力も高い。大量生産に適した品種なのです。それに加えて、ホンダワラには特有の気胞によって垂直に立ち上がる特質がありますので、刈り取りや採取が容易です。ホンダワラ科には夏場、冬場にそれぞれ強い種目がございますので、通年ほぼ採取できるのも魅力と申せましょう」

組織培養から始まり、ホンダワラの生長過程などがチャートで示された。

「そうはいっても、たかが海藻だ。大量生産といったって、レベルは知れたものだろう」

また野太い声がかかる。

「我々の試算では」筒井は目を輝かせて応じた。「一万平方キロメートルの海域を利用して、年間六千五百万トンのホンダワラが収穫でき、バイオエタノール二千万キロリットルが生産できます。現在、日本に必要なバイオエタノールは年間六百万キロリットルと見込まれていますが、その三倍を上回る量が供給できる計算です。これは石油精製プラント数個分にあたります」

しんと静まり返ったなかを、筒井の声が通ってゆく。

「日本には、国土の十二倍の海があります……。四百四十七万平方キロメートルのうち、わずか一万平方キロメートルを使えば、必要分のバイオエタノールが確保できてしまいます。当初予算は二千三百億円。仮に現況のブラジル産エタノールと同水準の価格で販売した場合、売上げ見込みは一兆五千億円あまり……」

聴衆の目は、しだいに画面のなかの海藻に吸いついて離れなくなる。金という魔物が、にわかにこの頼りない存在を王者に変える一瞬であった。

札束。金の卵。

どう呼んでもいい。海藻は生物ゆえに、採取してもまた生まれ育つ、無限の資源ともいえる。

場内を支配しかけた高揚の空気を破るように、石油権益の代表者ともいえる老爺《ろうや》がまた口を挟んだ。

「無駄な投資だな。バイオエタノールになど金を遣わずとも、重油を使えば先行投資も無用だ。従来通りにやっていける」

「原油のコストはぶれすぎですよ。のさばる投機マネーに、石油輸出国機構内の意見もばらついて、コントロールを失い気味です。価格が乱高下《らんこうげ》して、収拾がついていない」

「だが、バイオエタノールがそれを防げるというわけではあるまい?」

声にはせせら笑いが含まれている。

エコ系エネルギー導入に反対する抵抗勢力の筆頭は、実は石油を仕切るシンジケートである。そういわれるくらいに、石油業界にはバイオ嫌いが浸透している。

「それが、別の形でできるのです」

ここぞとばかりに、筒井は畳みかける。

「私は、この海洋バイオマス化技術の応用で、石油業界の温暖化ガス削減《さくげん》目標は容易にクリアできると考えています」

「何だって?」

御大は目をむいた。

業界別の温暖化ガス削減目標がやかましくいわれ、企業は対応を迫られている。

現状では途上国のCO² 排出権購入でしか賄えない削減目標が達成できると、筒井はいった。

「先ほどお話ししました気相技術による海藻の中間遷移体ですが、われわれは、これに関してもうひとつ、素晴らしい特許を得ることができました。海藻にはタンパク質と油脂が含まれております。すなわち、中間遷移体は——、ある方式をもってすれば、重油やガソリン化することさえも可能なのです」

息を呑《の》む気配があった。誰もが驚嘆の表情になっている。

海藻から、バイオエタノールばかりではなく、石油によく似たエネルギーが——石化燃料系のものが——採《と》れる。

まさしく地殻変動的なエポックであった。

「つまり……、従来エネルギー業界でお持ちの施設やインフラが——給油所やスタンドのチエーンなども——、ある程度はそのまま使えるということになります。しかも、原料はバイオマスです」

ホンダワラを含む海藻は、バイオニュートラルで持続可能な原料だ。

「深海でなく、ことに我が国では近海がエネルギー田になる。もはや、そういう時代に入ったとも申せましょう。バイオガソリンの誕生により、中東諸国や産油国の顔色を窺わずとも済む日が来ます。資源を運ぶマイレージも、極端に短くすることができるのです」

も済む日が来ます。

現実は動き出している。石油業界にも悪い話ではない。

石油業界の代表が黙り込んでしまうと、堪《こら》えきれなくなったというように、お歴々のあちこちから手が挙がる。うちの一人は製鉄・造船業界の重鎮であった。

「筒井君、それは、こういうことかね……？　世界各国で、船の需要が相次いで見込まれると」

「その通りです。海に乗り出す企業は増える一途となるでしょう。造船はむろんのこと、行き交う船のための航路整備や海洋資源養殖場の造成も必要です」

筒井がちらりと見やった先には、海洋土木産業《マリコン》『洋々建設』社長、住之江為俊《すみのえためとし》の顔もあった。

筒井の声には興奮が混じっている。胸にこみ上げるものがあり、彼は珍しく、普段のように自分を抑制することができなかった。

「わが日本ばかりではありません。広い海域を持つすべての国家は資源国となり、海には海藻の森ができてゆきます。温暖化対策に苦慮する米国はいうに及ばず、中国やインドも、いずれ追随してくるでしょう。我々の前途は、洋々と開けています……！」

三

フィンを着けた学生たちが、アクアリウムのなかにいる。褐色の巨大なホンダワラの間を、色鮮やかなウェットスーツが抜けてゆく。特別のはからいで、ゼミ生たちが順ぐりに水中に入り、藻に着く生物を採集、観察することを許されていた。

水槽の外にいる学生たちは、水槽のなかと沙紀《さき》の口元を、かわるがわるに見つめている。

「海藻の大規模プランテーションは、魚類の格好の生息地にもなるのよ」

住之江沙紀は、日本海を例に話した。

「たとえば、日本海ね。太平洋が開けているのに対して、日本海は比較的囲まれた海域でしょう？　そういうところには栄養塩が溜まりやすい。これまでは良かったけれど、今後、中国方面から大量の生活排水が流れ込んでき、最悪の場合、消化しきれなくなることも考えられる。そうなれば、東京湾のような閉鎖的水域《へいさてきすいいき》と同様に、ネガティブな水質悪化との闘いが始まるところだったかもしれない。もちろん、先方でも下水を整備するなどして、根源からの防止策を進めることも大切だけれど、海藻を大規模に養殖することで、窒素やリンをある程度、海から取り上げることができる。いま話題になっているホンダワラには、さらにモズクなどが付着して、藻海《もうみ》のようになるの。藻海には、ブリやメバルの稚魚がまといつき、そのほか無数の魚卵が産み付けられる……」

「先生、それはホンダワラの養殖場が、野島《のじま》のアマモみたいな、〝魚の揺りかご〟にもなるってことですか」

「そういうこと。ただ、アマモは〝海草《かいそう》〟で、水中に生えるけれど、陸上の植物なの。だから、ごく浅い瀬ぎわをフィールドにしている。いっぽう、ホンダワラは〝海藻〟で、海のものなの。自然界では、沿海の岩場に根付くだけじゃなくて、浮き藻場をつくることもできるの。流れ藻といって、栄養分があって光の射す洋上を漂ってゆく。その浮き藻場に、魚たちが居着くのね」

ホンダワラの別名〝モンバ〟には、〝藻場〟が転化したものだという説もあり、昔から、よく似た色の魚の隠《かく》れ蓑《みの》だともいわれていたと、沙紀は説明した。

「流れ藻はこれまで、幼魚を育てる場にも、産卵場にもなって、漁業資源を保全してきていたの。いずれにしても、これまで〝藻場〟という言葉は見過ごされてきたに等しいわ。魚の育成に役立つことは、水産の世界では知られていたんだけど、造ろうとしてもなかなか予算が付かなかった。経済的価値が見えにくかったから、切り捨てられてきた。ところが、いまではにわかに藻場が注目されている。二十一世紀のビジネス史上、最大のキーワードになっていきそうね……」

海洋環境フィールドばかりではなく、各企業でも、海藻への関心がにわかに高まっている。

「食の分野の予測をいっても、今後、中国の魚介類消費量が格段に増えていくそうよ。国際戦略物資としても、水産物はますます重要視されるでしょう」

「……ってことはですよ。新エネルギーと魚介類が一挙にゲットできちゃうじゃないですか。あー、海洋プランテーション、俺も投資してえ」

学生はふざけていうが、リアルにことは動き出している。

世界に向けて、海洋バイオガソリン開発成功のニュースが流れるとほぼ同時に、昨年来値上がりが続いていた小麦の相場が、じわりと落ち着き始めていた。「食」優先か「燃料」優先か。そんな議論の目処《めど》が立ってきたためである。海のごく一部を利用することで、食糧生産とのバッティングを危惧《きぐ》する必要がなくなる。原油の高騰で上がる一方だった食品の梱包《こんぽう》材《ざい》コストも、値上がりが止まった。

「魚介類が自前の海から生産されることは、とても大切でしょ。外国から輸入する量が減る」

「でもさ、先生。大変みたいですよね。海での仕事が増えて増えて」

「漁師さんも引く手あまたになっているらしいわね。水産物採取という職種が、ようやく違った面でも捉《とら》えられるようになってきている。重要資源の運用といった観点からね。覚えておいてほしいんだけど、〝排他的経済水域〟という言葉があります」

排他的経済水域は、EEZと略して称される。エクスクルーシヴ・エコノミック・ゾーンの略だ。海の資源をつかうとき、ある国の主権が及ぶのは沿岸のどこまでか。国連海洋法条約に基づく国際間の約束ができている。沿岸《えんがん》二百海里《かいり》までというのがそれである。

「沿岸国はEEZ内の資源を有効に利用できるんだけれど、同時に、環境保全を行う義務もあるのよ。それを忘れないで」

「でも、お金儲《もう》けが絡んじゃうと、開発目的の奴《やつ》らが海に殺到しちゃうんじゃないですか。フロンティア・ブームとかって」

「そこで国策が肝要になるの」

「あっ。それって……、もしかして、おのろけですか」

男子学生がいった途端にわっと声が上がり、場がさざめく。

「海の政策を仕切ってるの、住之江先生の彼氏なんでしょ」

新資源がセンセーショナルな話題を巻き起こし、佐分利幹生が海洋政策担当大臣に起用された内情が、このところの報道で、世間一般にも伝わりつつあった。

近海がやがてバイオエタノールとバイオガソリンのエネルギー田になる。事態の急展開に追いつくためには、旧来の縦割り行政の壁を打破する必要があり、今後は内閣官房主導でなければ、海の管理に収拾がつかなくなる。そのことを見込んでの措置なのだ。

「佐分利大臣、男気《おとこぎ》ありますよねえ。サルコジ大統領みたい」

いったん盛り上がり始めると、学生たちは臆面《おくめん》もなくいい募る。

フランスでは、男女のプライヴェートな関係をさほどとやかくあげつらわない。政治家でも潔く交際をオープンにする傾向があり、その代表格としてサルコジ仏大統領が挙げられているのは周知のことである。

〝住之江氏は志を成し遂げる気骨《きこつ》があって、タフな人。パートナーとして獲得できるとすれば僕は幸運だが、人の心を縛《しば》ることはできない〟

大臣に就任早々、佐分利が沙紀に関してそう公言したことで、スキャンダルに発展しそうだった週刊誌のグラビア騒動が一段落していた。

――あたしは、タフな人なんかじゃない。弱いから、強くなろうとして、人一倍夢を見てるだけ……。

弱いから、人の弱さもわかる。この社会も脆弱《ぜいじゃく》であると知っている。金の魔力も知っている。だから、それを梃《てこ》のように使えばとも思う。

「大人《おっとな》ぁ……」

学生たちに茶化《ちゃか》され、沙紀は閉口した。

「さ。そんなことはいいから、ホンダワラのモニタリングを手伝って。海洋政策のレクチャーは、後期の授業にみっちり入れるわよ。覚悟しとくのね」

「あ、先生」

講義を終えると、ロビーで取材記者とカメラマンの一行が待っていた。記者は蛍窓社《けいそうしゃ》の津《つ》山耕太《やまこうた》である。

「お待たせしました」

沙紀は会釈《えしゃく》した。

「インタビューのお時間をいただき、有り難うございます、住之江先生……」

改めて、名刺のやりとりをする。ライターはともかくも、いまだに速記者も連れてきているのが、いかにも老舗の出版社らしい。

「どうぞ、こちらへ」

沙紀は、先に立って応接室へと誘った。パビリオンに備えのミーティング・ルームを使わせてもらった。インタビュー取材を申し込んできたのは、蛍窓社の総合誌『月刊蛍窓』であった。

「お目にかかれて光栄です。佐分利氏への講義の取材のお願い以来ですね」

津山耕太が口を切る。

しれっとしたものだと、沙紀はあきれる。佐分利とのスクープを狙い、『週刊エクスプレス』で、沙紀の身辺をつけ回していたのも津山なのだ。

「早速ですが」

悪びれもせず、津山は本題に入った。

「住之江先生は、環境海洋学のエキスパートとして目下、大変な注目を浴びていらっしゃいます。わが『月刊蛍窓』としては、このたび内閣の総合政策本部が目標として掲げています〝海洋立国〟というキーワードに関して、とくに環境面からの解説と、それに付随して立法が予定されている〝海域再編成促進税〟についてのお考えを、住之江先生にお伺いしたいのです」

あらかじめ届いていた、取材依頼のコピーに沙紀は目を落とす。

『特集企画／上昇気流・海洋資源王国ニッポンの未来』と題し、ほぼ二百ページほどにも及ぶ特集記事が組まれるらしい。

海洋バイオマスの実現が発表されて以来、各誌がこぞって、海洋新資源というテーマにページを割《さ》いている。

沙紀のインタビューは、そのうち八から十ページの予定だという。ほかでもない、本業である学者としての登場であった。

「住之江です。よろしくお願いします」

「まずは先生、今後、日本の海はどう変わってゆくのでしょうか。なかなか実感が湧きませんので、未来予想図を誌上に描いていただけますか」

話が振り向けられる。

「そうですね。まずは日本を離れ、他国がすでに行っている海のマネジメントを参考にしてみると、想像していただきやすいのではないかと思います。たとえばフランスです。フランスでは、国が主体となって、沿岸の土地をどんどん買い取ってるんですよ」

「それは、国が海岸を所有する傾向にあるということですか」

「そう考えてもいいと思いますよ。そもそも、自然環境の保全を目的に、フランスでは国土の四割近くが国家のものとなっていて、直接保護下にあるんですよ。その点が、これまでの我が国とは大きく違います。沿岸においても、仏環境省の『沿岸《えんがん》域《いき》保《ほ》全《ぜん》整《せい》備《び》機《き》構《こう》』が、首相の統括のもと、土地の買収を行っています。この保全地域は、環境修復された上、観光地化しないように広告物等を排除したり、車の乗り入れを制限するなど、しっかりとした方針のもとに管理運営されています。買収地は地方自治体との折衝《せっしょう》のもと、決められます。機構には、専門分野の委員が置かれ、モニタリングや方針作りに関わっています」

「日本にも、そのフランスの方式が応用できるとお考えなのですか」

「沿岸の保全のためには、臨海開発下で埋め立てられた沿海域の国有地化が急務だと思います。都市部の埋め立て地や遊休地なども、国と地方のパートナーシップで買い上げるか、公有地に戻すなどして、開発やその地域で営まれている伝統産業には国が介入し保護する。そういう仕組みが、ぜひとも必要です」

「アメリカのサンフランシスコでも、臨海域の修復は盛んですよね？」

ライターが口を挟《はさ》む。この種の取材には、一通りの知識がある専門の書き手がつくことが多い。

「おっしゃる通りです。アメリカでも大統領が指名した海洋政策委員会が設けられ、行政の垣根を越えた統合プログラムが動き出しています。たとえば、カリフォルニア沿岸のサンフランシスコ、ロサンジェルスといったあたりは『カリフォルニア沿岸法』で沿岸域の開発規制が行われています……」

サンフランシスコ湾では、百六十を超える湿地《しっち》再生プロジェクトが動いてい、二十万ヘクタールの再生が企図されている。

「軍の飛行場として開発された水上空港が、地盤沈下してしまったことがあります。日本にもよく似た某空港がありますが、それをあちらでは、潔く湿地に戻しました。ハミルトン湿地といいます。ほかにも、石油採掘場所の跡地を修復して湿地に戻したボルサチカ湿地のケースや、塩田だった部分に海水を導き入れ、汽水域に戻したヘイワード湿地などが、修復例としてよく知られています。今後の日本では、フランスやカリフォルニアをも遥かに凌《しの》ぐペースで、沿岸域をデザインし直すことが求められてゆくでしょう」

「それは海洋バイオマス事業に伴う海域のバイオ・プランテーション化を睨《にら》んでということですか」

「そうです。養殖目的の開発が始まる前に、港を湾の深海部に集中させなければなりません」

港の統廃合に、沙紀は触れた。

「運輸目的の港にしても、漁港にしても、いまの日本には数が多すぎます。乱立しすぎている港を統合し、浅すぎて港に適さない部分は浜や浅場《あさば》に戻す。既得権益はこの際思い切って忘れ、新しい資源管理にふさわしい形に変えてゆくことが、将来的には状況を良くし、利得を生むのです。埋め立て地を海に戻す方法や、生態を傷めにくい護岸も開発されていますし、環境に配慮した技術は、すでに用意されていますよ」

「……なのに、これまでなぜ着手されてこなかったんでしょうか」

「すべては予算です。回すべきところへ回されてこなかった。理由としては、海域を俯瞰《ふかん》し、政策を統合できるセクションがなかったことが大きいのですが、同時に、海に関する社会的合意を形成することができていなかったんだと思います。日本人にとって、海はあってあたりまえ。母のようであった海が、いつのまにかネガティブ・スパイラルに巻き込まれ、瀬戸際まで追い込まれている状況も、間近には見えにくかったことから、よくしたいという共感が薄かったのではないでしょうか。一般の共感を得られなければ、どのセクションにせよ、予算を振り向けることができませんから」

時折り、フラッシュが焚《た》かれる。ポートレートが撮られているのだ。

「これまでは、海域について何を行うにも、予算の裏付けがないことが大きなネックになっていました。新資源の獲得を機に、海域に関心と注目が集まっているいまこそ、国が海洋の一元的《いちげんてき》管理に乗り出すための、絶好のチャンスなのです」

沙紀はいい切る。

「海の環境再生にとっても、新資源技術の誕生はビッグ・ウェーブということですね」

「気相技術によって海藻の中間遷移体が粉末化されたことは、従来腐りやすかった藻類を保存し、運搬を楽にすることに大いに役立ちます。同種の技術は、むろん、これまで浜のゴミとまでいわれていた、厄介なアオサにも応用できるのです」

そもそもが、中間遷移体にまつわる気相技術開発の契機は、アオサの処理に窮したことだったと、沙紀は筒井方正に聞かされた。

気相による処理は、大量に含まれるアオサの水分を、効率よく、しかも省エネルギーで飛ばす方法を追うなかで、ついにたどりついた手法であった。

橋場慎二《はしばしんじ》は、環境省の担当者として、ある地方でアオサの除去《じょきょ》に関わるうちに、ごく私的に技術者と実験をはじめた。それも、行政的には予算の目処《めど》がつかなかったためである。窮して資金を頼った先が、留学時代の旧友、筒井方正であった。

実質的な技術の開発は、アオサの粉末化のほうが先行していた。同じ藻類でも、アオサとホンダワラでは組成が異なる。そのぶん、手間どったと聞いている。

技術者とは、環境調査会社『トラパ』の谷崎孝二郎《たにざきこうじろう》で、谷崎は、海藻類のほかにも、さまざまなバイオマス素材から中間遷移体が得られるのではないかと考えていた。

汽水域に菱が棲息することに着目していた谷崎は――ホンダワラよりも前に、菱からも――菱は従来の手法でもじゅうぶん、容易にバイオエタノールに成り得るものではあるが――、さらに効率的にエタノール化できる方式をも編み出していた。

「淡水の湖や汽水域では菱が栽培され、浜辺からはアオサが回収されはじめています。同時に海域ではホンダワラの海洋プランテーションが大規模に設置されてゆくとなれば、相当量の栄養塩が消化され、採りあげられて新資源となることで、海の富栄養化《ふえいようか》はかなり改善されてゆくと思います」

沙紀は息を継ぐ。水で喉《のど》を潤した間を引き取って、津山が指摘した。

「この先は、開発ラッシュが懸念されますね。どこも手がけたい事業でしょう。企業が殺到して先陣争いになるのでは？」

「おっしゃる通りです。先刻も申しましたように、湖沼《こしょう》や海のルール作りが急務です。水域が、にわかに金を生む聖域になりつつありますので」

「政治畑で音頭を取るのは、内閣官房総合海洋政策本部ですね。設置されて間もないセクションですが、舵を取れると思われますか」

記者の津山は首を傾《かし》げる。

「いまが肝心なときです。各省庁間で、大胆な調整が必要です」

「具体的には？」

「新資源となる海藻の養殖は、農水省の管轄です。海区《かいく》を調整し直さなくてはならないでしょう」

「海区――ですか？　それは、どういうことでしょう？」

「水産物の養殖には、区画漁業権《くかくぎょぎょうけん》が必要です。どの地区の漁連と漁協が管轄するかは、海区調整委員会が決めていますが、これまでは、波が強かったり、海の栄養分が薄かったりして、経済的合理性からいって養殖に向かず、したがって各団体間の線引きが決まっていないところは、幾らでもありました。しかし、今後、プランテーションの造成方法が進化していけば、考えざるを得ません。早急に海区の調整を為《な》さざるをえないでしょう」

「団体間の綱引きということですか」

「それは皮相な例にすぎませんが、コントロールのためには国レベルのパワー・ポリティクスが欲しいところです。と申しますのも、ことは農水省だけの問題にとどまらないのです。採取したホンダワラなどの水産物はエネルギー源となりますから、そこから先は食糧というこれまでのセオリーには乗らない。エネルギー化されてからは、経産省の扱いになります」

「なるほど」

「資源量のプランニング、生産量、備蓄、市場へ流す量そのほか、社会との折り合いをつけていかなければなりません……。双方の省の連絡を密にしなければ、パニックになります。ひと筋縄ではいかないですよ。かつてのガスのように、大規模な国の介入や方向づけが必要になるかも」

とても、従来の縦割り行政では立ちゆかない状況であった。

「外務省や環境省にしても、ことが資源の問題となれば、国際間の武器にもなるし、他国との経済連携の目玉にもなる。環境問題で諸国に先んじるチャンスでもあります。牽引役として、存分に力を発揮して欲しいところです」

沙紀は政策官庁にも触れた。

「しかし、内閣官房総合海洋政策本部に、それだけのリーダーシップが取れますかね。従来の例からして、掛け声だけに終わるのでは」

内閣官房にはこれまでにも、省庁間の調整役として、各種の対策室が設けられてきたが、さほどの実績が見えていない。

「そこで肝心なのが、財源です」

「私どもも、そこはじっくり伺いたいと思っていました。〝海域再編成促進税〟ですが――、噂《うわさ》は本当ですか」

津山が身を乗り出してきた。

「……とおっしゃいますと？」

「そもそもは、ベーシックな形は住之江先生がご提案なさったものだという風聞がありま す」

「私が、ですか」

眉をやや寄せ、沙紀は首を傾げてみせる。

「佐分利大臣にレクチャーしてませんでしたか」

質問によって、津山の口調がやや伝法《でんぽう》に変わる。手練《てだ》れの記者なのだろう。

津山の問いには直接答えず、沙紀はまず周辺事情から話してゆくことにした。経験を重ねるうちに、インタビューでは必ずしも問われたことに答えなくてもよいのだと悟っていた。誘導には乗らず、揺さぶられもせず、自分の考えを盛り込んでゆけば、それでいい。

「もとよりエネルギー産業界には、税に関して懸念していたことがあったそうです。常々話題の道路特定財源とも関わる話なのですが」

国が徴収している道路特定財源とは、用途を道路関連行政に限った税で、精密に見れば、税目《ぜいもく》が三つある。

いわゆるガソリン税といわれる揮発油税が、一リットルあたり24・3円。自動車重量税が、年額〇・五トンにつき2500円。石油ガス税が一キログラムあたり17・5円徴収されている。

それとは別に、地方ぶんの徴収が三税目。軽油引取税が一リットルあたり15円、自動車取得税が取得額の3パーセント、地方道路譲与税が4・4円である。

これが本来の税率であるが、暫定措置として決められ、現在徴収されているガソリン税率は48・6円、軽油引取税は32・1円と、エネルギー関係だけを見てもおよそ二倍だ。

暫定率が高すぎるとして突き上げられる様相になっているのは、道路整備がほぼ完成し、人口の減少ともあいまって、道路行政だけでは経済活性化に繋《つな》がらない時代に入ったためである。

「あまり知られていないことですけれど」沙紀は前置きしていった。「温暖化防止がこれだけやかましくいわれているにもかかわらず、バイオエタノールが普及しなかった原因には、このことが大きく関わっていたんです」

「道路特定財源の税目がですか？　――確かに、そんなことは聞かないな」

「ガソリンに十パーセントのバイオエタノールを混ぜるとしますよね。そうすると、十リットルのうち一リットル分はガソリン税が減ってしまうんです」

「でも、エタノールにだって、いくらかは税金が……」

途中までいいさして、津山はあっと目を見開いた。

「お気づきですか」

沙紀は頷《うなず》き返す。

「こういうことですか。エタノールは、道路特定財源の税目には入っていない……！　つまり、現状では、自動車の燃料としてはタックスフリーである、と」

津山の声には興奮が残っている。記事に眼目ができたと思っているのかもしれない。

「そうなんです。自動車の燃料として、エタノールをどうするべきか。国交省ではこの議題をもて余していました。今後ガソリンに取って代わってゆくとなれば、バイオエタノールに税金をかけたいのは山々だけれども、現況ではかけられない。バイオエタノールの単価は高いし、これまでとは別枠のエネルギーですからね。それに道路特定財源そのものを見直す機運も加わって、エタノールへの課税は、政治的課題として取り上げることすら見送られてきたんです。当然、国民にはノーといわれることが目に見えていますから、政治的には激しい攻防が予測されましたし」

速記者もライターも、しきりにメモを取っている。

「ガソリンとエタノールの混合比率を決めるのは、結局国交省ですから、スムーズに省エネに向けた切り替えが進んでいかないのには、そういうネックもあるんです。エタノールばかりでなく、今後はバイオマスを利用したバイオガソリンでも、同様な税の問題が起こります」

税収として、できることなら新資源を見込みたいとしているのは、国交省ばかりではない。財務省とて、消費税の値上げ一辺倒では先行きが見えている。新しい財源として、新資源はまさに宝の山である。

「では、海洋バイオガソリンや海洋バイオエタノールにまつわる税金を、海洋政策本部がコントロールすると……？」

「意識的には、その通りでしょう。海洋プランテーションから得た新資源への課税を〝海域再編成促進税〟として行い、海の未来に寄与するため配分よく振り向けることこそ、海洋政策本部に求められる役割だと私は考えます」

「それでか」津山耕太が、はたと膝を打った。「佐分利氏がタイミングよく海洋政策担当大臣に起用された理由、なぜだろうと思っていたが、納得がいきましたよ。国交省の手の内を心得ている佐分利大臣なら、その種の目的税を扱っても、官僚に手玉に取られるようなことはない……。政治的手腕を存分に発揮できるということなんだな」

それには応じず、沙紀はいった。

「負の遺産を清算し、すべてを好転させるターニング・ポイントが到来したんですよ。どの省庁も、いまが折り合いどきなんです」

軽く受け流したつもりだったが、津山は鋭く言葉尻《ことばじり》を追ってくる。

「そういえば、前海洋政策担当大臣は、国土交通大臣の兼務で、八城《やつしろ》大臣でしたね。彼が兼務を解かれ、国交相専任に戻されたのも、落としどころの一つなんでしょうね。住之江先生？」

津山の見方は、ことの側面をいい当てていた。

海洋政策担当大臣の座を明け渡させたのと引き替えに、海域再編成促進税の一部は、航路修復や警備のために、国交省に振り向けられる話が水面下で進んでいる。

港湾や航路を管轄し、海上保安のセクションもある国土交通省に、海洋プランテーションからの恩恵をまるで分配しないというわけにはいかない。事業の相応分は渡すが、新資源時代の到来となれば、これまでのように権益の差配まではさせないと、本部長でもある総理が決断したのであった。国土交通省が掌中《しょうちゅう》のものにしかけていた海域のキャスティング・ボートを——ひいては財源を——、今後は内閣が握るという、強い意志の表明でもあった。

国交省マターになりそうだった海の利権を国の土俵に戻し、据え直したのだ。

「私には大臣交替の経緯は分かりませんが、先刻から申し上げておりますように、海域再編についての基本プランニングが、日本の今後を大きく左右してゆくと思います。そのためには、税からの財源が大きく寄与するでしょう……」

差《さ》し障《さわ》りのない答えかたをしながら、沙紀は別のところに思いを馳《は》せている。

――橋場君、動き出してるのよ、あなたのプランが。

海洋バイオマスへの課税を武器にしようと、筒井にもちかけたのは、亡き橋場慎二であったという。

国交省の内情に詳しい沙紀が、日頃の雑談のなかで、エタノールと道路特定財源にまつわる愚痴をいったのを、橋場は聞きとめてヒントを得たらしい。

海域再編成促進税の構図を描いたのは沙紀ではなく、ほかでもない、橋場慎二であった。

〝すべては、予算あってのことだろう……〟

この国のネガティブ・スパイラルの根深さを嘆き、何事かを変えるには予算がなくては進まないと橋場が口にし、ため息をついていたことを思い出す。

――あなたは、お金をバネに、時勢を反転させ、未来への展望を開いた。これほどの事を成し遂げたのに……。

沙紀には、まだ納得がいっていない。つい疑問が脳裏を過《よ》ぎる。

――なぜ、死を選んだの？

海洋バイオマスの特許をめぐる攻防が他国とのあいだであったとしても、類似のことがよそでも行われるだけで、むしろ、ひいては海洋環境の改善に繋がることではなかったか。いずれ状況が好転することは、目に見えていたのにと思う。

自分だったら……と、我が身に置きかえて思う。

——今後は誇りに満ちた日々を送るのだろうか？　現実を確かに動かす一石を自《みずか》ら投じたことに、満足をして……？

すべてが思い通りに運び出しているのに、なぜか、思っていたほど心が躍《おど》らない。なぜなのだろうかと、沙紀は理由を考えあぐねた。

四

オフィスの壁に、黄金《こがね》の波が立っている。漣《さざなみ》の照り返しが眩《まぶ》しい。

運河を眺める橋場可帆《かほ》の頬にも、余光《よこう》が揺れている。天井から床まで取られたガラスに並んでもたれ、沙紀は移りゆく河明かりを眺めた。

可帆がぽつりと呟いた。

「これで良かったのかしら」

京浜地区の運河沿いに、財団用の新しいオフィスを借りた。設立の準備が急ピッチで始まっている。

現場の下見をかねて、二人は設計士との打ち合わせを終えたところだった。

「……私、すべてを投げ出したくなってるみたい」

可帆の声には、憂《うれ》いとも焦《あせ》りともつかないものがある。思わず彼女の顔を見直し、沙紀は反射的にいった。

「私も、同じようなことを考えてた」

「え、住之江さんもそうなの？　本当に？」可帆は反応して向き直る。「私は怖いの。すごく重いものを背負わされてしまったという気がして……」

可帆は再び、水面のほうに視線を投げた。

「日増しに、重さが増すの。橋場は身勝手だと思うわ。いまでは憎んでいるくらい」

橋場可帆の立場を思えば、それも頷けることである。

設立が見込まれている『日本海域再編成振興財団』の役割は、きわめて重い。そのなかで、橋場可帆は財団の監事として——そして、もっとも莫大な財源の寄付者として——、携《たずさ》わることになっている。

否《いや》も応《おう》もなく、橋場可帆のもとには、海洋資源にまつわる資金がふんだんに寄せられ始めてい、いずれはそれらが天文学的な額になることは見えていた。橋場慎二の遺した特許に絡み、有形無形の資産が舞い込み始めているはずだ。

「私の手には余ることだわ」

可帆は洩らした。

筒井と橋場が財団設立を企図したのは、官主導ではことが立ちゆかなくなる可能性を見越してのことだった。

内閣官房の海洋政策本部を頼るだけでは弱い。いまは運よく佐分利のように肝の据わった男が首座にいるとしても、先行きが常に安定しているとは限らない。政治的リーダーシップが揺らぎ、身動きがとれなくなったときに、社会投資の屋台骨になる組織が民間に欲しい。

政治を補うのではなく、いわば政治と両輪のようになり、活動できるボトムアップの場が、ふんだんな予算のもとに成り立とうとしていた。

『日本海域再編成振興財団』は、都市部の湾岸沿いの私有地や埋め立て地の購入を進め、潮入《しおいり》の海や干潟《ひがた》に順次戻してゆく。並行して港湾の移転やリ・デザイン、浅場の再生に尽力し、湖沼や河口の環境修復事業に資力を投じる予定になっている。

見通しは、こよなく明るい。

なのに、可帆の面ざしは浮かない。

「果たして維持できるのかしら？　この状態を……？」

沙紀にしても、同じ思いを持っている。

当面の財団の運営や、先行きを憂いているわけではない。

海を取り巻く環境をいえば、まさしくポジティブ・スパイラルのただなかに、沙紀はいるはずなのだ。

それが、いざそうなったとき、先を見透かすようにしてみると、思わずたじろぐほどの漠然とした不安がこみ上げてくるのは、なぜだろう。

「住之江さんには、お話ししてなかったんだけど……」可帆は、抱え込んできたものを抑制しきれないというように、いい出した。「聞いておいてもらいたいの。あの人が、何に苦しんで海に落ちていったのか」

すぐには答えられなかった。

遺言書に、橋場は心情を吐露していたのだろうか。私事に類することを聞いてしまっていいのかと戸惑《とまど》う反面、仮に海洋政策の今後に関わる内容ならば、ぜひ聞いておきたいと思う。

可帆のほうは屈託をすでに振り払っているのか、明かし始めた。

「橋場は、特許の情報が相手方に洩れたことを苦にしていたと、筒井さんはいっていたでしょう。それはその通りなのだけれど、橋場の思いは別のところにあったの」

海洋バイオマスに関する技術のなかで極秘になっているのは、海藻を発酵させる酵素である。

酵素は好き嫌いが激しいが、ものによっては個々の海藻とよく合って、中間遷移体を発酵させる。

「橋場が渡されていたダミーには、本物とは違う酵素が用いられていた。相手を目くらましするためだけど。遺伝子組み換え酵素が用いられていることが明記され、その複雑な酵素の作り方が書かれていた。そのことが、あの人には響いた……」

「酵素の種類が?」

「いいえ。用いられたのが遺伝子組み換え酵素だということが」

「なぜ? それはダミーだったんでしょう?」

現実のテクノロジーに用いられているのは、自然界にある酵素だと聞いている。自然界にない酵素であったなら、プラントの管理に手間とコストが掛かったはずだ。遺伝子組み換え酵素はラボの外には出せない。完全な物理的封じ込めのもとに、閉ざされた管理環境を作らなければならない。

「ええ。筒井さんにしてみれば、相手側がダミーを信じれば、時間稼ぎになると思ったのよ。遺伝子組み換えの酵素なら、ラボづくりにも、酵素の実験にも手間がかかるから。ただ戦略から用いた策に過ぎなかった。でも、橋場にはひっかかることだった。彼は書いてるの。人間の欲望は果てしなく、底なしのように思えたと」

はっとした。にわかに、沙紀にも思いあたった。

橋場は難問に突き当たったのだ。——自然界にないものまで使っても、環境を維持するべきなのかという、究極の矛盾に。

「主人は、こうも書き遺《のこ》したの。怖くなったと。いえ、遺伝子組み換えの技術を使うことそのものが怖いのではない。ただ、その向こうに透けて見えてくる、資本の奔流《ほんりゅう》はとどまるところを知らない。その止《と》めどなさが自分にのしかかってくるようだ、って……」

橋場の違和感は、スパイの存在や特許の先陣争いとは次元の異なるものであったのだ。

「そのことが引き金になって、橋場の思いは揺れていった。その頃から、海洋プランテーションという言葉が、主人にはたまらなかったみたい。……私、いま、彼とよく似た気持ちになってる」

可帆の目が、すっと流れた。沙紀の胸にも、何か腑《ふ》に落ちるものがある。

「農園は人間を富ませるけれど……、利益ばかりが優先されれば、環境を壊すわ。これまでにだって、人間はよく似た破壊を繰り返してきている。ブラジルに入植した人は、大豆やトウモロコシを植えて食を繋いできたけど、アマゾンの密林は開拓で減り、生態系は先細《さきぼそ》りになっている。ブラジルは陸域の例だけど、水域でいえば、アラル海《かい》のようなことが起こらないとはいえない」

――アラル海。

沙紀は愕然《がくぜん》とした。なぜ思い至らなかったのだろう。

仮にも水域の環境について学び教えている者なら、教訓として身に染みていなければいけない事例であった。

かつてソビエト領にあった広大な内陸湖、大アラル海が、産業重視政策の結果、しだいに乾き上がり、いまでは二つの湖に分断されてしまった。湖面の面積は当時のおよそ三割しかなく、塩分濃度は六倍を超えている。

——あの湖を無残な姿にした発端《ほったん》は、旧ソビエトの〝自然改造計画〟だった……！

頭はいつのまにか、目まぐるしく過去を追っている。

六十数年前に始まった、湖岸での綿花栽培。湖にふんだんに流入していた川の水を、灌漑《かんがい》用水にした。綿花栽培はどんどん大規模化し、それに伴って無計画に水を使った。湖の周囲で綿花の大量栽培をすることが、いずれ湖の枯渇《こかつ》に繋がるとは、読めなかったのである。

灌漑用水路の保水技術も不足していた。大量の水が砂漠に吸い込まれてゆき、戻らなかった。

湖岸は干上がって塩分の強い不毛の地になり、湖の周辺にあった漁港や商港の多くが、いまやゴーストタウンと化している。

「豊かに水を湛《たた》えていた湖が、乱開発の犠牲になった。そのことが、主人の頭に張り付いて離れなくなったというの」

「じゃ、橋場さんは……」

その先を口にするのが、沙紀には怖かった。図らずも、自分が抱いている迷いに繋がってしまいそうで。

可帆が引き取った。

「彼、手紙でこう嘆いてた。〝海は誰のものでもない。俺は、そんな海が好きだったんだ。

なのに、いま、俺は率先して、海を利権の狩り場に変えてしまいつつある……海洋プランテーションは、人の手を介して行われる産業計画である。綿花の轍《てつ》を踏むとは限らないが、海藻の大量養殖が、なにか自然の歯車を狂わせる重大な事態に繋がらないとも断じきれない。

底をも知らぬかに見える海水とて、無限ではない。ふだんはそのことを忘れているだけなのだ。海藻によって蒸散《じょうさん》されてゆく水はどれくらいのレベルだろう。雨となって海に戻るだろうか。海藻の育成によって、海の栄養塩が希薄になりゆくことはないのだろうか。その影響は、防止策は……？　幾つか想定される状況だけをとっても、試算はまだないのが実情だ。

かりに、不安材料が出たとしても、データは軽視されるかもしれない。かつてアラル海の先行きを予測してみせた科学者が無視されたように。海洋バイオマス事業にまとわりついてゆくであろう利権には、それだけの旨《うま》みがある。

――橋場君は、海を利権のフィールドにする自分が許せなかったんだ。

海に落ちてゆくとき、彼がどんな目をしていたのか。

沙紀には、いまならそれがわかる気がした。目のうちにさした翳《かげ》り。胸の内に繰り返し問い、答え続けることに疲れ、見開かれた瞳《ひとみ》。

「こうも書いてあったわ。日本はともかくも、世界では、何が起こるか分からない……、と」

かいつまんで、可帆はいった。

日本の起業家とて、法制の調《ととの》わない他国に赴《おもむ》いて金を使えば、海域を半ば独占することができてしまう。

「その手のことが起こらないとはいい切れないでしょう？　私、どう進んでいけばいいのか迷ってしまってる」

可帆はガラスに額をもたせかけた。

「あの人は狡《ずる》いと思う。私の専門は法律畑だもの。海や環境に関して、橋場が持っていたほどの知識や情熱はない。妻として、あの人のすることを応援してはいたけど、私自身のことをいえば、心血を注ぐまでの気持ちはない。したいことだって、ずいぶん違う。その私が、遺言の形で未来を託された。そのことが、いまは鉛のように重く感じられるの……。彼に巻き込まれる形で、スタートが切られてしまったけれど、私には、生涯この財団の仕事を続けられる自信はない。あの人のことだって、いまは大事だけれど、長年のうちには過去になるかもしれないのよ。新しい家族ができる日がくるかもしれない。その私が、押し寄せてくる波に立ち向かうことができるのかしら。ずっとこの、果てしない未来に対する重責を担《にな》って……？」

可帆の細身の肩が震え、声も頼りなくなっている。

同じ問題に、どう対処すればいいのか。沙紀もつき当たらないではいられない。理事長として、財団を当面率いてゆくのは自分なのだ。

「可帆さん。いいえ、橋場さん」沙紀は静かに名でなく姓で可帆を呼んだ。何かにけじめをつけたかったのかもしれない。

可帆の逡巡《しゅんじゅん》を聞かされたことで、沙紀には自分も予覚《よかく》していた漠《ばく》たる不安の輪郭《りんかく》が、はっきりと知れた気がした。

――私は。

自分を橋場慎二や可帆に重ね合わせてみたとき、沙紀は、おそらく同じようには屈しないだろうと思った。

自分を気負《きお》い立たせるものの正体が、沙紀には知れない。ただ、先行きを描いたとき、そこに空白が広がっているとしても――たとえ徒労に過ぎないとしても――、果てのない世界に、光る杭《くい》を打ってゆきたいのだ。道しるべのように。

「私だって、橋場君とは違う……。もちろん、同じ筈《はず》がないの。人に備わっている特質や力は、それぞれに違う。違うからいいんじゃない？　考える方向や手法も、感情のありようもさまざまだから、互いに補いあってるのよ。現実を見てみて。これまで誰もが諦《あきら》めてきたことが反転したのよ。政治が機能不全を起こし、国が息も絶え絶えに病《や》み労《つか》れてゆくなかで、これだけのことが起こったんだもの。考えただけでも素晴らしいことじゃない。見えていなかった方向が定まり、政治判断できる人間たちが海に目を向け、行政も、いま動き出している。こうして、民間の機動力となる潤沢な資金も与えられた。それに伴って、人の力も集まってゆく」

不思議な成り行きだと思う。見えない力に、知らぬ間に操《あやつ》られてゆくようでもある。

「恵まれた時のさなかに、私は居合わせたのだとも思えるの。それは私自身も、事態を動かす歯車のひとつくらいにはなったかもしれない……。そして、橋場君や筒井さんの存在が大きい。でも、彼らだけが時代を動かしたのかといえば、それは違うと思うわ……」

奔流《ほんりゅう》のように、言葉が飛び出してゆく。

「こう考えられない？　おそらく、これだけの力が働くべきときが到来していた……。ネガティブな社会の底に、伏流水《ふくりゅうすい》のように流れていた人の思いが、しだいに集結して波になり、動き出さずにはいられなかったのかもしれないって」

強い力がにわかに働いて、あるいは誰にも、どうすることもできなかったのかもしれない。

「ベースには、世界のトレンドが環境再生の方向に進んでいることがあったし、オイル・マネーの専横《せんおう》に、みな辟易《へきえき》してもいた。状況を変えたい気持ちが渦巻いていた。契機が来ていたのよ。本当は、私の役割はもう終わっていて、これ以上のことはできないのかもしれないとも思っているの。私は財団を当面引き受けて、海を汚させるようなことはさせないし、そのために力を尽くす。そう心に決めてはいるけど、運命は、そうたやすくはないものだとも思う。あがいてもどうしようもないのが普通でしょう。でも、だとしても、私はやっぱり心の軌跡を残そうとするし——、私ができないとしても、別の誰かがやってくれると信じてる。それだけの力が、この世の誰かに埋蔵《まいぞう》されてると思うの。だから……、私は幻に打ちのめされたりしないわ」

橋場は先行きを憂い、海洋プランテーションへの懸念を描いて見せたが、沙紀はあえて突《とっ》拍子《ぴょうし》もなく明るい見通しを述べた。

「近い将来、世界的なエネルギー競争が止むかもしれない。これからは資源がだぶつくから。石油資源も余っているうえに、海洋バイオマス・エネルギーは毎年採れるんだもの。資源をめぐる戦争は終わる。アフリカ諸国でも、中央アジアでも。そうなれば、資源コントロールの手法だって、どの国でも、しだいにできていくわ」

「強いのね、住之江さんは。いつもそんなにすべてを楽観視してるの」

可帆は眉を寄せる。

「……ばかみたいだと思う？」

問い返した沙紀に、可帆はうっと詰まり、やがて苦笑いした。

「うん、ちょっとね……、あまりにも……」

「……単純？」

可帆はしばらく眉をひくつかせていたが、とうとう吹き出した。

「意外だけどね……。住之江さんって、どこか突飛《とっぴ》で、抜けてる。もっと計算高くて、悪賢《わるがしこ》い人なのかと思ってたから」

「……悪賢い？」

「そう」

目がかち合った。

——あ。

沙紀はひるんだ。予感が走って息を呑む。

「付き合ってたのね、あなたたち」

「ごめんなさい」

ふいに橋場慎二との過去をいい当てられ、反射的に詫《わ》び言《ごと》が口をついた。一気に顔に血が上《のぼ》るのが、自分でもわかった。

「なんとなく、分かってた……」

覗《のぞ》くような目で、可帆はこちらを見ている。あたしもあんな目をしているのだろうかと、沙紀は思った。

「言い抜ける一言もないわ」

唇を噛《か》む。

「謝って貰《もら》っても仕方がないことね……、いまとなっては。本当だったら修羅場《しゅらば》だわ。あなたが憎くないわけじゃないのよ。でも」

可帆はいった。

「死に際して、橋場は私だけに心境を遺していった。そのことは、私の誇りだわ。自死することを遺書で謝ってもくれた。だから、あなたとのことは、仕方がなかったと思ってあげる……。それに、私が重荷に思っているのは、あなたではなく、海そのものなんだもの」

――海。

海の腕《かいな》に抱かれつつ事切《ことき》れた橋場が浮かぶ。

「私、幾度となく考えた。彼がとらわれた海のこと。橋場はきっと、海だけは彼を赦《ゆる》してくれると信じていたんだわ……。たとえ、彼が海域を利権の場に変えたとしても、自分を抱き取ってくれるのだと。海容《かいよう》という言葉に、橋場は甘えたのよ」

すべてを際限なく呑み込み、寛大な心で受容し、許すことを海容という。彼にとっての海は、やはり慈母《じぼ》のようなものであったのだろうか。

「でも、どうなのかしら。海はまたもや、我々を救ってくれるの……？　最終的には自分の存在を海に委《ゆだ》ねた橋場のように、海に甘えてしまっていいのかしら。私は苛《さいな》まれるわ」

橋場可帆は自身に問いかけるように呟き、運河の水明かりを見つめた。

京浜運河は、川ではない。もとは海だったところを埋め立て、陸地を造成したことによって川状に残した水路である。つまりは川ではなく港湾に分類され、管理は地方自治体の港湾部が行う。東京都、川崎市、横浜市と運河に見えない線が引かれており、それぞれに施策《しさく》の方針は異なる。データを別々に取り、水域管理もそれぞれである。ビオトープを作ろうとしても、裁量はばらばらだ。ひとつの流れのように見えて、一元的管理の主体はない。陽光を漉《す》き込み、悠揚《ゆうよう》と流れるように見える水域は、実は一貫しておらず、がんじがらめに行政管理されている。

無窮《むきゅう》に見える海にも、こんな日が訪れるのか。それとも……？

「あたしにも、わからない」沙紀は吐露《とろ》した。「ただ……、今度のことは、人間圏を安定させるための、最後の砦《とりで》だとは思っているの」

生物圏をそのまま利用するだけでなく、積極的に改変し、あるいはストックを貪《むさぼ》って、人間は人間の牙城《がじょう》を――人間圏を――構築してきた。

「とくにエネルギーのことをいえば、地球が蓄えてきた化石燃料のストックを、人間はただ費やしてゆくだけだった。でも、海洋バイオマスは違う。植物性資源は太陽エネルギーで補われ、毎年育つ。資源は単なるストックからフローに変わる。それだけでも、ずいぶん違ってゆくと思う」

生物圏に、プラスのフィードバックが多少なりともできる。そのことが、人間圏の命脈《めいみゃく》を長らえることに繋がる。現況に比べれば、遥かにましだ。

「あたし、幻滅を知らないの。鈍《にぶ》いだけかもしれないけれど、おそらく、幻を描き続ける特質だけは人一倍あるんだと思う。幻は、摑《つか》んだ気がしたとき、うたかたのように消える、信じ難《がた》いものかもしれない。でも、また波のようにとめどなく胸奥《きようおう》に湧きだし、生起する……。人間は、海と同じくらいに深くて不思議な泉を持っている。それがある限り、私は人間という愚かな生き物も信じる」

沙紀は空白の先を見据えた。

「夢を見てるの。夢のなかでは……、いつか遥かに遠い日、この運河さえ、白砂《はくさ》の海浜《かいひん》に戻っているのよ。なめらかな波打《なみう》ち際《ぎわ》を、あたしは沖を見ながら、ゆっくり歩き続けるの……」

五

芝生《しばふ》の上に、撮影クルーが座り込んでいる。日が高かった。

ランチ休憩なのか、ビニールクロスの上に弁当を広げ、スタッフはみな思い思いに飲み物などをとっている。進行台本を日よけがわりに顔に伏せ、仰向けに横たわっている者もいた。

「暑いな……」

音声スタッフのシャツには、汗が滲《にじ》み始めてい、彼は胸元をはだけ、首もとに巻き付けたタオルでしきりに汗を拭《ぬぐ》った。

今年も、じわりと暑くなっている。

「むかつくわ、この記事」

ペットボトルを傾けていた女性のレポーターが、雑誌を放り投げる。『週刊エクスプレス』が、広げられたままフリスビーのように低空を投げられたのを、カメラマンが受け取った。トピックスが、誌上に躍っている。

「でも、このこと、盛り込むかもしれないんだろ、レポートに」

「よけいなことよね。今日の今日なんて……、ほんと、いいかげんにしてほしいわ」

撮影クルーは、東京都知事選の選挙結果を中継するため、スタンバイしている。

カメラマンは見開きのタイトルを目で追ってゆく。

『美談か愚行か　久保倉《くぼくら》恭吾《きようご》候補　あの諫早湾《いさはやわん》調整池にヘリで菱《ひし》を散布の噂』

「本当なのかね、この記事は。ヨタ話じゃないの」

「地元で噂があったんだって書いてある。年明けからしばらくのあいだ、調整池の上空をヘリが盛んに往来《おうらい》してたって話」

「へえ。じゃ、そのヘリから菱の種でも播《ま》かれたっていうのか」

「仮説として書かれているわね。ふいに調整池内に菱が増殖するなんておかしい。人為的なものだと考えるほうが自然である……って」

「どこから出たネタなのさ」

「ヘリの操縦士《パイロット》だと自称する男が、熊本あたりのスナックで酔って女の子に話したとか。女の子の話として載っている」

「都市伝説の類《たぐい》じゃないのか」

「……かもしれないけど」

久保倉恭吾は、もとよりカリスマ的な人気があるが、いまや有明海周辺では地元のヒーローだ。

「あの辺なら、彼を主人公に美談仕立《じた》てのストーリーが作られたっておかしくないぜ。ドラマになるような話だよな」

二千六百ヘクタールの調整池に菱の種を播き、バイオマス・エネルギー化への道を開いた。同時にスペシャル番組で菱のメリットを説き、ひいては農林水産大臣による言質《げんち》を引き出し、諫早湾潮止め堤防長期開門の確約を得た……。

それら一連のことを、久保倉恭吾がすべてしてのけたとは、あまりに大げさ過ぎて、フィクションだとしか思えなかった。

カメラマンがいう。

「できすぎじゃないの。この記事って、扱いが微妙だよな。久保倉恭吾へのエールにも見えちゃうだろう。『週刊エクスプレス』としちゃ、珍しく中途半端な記事だね。それも、投票日にぶつけるなんてさ」

『週刊エクスプレス』は、週刊誌のなかでは、比較的、脇を固めてから記事掲載を決めるメディアとして知られている。噂程度のトピックスにもかかわらず、恭吾絡みの記事を見開きにもってきたのは、都知事選の投票日当日に、候補者の名を誌上に採《と》りあげることにより、売上アップを図《はか》ろうとしているようにも読めた。

「そうなのよ。この中途半端さが仇《あだ》よね。どうしようかな」女性キャスターは頭をひねっている。「そろそろオン・エア用の原稿を書いておかなきゃいけないんだけど、ディレクターから、この件も何とか盛り込めないかっていわれてて」

「……といったってな。投票を左右する風聞《ふうぶん》めいたことになってもよくないし」

キャスターが困るのも頷ける。

「仮に本当だとしたら、どうなんだろう？　格好良すぎるわよね。久保倉候補は、諫早湾の救いの神めいてきちゃう。この風を東京にも吹かせろって、皆いうかも」

「ちょっと待ってよ」カメラマンは口を尖《とが》らせる。「けっこう強引なしわざじゃないの？　調整池に菱播いたりしたらさ。お咎《とが》めがあるんじゃない。正当なの、それって」

「どうなのかな。何かの罪になるのかしら。だったら、『週刊エクスプレス』だって辛辣《しんらつ》に書くはずじゃない」

「裏が取れなかったのかな」

「事実なら、次号あたりで取り上げられるのかもしれないけど……。このくらいのレベルじや放送はしにくいわね」

そこへ、ディレクターらしい男が、携帯電話を顎《あご》の下に挟んだ格好で通話しながら寄ってきた。何やら本部の報道局と連絡を取っているらしい。

「……そうですか。わっかりましたあ」

電話を切ると、ディレクターはキャスターに向き直った。

「久保倉恭吾の菱の話だけどさ」

「はい。どうなりました？」

「やっぱり、オン・エア原稿には組み入れないでいくと決まった」

「そうですか。やっぱりゴシップ？」

「そう断じられるわけじゃないけどな。報道局のほうで、専門家の意見をリサーチしたらしい。万が一、菱の投下が法に触れていたら、報道する価値はあるんだが……」

「……で、どうなんです？」

「それが、専門家の意見では、仮にそれが本当だとしても、おそらく投下した者を罪には問えないだろうというんだ」

「本当ですか」キャスターが目を大きく見開いた。「いったいどういうことなんですか？池は農水省の管理下にあったんでしょう？　勝手に菱を播いても構わないんですか」

「そこがさ。ちょっと難しいんだけど」ディレクターは首を振り振り、説明した。「あの調整池は、いま公有水面《こうゆうすいめん》なんだ。そこに植物を植え付けたところで――というか、この場合は菱の種を投下したという前提だけど――、誰にも咎められることはないらしい」

「嘘《うそ》みたい……。何でなんです？」

キャスターはいぶかる。

「私有地だったらさ、所有権とかの件で問題になるけど、調整池はまだ河川としての登記さえ、されてないんだ。公有水面となるといわゆる〝みんなの海〟で、たとえば、そこに誰かが生物を放っても罰せられない。もちろん、指定されてる外来生物や、遺伝子攪乱《かくらん》のおそれがある生物を放てば違法だけれど、それにしたって、現行犯でしか捕らえられないんだと。菱は廃棄物でもゴミでもない。生きてるからね……。水質だって悪化させてない。むしろ、結果的にはよくなっている」

「でも、根付いた菱は、池を埋め尽くしちゃったでしょ。漁業とか養殖とか、そういうあたりで縛れないんですか」

「養殖や漁業と捉えることができれば、農水省にも文句のつけようがあるだろうが、仮にただ水産物の種を投入しただけなら、養殖とも漁業ともいえないそうなんだ」

「なんか、狐《きつね》につままれたみたいな話ね」

「専門家の先生によるとさ……」

ディレクターは、胸ポケットからメモを取り出して読んだ。

「養殖業の定義はこうだ……。〝収穫の目的をもって人工手段を加え、水産動植物の発生または生育を積極的に増進し、その数または個体の量を増加させる行為〟なんだとさ。ただし、今回の行為は、収穫を企図したものではないと考えられる。だとすれば、ただ生命体を放っただけだ。稚魚やメダカの放流みたいに」

「でも、刈り取ればバイオマス・エネルギーになるんでしょ？　それは収穫にならないんですか」

「刈り取ると決まったのは、相当あとのことだ。投下したとされる段階では展開が読めないし、ビジネスとして成り立つ見込みもなかった」

「そりゃ、絶句ですね」カメラマンが口を挟んだ。「ただの噂だと思ってたけど、そこまで考え抜かれてると、かえって久保倉は怪しいじゃないですか。うまくやりきったのかもしれないって気がしてきましたよ」

「自殺した家族に報いるためにか」ディレクターは肩をすくめた。「あまり深追いしたくない話だな」

「してやったりですね」

「裁判にでもなれば、故意の有無とかで争えるのかもしれないな。しかし、誰が訴える？　国も地方自治体も地元も、菱ビジネスの恩恵をこうむってるんだ。争う主体がいない」

「それが本当なら、あたし快哉《かいさい》を叫びたい気分」破顔して、キャスター嬢が歌うようにいう。

「ひょっとして、蛍窓社ご自慢の敏腕記者さんたちにも、その件、追い詰めきれなかったんじゃない？」

ディレクターは頷いた。

「どうも、そうらしい。『週刊エクスプレス』は調査報道で名をなしてきたところだけに、切歯扼腕《せっしやくわん》ってとこじゃないのか。それで、投票日にトピックスをぶつけた。噂ってことにして。せめてもの憂さ晴らしなのかもしれないな」

「記事を読んだ有権者たちはどう思ってるのかしら」

「さあな。やっぱり奴はカリスマだろ。転換期には、ヒーローが必要なんだし。あいつならこの暑苦しさを何とかしてくれるかも……って、そう思っているんじゃないか」

ディレクターは持ち合わせた扇《おうぎ》をぱっと広げ、はたはたと使いながら、照りつける太陽を仰いだ。

東京都知事選の開票は、その夜半から始まった。

久保倉恭吾。飯沢孝彦《いいざわたかひこ》。くぼくら。久保倉。久保倉恭吾。岩谷仁志《いわたにひとし》。イワタニ。久保倉。クボクラキョウゴ。きょうご。

――キョウゴ、キョウゴ、キョウゴ……。

＊　＊　＊　＊　＊

白いものが閃《ひらめ》いている。

ふっくらとした柔らかな腹を光らせ、菱の群落を抜けてゆく。

水底《みなぞこ》に、かすかな魚影がひかれた。

ひっそりと閉ざされていた門が開け放たれたことを、遠く離れた世界の果てで、どうして知ったのだろうか。

海に通ずる径《みち》が無情にも塞《ふさ》がれてからというもの、一尾《いちび》たりとも諫早には現れたことのないものであった。

こんな糸のようにか細い魚体に、なぜ遠い昔の記憶が埋め込まれているのか。水音を聞き分けたかのように、せせらぎへ向かい、太刀《たち》のように光る瀬を、腹もあらわにぬめり上った。

呼び覚まされた本能に導かれたように、生き物は水の流れに逆らい、きらめきながら、先へ先へと急《せ》いてゆく。

この先に、永遠の約束の地が待っているとでもいうように。

——ウナギの稚魚が本明川《ほんみようがわ》を遡上《そじよう》したところで採取されたのは、潮止め堤防の開門から四年後のことだった。

十数年ぶりの快挙であった。

古株の漁師は、その白く透明なからだをそっと人差し指の上にのせ、明るい日差しのなかに透かして、黙然《もくねん》とみたという。

かつて泉水海《せんすいかい》に棲《す》んだ諫早のウナギは悉《ことごと》く、春のようにかぐわしい香りがしたそうである。

銀を溶《と》かしたような泥干潟には、無数の命が湧き出し、酔いどれ足の千鳥《ちどり》が戯《たわむ》れ歩く。

風の通り道が新しくできているのか、差《さ》し潮《しお》に乗って海風《かいふう》が寄せ、汀《みぎわ》をひとしきり渦巻いて、虚空《こくう》へと消えていった。

〈完〉

本書のために、左記の諸氏のほか、職種柄お名前を挙げることのできない有志の皆様にも取材上の援助とご助言をいただいた。多忙な方々に、さまざまなご教示をいただいたことに、この場を借りて、心からお礼を申し上げたい。
なお、理解や表現が行き届かないところがあるとすれば、それはむろん作者の責であることを、申し添えておく。

著者

有田芳生氏（ジャーナリスト　参議院議員）
有馬　進氏（佐賀大学農学部教授　農学博士）
宇野木早苗氏（東海大学海洋学部元教授　理学博士）
小野寺五典氏（衆議院議員）
香取義重氏（三菱総合研究所　科学技術研究部門　コンセプト・プロデューサー）
工藤孝浩氏（神奈川県水産技術センター　栽培技術部　主任研究員）
坂本昭夫氏（海をつくる会　事務局長）
田中克哲氏（ＮＰＯ法人　ふるさと東京を考える実行委員会　事務局長）
能登谷正浩氏（東京海洋大学海洋科学部元教授　水産学博士）
古川恵太氏（国土技術政策総合研究所　沿岸海洋研究部　海洋環境研究室長）

※肩書きは文庫刊行時

松永秀則氏（諫早市小長井町漁業協同組合理事）
三池益弘氏（田中酒造合資会社　専務取締役）

追記――作者は本稿を起こす前、七福神の一である恵比寿様が鯛を担ぎ、生身で現れる夢を見た。恵比寿様は海と商業、海運、漁業の守護神であることを、奇しき縁としてここに書き添えておく。

初出　「小説宝石」（光文社）二〇〇七年十一月号～二〇〇八年四月号連載
二〇〇八年五月　光文社刊

光文社文庫

ポジ・スパイラル
著 者　服《はっ》部《とり》真《ま》澄《すみ》

2011年1月20日　初版1刷発行

発行者　駒　井　　稔
印　刷　萩　原　印　刷
製　本　関　川　製　本

発行所　株式会社 光　文　社
〒112-8011　東京都文京区音羽1-16-6
電話 (03)5395-8149　編　集　部
8113　書籍販売部
8125　業　務　部

ISBN978-4-334-74898-2　Printed in Japan

組版　萩原印刷

お願い　光文社文庫をお読みになって、いかがでございましたか。「読後の感想」を編集部あてに、ぜひお送りください。

　このほか光文社文庫では、どんな本をお読みになりましたか。これから、どういう本をご希望ですか。

　どの本も、誤植がないようつとめていますが、もしお気づきの点がございましたら、お教えください。ご職業、ご年齢などもお書きそえいただければ幸いです。当社の規定により本来の目的以外に使用せず、大切に扱わせていただきます。

光文社文庫編集部